KB268622

청산 新무협 판타지 소설

마왕출사 3

청산 新무협 판타지 소설

초판 1쇄 찍은 날 § 2006년 12월 13일
초판 1쇄 펴낸 날 § 2006년 12월 23일

지은이 § 청산
펴낸이 § 서경석

편집장 § 문혜영
편집 § 서지현 · 심재영

펴낸곳 § 도서출판 청어람
등록번호 § 제1081-1-89호
등록일자 § 1999. 5. 31
어람번호 § 제2-1079호

주소 § 경기도 부천시 원미구 심곡1동 350-1 남성B/D 3F (우) 420-011
전화 § 032-656-4452 팩스 § 032-656-4453
http://www.chungeoram.com
E-mail § eoram99@chollian.net

ISBN 89-251-0406-7 04810
ISBN 89-251-0403-2 (세트)

魔王誕師

청산 新무협 판타지 소설

Fantastic Oriental Heroes

3

악령의 부활

도서출판 청어람

목차

오행제일 황금성(黃金城)

1

교차된 두 남녀의 눈빛.

백무향의 눈빛은 태옥교를 태워 죽일 듯 이글거리고 있었다. 핏발이 곤두선 눈빛은 상대의 위선을 헤집을 칼날이었고 거짓을 용납하지 않을 서슬 퍼런 작두날이었다.

태옥교는 순간적으로 두려움에 젖다가 어린 사슴처럼 서글픈 눈빛을 발했다.

"백 공자, 공자께서는 소녀의 아버님을 구해주신 대은공이십니다. 소녀가 머리카락을 베어 신을 짜드려도 그 은혜는 다 갚지 못할 것입니다. 게다가 이번에는 혈사성의 노골적인 침공을 저지시켜 주셨으니 본 궁까지 도와준 셈입니다. 이런 공자께 소녀가 어찌 눈곱만치의 해를 끼칠 마음을 가졌겠습니까?"

백무향은 여전히 그녀를 찍어누른 채 다그쳤다.

"그래, 날 그렇듯 고마운 존재로 생각한다면 오로지 진심으로 대했어야 마땅해. 난 과거를 제대로 기억하지 못할 뿐이지 바보 멍청이가 아니야. 한데 넌 얄팍한 속임수로 날 속이려 했다."

"왜 그리 생각하십니까?"

"그전에 한 가지 확인할 게 있어."

태옥교가 차분하게 말을 받았다.

"하문하십시오."

"너 여태까지 이런 식으로 몇 놈의 사내를 홀렸나? 현사군 그놈과도 이런 식으로 관계를 맺었냐?"

"오해입니다. 현사군과는 십 년 만에 처음 만났을 뿐입니다. 그리고… 소녀는 아직 백신의 몸입니다."

"물론 품어보면 확실히 알 수 있겠지만 난 믿을 수 없어. 넌 세상 누구보다 예쁘고 매력적이야. 미약 따위를 사용할 필요는 전혀 없었어."

태옥교는 소리없는 눈물을 흘리며 고개를 돌렸다.

"그것이 문제였다면… 모두 소녀의 잘못입니다. 그저 부끄러움을 못 이긴 계집의 짧은 소견으로 생각해 주십시오."

"아니, 그게 아니야. 내 피가 뜨거워진 것을 보면 미약은 확실한데 그것 말고 다른 이유가 있는 것 같아.”

백무향은 그녀를 일으켜 앉혔다.

“맹세한다. 네가 내게 어떤 독약을 먹였다 해도 널 해치지 않겠다. 날 이용하기 위한 수단으로 그런 짓을 저질렀다고 생각하겠다. 그러니 솔직하게 말해봐. 울금향에다 대체 어떤 약을 섞은 거냐?”

정곡을 찌르는 지적에 태옥교는 피가 싸늘하게 식는 기분이었지만 눈까풀 한 번 깜빡이지 않았다.

“그저… 미약일 뿐입니다, 백 공자. 믿어주세요.”

백무향은 가볍게 입술을 깨물며 그녀를 직시했다.

혈관을 자극하는 미약 때문에 절로 욕화가 타올랐지만 지금은 냉철한 분노가 그를 더 지배했다. 하기에 두 눈은 핏발로 곤두섰어도 눈빛은 얼음처럼 차가웠다.

태옥교 역시 흔들림없는 눈빛으로 그를 마주 응시했다.

그녀 역시 미약이 섞인 울금향을 마셨기에 양 볼이 발갛게 달아올랐고 두 눈에는 억울함과 원망 섞인 눈물이 그렁그렁 맺혀 있었다.

백무향은 느닷없이 그녀의 턱을 받쳐 들고는 거칠게 입을 맞추었다.

태옥교는 난생처음 접한 입맞춤에 움찔 놀라며 몸을 가늘게 떨었다. 잠시 망설이던 그녀는 자연스럽게 그의 목을 감싸 안았다

순간 백무향은 매몰차게 그녀를 밀쳐 냈다.

"교활한 계집! 역시 음흉함을 숨기고 있구나!"

"공자……?"

"네 몸은 미약으로 달아올라 있지만 네 입술을 얼음처럼 차가워!"

태옥교는 이해가 안 되는 듯 고개를 저었다.

"그게… 무슨 말씀이세요?"

"네가 세상 모든 것을 안다고 자부하지만 네 자신이 계집이다 보니 계집에 대해서는 미처 몰랐나 보군. 소견의 말에 의하면 계집의 마음은 입술을 통해 느껴진다고 했어. 입술이 뜨거운 계집이 진심으로 마음까지 뜨겁다고 하더군. 한데 네 입술은 너무 차가워. 그것은 네 마음속에 사심이 가득하다는 명백한 증거다."

"오해입니다. 소녀는 아직 백신의 몸이라… 너무 긴장한 탓입니다."

백무향은 그녀에게 매료되지 않기 위해 피가 끓는 와중에도 정신을 바싹 차렸다.

"그래, 내가 잘못 판단했을 수도 있어. 그냥 널 품는 게 내 솔직한 심정이야. 하지만 내 판단이 맞는다면 나중에 어떻게 해야 하지? 눈물까지 짜내며 날 속인 너의 가증스러움을 어떻게 용서할 수 있겠어? 그리고 미약을 빙자해 내게 고약한 약을 먹였다면 내 손으로 널 때려죽여야 하는데… 차마 살을 섞은 계집을 죽일 수는 없잖아?”

태옥교는 그 앞에 조용히 무릎을 꿇었다.

“공자, 소녀에게는 아무런 사심도 없습니다. 그저 미약을 조금 섞었을 뿐 다른 어떤 약도 넣지 않았음을 맹세합니다.”

“그래, 이렇게 맹세까지 하는 너를 믿어야 하는데 왜 믿음이 가지 않는 거지? 장사에서 난생처음 만났을 때도 널 믿었는데 말이야.”

백무향은 술병을 집어 들었다.

“만일 내게 어떤 약을 먹이려 했다면 넌 사내에 대해 좀 더 연구했어야 돼. 본래대로 화장도 하지 않고 그저 수수한 옷차림으로 날 맞이했다면 난 너에 대해 추호도 의심하지 않았을 거다.”

“공자…….”

“너처럼 고귀한 신분을 지닌 계집이 창기처럼 옷을 입고 화장을 했다는 것 자체가 큰 실수였다. 너의 매력은 드러내지 않는 고귀함과 청조함에 있는 거지, 한 줌도 안 되는 빈약한 젖가슴이 아니었으니까!”

백무향은 벽을 향해 냅다 술병을 내던졌다.

파삭!

술병이 박살 나면서 울금향 특유의 향기가 실내에 가득 퍼졌다.

“다시 만나지 않는 게 좋을 거다.”

백무향은 야멸친 한마디를 던지고는 전각을 나섰다.

"흑, 공자! 오해입니다!"

태옥교의 애절한 음성이 등 뒤에서 들려왔지만 백무향은 돌아보지도 않고 걸음을 옮겼다.

그녀를 의심해 모진 말을 퍼부었지만 사실 그 자신도 판단이 확실치 않았다. 공연히 그녀를 오해했다면 엄청난 상처를 입힌 셈이다. 그래도 그는 그녀를 돌아보지 않았다. 자신의 직감에 무게를 둔 것이다.

하얀 조약돌이 깔린 길 위로 한 사람이 내려서 있었다.

머리서부터 발끝까지 검은색으로 일관된 복면인. 바로 태옥교의 비밀 호위인 잠혼이었다.

백무향은 그의 느닷없는 살식에 죽을 뻔한 기억을 떠올리며 도전적인 한마디를 던졌다.

"뭐야? 교활한 네 상전을 품고 가란 뜻이냐?"

"……."

"아, 맞아. 네 상전이 미약에 취해 사내를 몹시 그리워하니 네가 대신 품어줘야겠다."

백무향이 비아냥거리며 다가서자 잠혼의 손에서 섬광이 피어올랐다.

번—쩍!

빛살처럼 빠른 살인 초식.

물론 백무향도 충분히 대비를 하고 있었다. 그는 뇌천십이

식 중 가장 빠른 쾌검식 무형섬쾌광을 펼쳐 살인 초식을 막아

냈다.

차앙―!

도검이 충돌하며 번갯불과 도기가 사위로 분출됐다. 잠혼

이 쥐고 있는 칼은 도황의 패왕도였기에 뇌천검의 예리함과

파괴력을 충분히 감당했다.

백무향은 복면 사이로 드러난 잠혼의 회색빛 눈을 직시하

며 거칠게 내뱉었다.

"건방진 자식, 감히 누구 앞에서 칼질이야? 태옥교가 자신

의 유혹이 실패하면 날 죽이라고 했더냐?"

이때 등 뒤에서 태옥교의 한숨 섞인 음성이 흘러나왔다.

"물러서요, 잠혼."

그녀의 지시는 절대적이기에 잠혼은 패왕도를 회수하며

뒤로 물러섰다. 몇 걸음을 옮기기도 전에 그는 기이한 은신술

을 펼쳐 바닥으로 꺼지듯 사라졌다.

뇌검천을 꽂은 백무향은 성큼성큼 밖으로 걸음을 옮겼다.

태옥고는 공손히 손을 모으며 소리없는 눈물을 뿌렸다.

"백 공자, 공자께서는 머지않아 소녀의 결백함을 인정하게

될 것입니다. 그래도 소녀는 오늘 공자의 처사를 조금도 원망

하지 않겠어요. 그저 공자께서 다시 찾아와 주시기를 간절한

마음으로 기다리겠습니다."

그녀의 진지한 모습에 백무향은 자신의 판단이 다소 흔들

렸지만 끝까지 냉정함을 고수했다.

"세상사는 알 수 없으니 다시 만날 수도 있겠지. 만일 내가 실수를 한 것이라면 대공녀 앞에 무릎 꿇고 용서를 빌 것이다."

그는 그녀의 답변을 듣기도 전에 벼랑으로 달려가 훌쩍 몸을 날렸다. 유유히 흐르는 하천으로 내려선 그는 수면을 걸어차며 상류 쪽으로 날아갔다.

"……."

물끄러미 하늘을 올려다보는 태옥교의 표정이 시시각각으로 변했다. 하늘과 땅을 꿰뚫는 지혜를 지닌 그녀였기에 여태 계책을 펼쳐 한 번도 실패한 적이 없었다.

한데 그녀는 최근 들어 두 번에 걸친 충격적인 실패를 맛보아야 했다.

첫 번째는 현사군의 분노였다.

그에게 모든 비밀을 밝히고 용서를 구했지만 현사군은 그녀를 용서하지 않았다. 그녀의 간곡한 사죄조차 오만으로 간주하며 처절한 복수를 다짐했다. 충분히 그를 설득할 수 있을 것이라는 그녀의 바람이 무참하게 깨진 것이다.

두 번째로 백무향에게도 수모를 당했다. 물론 미약과 함께 섞은 비밀스런 약을 투약하는 데 성공했지만 자신의 진위를 간파당한 것이다.

무엇보다 참담한 것은 현사군이나 백무향 모두 그녀를 냉담하게 거부했다는 점이었다.

그녀가 비록 여느 여인처럼 화장을 하고 패물로 치장하는 일에 두심했지만 여인임에는 분명하다. 또한 남들 앞에서 굳이 드러내지 않았지만 자신의 빼어난 용모에 대해 충분히 자부하고 있었다. 하기에 그녀에게 꼭 필요한 두 사람에게서 연속적으로 거부를 당했다는 것은 충격적인 굴욕이 아닐 수 없었다.

지그시 입술을 깨문 그녀는 눈을 가늘게 떴다.

"들어와요, 잠혼."

그녀가 방으로 들어서자 잠혼이 어느새 그녀 옆으로 내려섰다.

간단한 손놀림으로 몸에 걸쳐진 망사의가 어깨선을 타고 흘러내린다. 젖가슴 가리개마저 풀어낸 그녀는 다소 빈약한 젖가슴을 손으로 가렸다.

잠혼은 감히 상전의 나신을 직시할 수 없기에 급히 무릎을 꿇으며 고개를 숙였다.

태옥교는 한쪽 무릎을 꿇으며 잠혼의 머리를 안아 자신의 가슴으로 끌어당겼다.

"잠혼, 세상이 왜 내 뜻대로 움직이지 않는지 모르겠어요. 현사군이 날 용서했다면 함께 오행마단을 격파한 후 기꺼이 그의 아내가 되었을 텐데 말이에요."

그녀는 그의 복면 위에 볼을 비비며 처연하게 말을 이었다.

"백무향도 마찬가지입니다. 그가 과거를 잊고 현실에 만족했다면 그의 여인이 되었을 겁니다. 그가 아득한 옛날 뇌천검제이었든 풍운마제였든 중요치 않아요. 반사귀선의 말대로 현재의 그가 중요하니까."

잠혼은 상전의 옥체에 손을 댈 수 없기에 얼굴을 묻은 자세 그대로 있었다.

태옥교는 그를 부둥켜안고는 바닥에 누웠다.

"잠혼, 난 변할 겁니다. 여태까지의 태옥교로는 아무것도 이룰 수 없음을 깨달았어요. 더 현명해지고 더 독해져야 한다는 것을 이번에 절실하게 깨닫게 된 겁니다."

그녀는 그의 손을 이끌어 자신의 젖가슴 위에 얹었다.

"내 몸뚱이는 중요치 않아요. 오대마단을 격파해 강호의 정의와 평화를 지키고 태백궁의 영광과 명예를 드높일 수 있다면 내 몸이 만신창이가 되는 것도 마다하지 않을 겁니다."

잠혼의 옷이 그녀의 손에 의해 하나씩 벗겨졌다.

군살 한 점 없는 몸은 철골과 같았고 몸에 난 무수한 자상은 그의 처절한 수련 과정을 대변해 주었다.

"잠혼, 내가 미약을 복용해서 이러는 게 아니에요. 사실 잠혼에게 꼭 보답을 하고 싶었어요. 반사곡에서 잠혼이 스스로 심장을 찌르지 않았다면 반사귀선을 움직일 수 없었을 겁니다. 잠혼… 당신은 아버님을 구해준 고마운 은인입니다."

태옥교의 하얀 손가락의 등줄기를 타고 흐르자 그의 몸이 가늘게 전율한다.

"잠혼, 대신 한 가지만 이해해 주세요. 내가 다른 사내를 품는다 해도… 괴로워하지 말아요. 난 사랑 따위는 하지 않을 겁니다. 사내란 그저… 내 목적을 달성하기 위한 이용물일 뿐이니까."

그녀는 그의 철골 같은 몸을 바싹 끌어안았다.

"잠혼을 제외하면 말이죠."

그녀의 적극적인 요구에 잠혼도 그녀의 둔부를 감싸 쥐며 하반신을 밀착시켰다. 지금의 그는 상전의 그림자 호위가 아니라 오랜 세월 상전을 연모해 왔던 사내일 뿐이었다.

천하에서 가장 청순하고 고귀한 여인이라는 태옥교.

그녀는 십절로 불리는 재녀였기에 강호의 청년 무사들에게 있어 꿈속에서도 보고 싶은 선망의 대상이다. 그러나 그녀의 십절 중 하나가 바로 심절(心絶)임을 간파한 사람은 아무도 없다.

그녀의 가슴속에 숨겨진 야망과 독심은 대마녀보다 더 무서웠던 것이다.

2

한참을 내달리던 백무향은 비로소 분노와 의혹의 혼란 속에서 깨어날 수 있었다. 정신을 차리고 주변을 둘러보니 민가

한 채 찾아볼 수 없는 산중이었다.

참았던 욕정이 폭발하자 그는 심장이 터질 것만 같았다.

"제… 젠장, 그냥 한번 품고 나오는 건데……."

그는 오해임을 하소연하며 간곡하게 눈물을 흘리는 태옥교를 떠올리자 몸이 더 달아올랐다.

"다시 찾아갈까? 내가 사과하면 받아줄 거야. 날 위해 몸단장까지 한 그녀가 굳이 날 마다할 필요가 없잖아?"

그러나 마음과 달리 그는 발길을 돌릴 수가 없었다. 현실의 욕정이 괴롭고 고통스러웠지만 그녀의 육체를 통해 해소하고 싶은 마음은 추호도 없었다.

앞선 두 번의 만남과 달리 이번에 만난 태옥교는 확실히 변해 있었다.

그것이 본모습인지 아니면 변모된 모습인지 몰라도 태옥교는 더 이상 청초함과 순수함을 지닌 재녀가 아니었다. 그는 그녀에게서 숨겨진 야욕을 느꼈고 애써 감춰져 있던 교활함을 간파하였다. 그로 인해 정나미가 떨어져 그녀를 기피하게 된 것이다.

주체할 수 없는 욕정을 가라앉히기 위해 그는 흐르는 개울물에 고개를 처박았다. 산중의 물이라 꽤나 차가웠지만 미약으로 인해 뜨거워진 그를 식혀주기에는 턱없이 부족했다.

"후아… 이러다 혈관이 터져 죽는 것 아냐?"

생각이 여기에 미치자 그는 태옥교의 존재가 더욱 저주스러웠다.

'괘씸한 계집, 내게 어떤 약을 먹였는지 몰라도 미약 따위는 왜 함께 섞은 거야? 그따위 것 없어도 밤새 안아줄 수 있는데 말이야.'

그는 끓는 피를 조금이라고 안정시키기 위해 사방으로 마구 공력을 분출했다.

퍼― 퍼퍼펑!

엄청난 내가기공으로 뻗어나가자 애꿎은 바위가 박살 나고 아름드리 수목이 허리를 꺾었다. 놀란 산새들이 솟아오르며 하늘을 새까맣게 뒤덮었다.

그래도 욕정이 가라앉지 않자 백무향은 자신의 머리를 쥐어뜯으며 짐승처럼 울부짖었다.

"으아아아!"

한데 이때였다. 회색 그림자가 날아들며 청아한 불호가 들려왔다.

"아미타불……."

두 눈이 벌겋게 충혈된 백무향은 눈앞의 인물을 보자 욕정을 감당할 수 없어 부들부들 떨었다.

"으으!"

회색 승의에 붉은 가사를 걸친 사람은 삼십대 후반 정도로 보이는 비구니였다. 비구니라 하여도 드물게 매력적인 용모를 지녀 불문의 여인이라는 느낌을 주지 않았다.

비구니는 백무향의 몸 상태를 보고는 눈을 커다랗게 떴다.

"시주, 독약에 중독되셨습니까?"

"독약이 아니라… 미약이오. 스… 스님은 어서 피하시오. 욕정을 못 이겨 스님을 겁탈할 수도 있소!"

백무향은 자신의 혈도 몇 곳을 찍어 미약의 순환을 다소 진정시켰다.

그를 살피던 비구니의 눈에 묘한 이채가 일었다. 그녀는 그의 경고에도 불구하고 가까이 다가섰다.

"빈니가 한번 살펴보겠습니다. 혹시 해독할 수 있을지……."

백무향이 주춤 뒷걸음질을 치며 소리쳤다.

"어, 어서 물러서시오! 아무리 비구니라도 여인이기에 당신을 욕보일 수 있단 말이오!"

비구니는 한 손을 가슴 앞에 세웠다.

"아미타불, 빈니는 멸정(滅情)이라 합니다. 스스로 오욕칠정을 씻었다고 자부합니다. 육신은 그저 지수화풍 사대에 의해 만들어진 형상일 뿐이지요."

"지금… 무슨 말씀을 하는 거요?"

"미약에 취하고도 이렇듯 욕정을 자제할 수 있는 것으로 미루어 시주의 정신력과 의로움을 알 것 같아요. 아직 젊은 의협께서 미약 따위에 목숨을 잃는다면 얼마나 안타까운 일이겠습니까?"

백무향의 자제력이 점점 흩어졌다.

“멸정 사태라… 하셨소? 지금 내게… 몸을 허락하겠다는 거요? 나야 다행이지만 불문의 제자로서… 그래도 되는 거요?”

“아미타불, 자비의 으뜸은 보시외다. 특히 몸 보시는 불제자가 할 수 있는 최고의 미덕이지요.”

“고, 고맙소. 정말 고맙소.”

상대가 몸을 허락하자 한 가닥 이성마저 무너진 백무향은 멸정을 와락 끌어안았다.

“난 백무향이라는 사람이오. 사해문의 태상문주이니 사태를 위해 근사한 절을 한 채 지어드리겠소.”

멸정 사태는 눈을 동그랗게 떴다.

“백무향? 그, 그럼 뇌천공자란 말씀이오?”

“그렇소.”

백무향은 곧바로 그녀를 평석 위에 눕혔다.

“내가 꽤나 유명해졌나 보군. 이런 산골의 비구니까지 내 이름을 다 아니 말이야.”

한 겹 승복을 벗기자 곧바로 탄력 넘치는 여인의 육체가 드러났다. 비구니로서 속옷조차 걸치지 않았다는 게 다소 의아했지만 그는 일단 번거롭지 않아 오히려 좋았다.

“사태, 시주는 얼마든지 하리다.”

천색요골이라는 희대의 색녀 소견과 정사를 벌여도 죽지 않을 만큼 정력이 절륜한 백무향이다. 더군다나 미약에 취해 평소보다 더한 욕정에 젖어 있기에 그의 교합은 격정적일 수밖에 없었다.

웬만한 여인네라면 한 번의 교합을 마치기기 전에 까무러칠 상황이지만 멸정 사태는 여느 여인이 아니었다.

백무향은 미약에 취해 미친 듯 한 번의 교합을 마쳤지만 욕정이 완전히 해소되지 않아 재차 살을 섞었다. 한데 멸정 사태의 방사 솜씨는 상상을 초월할 정도였다. 숱한 사내를 겪어 온 소견보다도 훨씬 적극적이었고 기술 또한 다양했다.

백무향은 두 번째 교합으로 미약을 완전히 씻어냈지만 멸정 사태는 그를 놓아주지 않았다. 그녀는 마치 발정난 암캐처럼 몸부림을 치고 쾌락에 젖은 신음을 토하며 그를 부둥켜안고 흐느꼈다.

어쩔 수 없이 세 번째 교합을 치른 그는 거의 탈진이 되어 가쁜 숨을 몰아쉬었다.

'제기, 뭐 이런 비구니가 다 있어? 웬만한 사내였다면 정혈이 고갈돼 피를 토하고 죽었겠다.'

멸정 사태는 몹시 만족한 모습이 되어 그의 가슴을 어루만졌다.

"아, 정말 풍문이 사실이군요."

"무슨 풍문 말이오?"

"듣기에 공자가 전대의 정마쌍제인 뇌천검제나 풍운마제의 현신이라 하더군요. 역시 풍문대로 엄청난 공력을 지닌 분이세요."

백무향이 의아한 표정으로 말을 받았다.

"내가 정마쌍제의 현신이라고? 대체 그들이 누구야? 난 그저 사해문의 태상문주일 뿐이오."

그가 몸을 일으켜 앉자 멸정 사태도 한쪽으로 물러앉아 한 겹 승복을 둘렀다.

잠시 진기를 순환시킨 백무향은 상당한 공력 손실을 감지하고는 멸정 사태를 직시했다.

"당신, 정말 비구니요?"

"아미타불, 갑자기 왜 그러십니까?"

"강호에 사내의 정기를 흡수하는 음탕한 색녀들이 많다고 들었는데, 당신도 혹시 그런 부류가 아니냔 말이오? 한번의 정사로 이렇듯 내 공력이 손실되기는 처음이오."

멸정 사태는 정색을 지으며 그를 직시했다.

"빈니는 불문의 제자로서 지엄한 계율을 어기면서까지 몸 보시를 하여 시주를 구해 드렸습니다."

"그건… 사실이오."

"설사 빈니가 공력을 조금 흡수했다 해도 귀한 목숨을 구해 드렸는데 그것을 나무라십니까?"

백무향은 잠시 그녀를 바라보다가 몸을 일으켰다.

"풋, 이제 보니 무늬만 비구니로군? 머리 깎고 가사를 걸쳤다고 모두 비구니는 아니었어. 아무 데서나 벗기 좋게 겉옷만

달랑 걸친 것도 의심스럽고 말이야."

"아미타불, 빈니는 시주의 은인입니다. 그 점을 잊지 마십시오."

"좋아. 공력이 다소 손실되었지만 미약이 해소되었으니 그것을 문제 삼지는 않겠소. 솔직히 당신 정체가 뭐요?"

멸정 사태는 그의 안색을 살피며 배시시 미소를 지었다.

"내가 정체를 밝히면 죽일 생각입니까?"

"그럴 생각은 없소. 어쨌거나 한번 살을 섞은 것도 인연인데 당신을 내 손으로 죽이겠소? 그저 비구니 탈을 쓴 당신이 어떤 사람인지 궁금해서 그렇소."

"좋아요. 공자가 사해문의 태상문주이니 밝혀 드리죠."

"내가 사해문 소속이라서 밝힌다고?"

"그래요. 공자가 백도 정파 소속이라면 밝힐 수 없습니다. 당장 날 죽이려 할 테니까요."

백무향은 뇌천검을 집어 들고 허리춤에 찼다.

"꽤나 악명이 높은가 보군."

"난 산화회(散花會)의 회주 모민군(毛敏群)입니다. 한때 혈화지주(血花蜘蛛)로 불리었지요."

백무향은 눈알을 또르르 굴리다가 고개를 끄덕였다.

"산화회? 아, 들어본 적이 있어. 태백궁에 의해 궤멸된 삼회칠문 중 하나가 산화회였지?"

그러했다. 멸정 사태로 자처한 여인은 사실 흑도의 색녀 모민군이었다.

산화회는 여인들로만 구성된 여인지문으로 특히 색공에 능했다. 당시 산화회 요녀들의 색공에 의해 정혈이 고갈되고 폐인이 된 청년 무사들이 헤아릴 수 없이 많았다. 결국 태백궁은 산화회를 공적으로 규탄했고, 정파의 대대적인 공격을 받은 산화회는 괴멸되고 말았다.

회주 모민군은 그 와중에 용케 목숨을 건져 산중 깊숙이 은신했다. 한번 무림공적으로 낙인찍히면 강호 활동을 재개하기가 불가능하기에 그녀는 암자를 하나 선택해 비구니로 행세하며 겨우 목숨을 부지하고 있었던 것이다.

백도 의협들의 추적은 겨우 피했지만 문제는 그녀의 지독한 색기였다. 하루라도 사내를 접하지 않으면 견딜 수 없기에 그녀는 탁발을 다니면서 수시로 사내를 유혹해 욕정을 해소해야 했다.

이런 와중에 백무향을 만나게 되었으니 그녀로서는 상대가 미약을 복용했다는 것이 오히려 행운이 아닐 수 없었다.

모민군은 유혹적인 눈웃음을 쳤다.

"제 목에는 막대한 현상금이 걸려 있지요. 내 목을 베서 태백궁에 넘기면 현상금과 더불어 대협이라는 명성도 얻게 될 겁니다."

백무향은 피식 실소를 지었다.

"홋, 대협 따위가 뭐 대단하겠어? 그리고 난 돈에는 관심도 없소.”

그는 걸음을 옮겨 그녀를 지나쳤다.

“당신이 예전에 얼마나 고약한 악녀인지 몰라도 나 역시 의협이 아니니 당신을 죽일 이유가 없어. 착하게 살라고 권하지는 않겠지만 우리 사해문 제자들은 건드리지 마. 사해문 제자들을 유혹해 정혈을 뽑아갔다가는 일검에 베어버릴 테니까.”

모민군이 천천히 그의 뒤를 따랐다.

“이봐요, 나와 무려 세 번씩이나 살을 섞었는데 정말 괜찮아요?”

“그 정도에 쓰러질 내가 아니야.”

“그럴 리가 없는데?”

“뭐야?”

백무향이 고개를 돌리자 본색을 드러내며 모민군은 간특한 웃음을 지었다.

“호호홋, 내 몸속에는 최맥탈혼산(催脈奪魂酸)이 심어져 있다. 오직 음양화합을 통해서만 중독되기에 절대 감지할 수 없지. 네가 금강불괴지신이 아닌 이상 서서히 십이경락이 굳어지면서 죽을 수밖에 없다.”

급히 진기를 순환시킨 백무향은 그녀 말대로 진기의 순환이 원활하지 못함을 감지했다.

“해독약을 내놔.”

백무향이 다가서자 모민군은 가는 허리를 흔들며 뒤로 미끄러졌다.

"호호, 최맥탈혼산은 내 사부가 몸속에 심어놓은 독이라 나도 해득할 수 없다. 나와 교접한 사내는 누구든 죽어야 한다."

백무향은 공력을 운집해 뇌천검의 손잡이를 쥐었다.

"정말 악독한 계집이로군."

무림공적인 색녀라 해도 죽일 의도는 전혀 없었는데 그녀의 지나친 사악함이 그를 분노케 했다. 지금으로서는 일 푼의 공력이라도 아껴 최맥탈혼산을 억누르는 게 우선이지만 그는 치솟는 감정을 주체하기 힘들었다.

모민군은 잽싸게 십 장을 더 물러섰다.

"호호. 어서 뇌천검을 뽑아라. 오로지 네 손으로만 뽑을 수 있다는 뇌천검을 견식하고 싶구나."

충분히 거리를 두었기에 그녀는 절대적으로 안심하며 그를 조롱했다.

백무향은 애써 감정을 억제했다.

'그래, 더러운 색녀 하나 죽이자고 위험을 자초할 필요는 없다. 일단 해독이 우선이다.'

그는 계곡을 따라 빠르게 걸음을 옮겼다.

"추악한 년, 잠시 더 살려두겠다."

모민근은 멀찌감치 뒤를 따르며 계속 그를 자극했다.

"호호, 최맥탈혼산의 해독법을 가르쳐 주랴? 순음지기가 강한 계집을 택해 반복적으로 음양화합을 맺으면 해소될 수 있다. 네가 만일 뇌천검을 뽑아 바친다면 내가 다시 몸 보시를 해주겠다."

백무향은 지그시 이를 깨물었다.

'그래, 계속 주둥이를 놀려봐라. 내가 못 참을 정도가 되면 네년을 무조건 죽일 테니까.'

모민군은 아름드리 수목과 커다란 바위를 엄폐물로 삼아 이동하며 연신 백무향을 놀려댔다.

"백무향, 어서 검을 뽑아 날 베어봐!"

그를 자극시켜 공력을 뿜어내게 하려는 것이 그녀의 속셈이었다. 공력이 순환되면 최맥탈혼산이 더 빠르게 확산되기 때문이다. 결국 백무향의 깊지 않은 인내심이 한계를 넘어섰다.

그는 자신에 대한 배려가 없는 사람이었다. 죽을 때 죽더라도 수모는 못 참는 게 그의 직성이었다.

"이년!"

뇌천검을 뽑아 든 그가 벼락처럼 몸을 날렸다.

"죽인다!"

그를 격동시키는 데 성공한 모민군은 요사한 웃음을 터뜨리며 수림 속으로 달아났다.

"오호홋, 단순한 놈!"

뇌천검에서 뻗어나간 새파란 검기가 십수 장이나 분출되며 대번에 수림 일부를 파괴했다. 밑동이 베어진 수목들이 아우성을 치며 연이어 허리를 꺾었다.

모민군은 그와 대적할 생각이 전혀 없기에 유연한 신법을 펼치며 그를 조롱했다.

"호호, 백가야! 이백 년 전에 죽었으면 될 일을 왜 살아나서 고생을 하는 거냐?"

백무향은 수림 속으로 파고들며 계속 뇌천검을 휘둘렀다.

"요사한 계집, 대체 무슨 소리를 하는 거냐? 멀쩡히 살아 있는 나가 왜 이백 년 전에 죽었다는 거냐?"

모민군은 나무 기둥을 번갈아 박차며 높이 치솟아올랐다.

"어마, 그래? 이제야 올바른 소리를 하는 것을 보니 아주 미친놈은 아니로군?"

한데 이때였다. 대기를 가르는 날카로운 파공성과 함께 무수한 섬광이 날아들었다.

쐐애애액!

금빛이 감도는 백색 섬광은 병장기에서 뿜어지는 강기였다. 하나같이 강력한 위력이 담긴 강기였기에 모민군은 사색이 되고 말았다. 한두 줄기라면 모를까 동시에 날아드는 여덟 줄기의 강기는 그녀가 감당할 수준이 아니었다.

"아아악!"

처절한 비명과 함께 가슴이 관통된 그녀가 바닥으로 곤두

박질쳤다. 끔찍하게도 그녀는 여덟 개의 강기에 차례로 적중되면서 흔적도 찾아보기 힘든 핏물이 되고 말았다.

자신의 손으로 때려죽이고 싶은 모민군이었지만 막상 참혹한 주검을 대하자 백무향은 기분이 씁쓸했다.

'몹쓸 년, 그렇게 까불더니 결국 죽었군. 한데… 대체 어떤 놈들이기에 이토록 잔인해?'

백무향은 뇌천검을 검집에 꽂고는 수림 밖으로 나섰다.

수림 밖에 포진해 있는 여덟 명은 인간이라기보다 쇠로 제작된 철인을 방불케 했다.

키가 일 장에 달하는 거인들.

피부는 금빛이었고 어깨의 견갑과 가슴을 가리는 호심경이 백색 금속이었다. 그들은 제각기 금빛의 병기를 손에 쥐었는데 도, 검, 도끼, 극 등등 다양했다.

'이놈들은 대체 뭐야? 설마… 적은 아니겠지?'

그는 여덟 황금무장을 둘러보며 점잖게 물었다.

"당신들은 누구요?"

황금무장들은 각자의 방위를 지킬 뿐 그에게 일별도 주지 않았고 물음에도 대꾸 한마디 하지 않았다.

백무향은 은근히 부아가 치밀어 거칠게 내뱉었다.

"당신들 벙어리야? 사람 말이 말 같지 않아?"

이때였다. 경쾌한 말발굽 소리와 함께 한 대의 마차가 계곡을 따라 달려왔다.

다각다각……!

두 마리 흰말이 끄는 쌍두마차는 지붕이 없는 무개마차로 짐칸이 아주 좁았다. 대신 말을 모는 어자석이 크고 화려해 마차 몰기를 즐기는 귀족들의 경주용 마차와 흡사했다.

쌍두마차는 길도 없는 계곡을 마치 평지처럼 달려왔다. 굴곡이 심한 길을 달려오는데도 마차가 전혀 요동치지 않는 것이 신기했다.

"워워!"

고삐를 당겨 마차를 멈춰 세운 어자석의 주인은 사십대에 이른 중년인이었다. 희디흰 백삼에 금색 실로 용을 수놓았는데, 얼마나 많은 용이 수놓아져 있는지 화려한 금룡포로 보였다.

중년인은 단정히 틀어 올린 머리에 작은 관을 썼고 금비녀를 꽂았다. 단아한 용모에 위엄이 넘치는 눈빛, 사람들을 압도할 신위는 마치 군왕으로 생각될 정도였다.

세상에 거리낄 것이 없는 백무향이었지만 중년인을 대하자 절로 주눅이 들었다.

'대체 누구지? 태백궁주를 처음 대할 때처럼 오금을 펴지 못하게 만드는군.'

중년인이 어자석에 앉은 채로 백무향을 잠시 주시했다.

"자네가 바로 사해문의 태상문주인 백무향인가?"

"그렇소만……."

"흐음, 풍문대로 마왕지상을 지녔군. 타게나. 같이 갈 곳이
있네."

"어디를 말이오?"

"자네를 세상의 주인으로 만들어줄 곳일세."

중년인의 음성은 잔잔하면서도 힘이 넘쳤다.

세상의 주인!

실로 황당한 말을 하면서도 중년인의 어조는 아주 자연스
러웠다. 진지한 표정으로 미루어 결코 농담이 아니었으며 정
광이 형형한 눈빛을 감안한다면 결코 미치광이의 망언도 아
니었다.

백무향은 물끄러미 중년인을 바라보다가 물었다.

"당신이 혹시 옥황상제의 아우쯤 되시오?"

"아닐세."

"그렇다면 당신이 무슨 능력이 있어 나를 세상의 주인으로
만들어줄 수 있단 말이오?"

"천하에서 오직 본좌만이 자네를 세상의 주인으로 만들어
줄 수 있을 것이네."

백무향은 여덟 명의 황금무장을 둘러보고는 넌지시 물었
다.

"세상의 주인이 되면 어떤 이점이 있소?"

"자네가 원하는 모든 것을 가질 수 있네."

"혹시 거부하거나 반항하는 자도 있을 것 아니오?"

"그런 놈들을 당연히 죽여야 하지."

백무향은 건성으로 고개를 끄덕였다.

"흐음, 바꾸어 말하면 반항하는 놈들을 죄다 죽이면 세상의 주인이 될 수 있다는 얘기로군?"

중년인은 낭랑한 웃음을 터뜨렸다.

"하하, 영특하군. 자네는 세상의 주인이 되는 길을 정확히 알고 있어."

백무향은 상대의 황당한 공언에 웃음도 나오지 않았다.

'젠장. 뭐가 영특하다는 거야? 가뜩이나 정신 산만해 죽겠는데 웬 미친 인간이 나타나 헷갈리게 만드는군.'

그는 홱 돌아서며 빠르게 걸음을 옮겼다.

"난 세상의 주인이 되는 일에 전혀 관심이 없으니 현사군이나 태옥교 같은 자들을 찾아가 알아보시오. 아마 쌍수를 들어 환영할 것이오."

중년인은 천천히 마차를 몰아 백무향과 나란히 이동했다.

"자네의 인내심이 대단하군."

"뭐가 대단하다는 거요?"

"본좌에 대해 한마디도 묻지 않는군. 본좌가 누구인지, 왜 본좌가 자네를 선택했는지에 대해서 말일세."

백무향은 실소를 지으며 쏘아붙이듯 한마디 던졌다.

"당신 같으면 미친 인간과 도란도란 얘기하고 싶겠소?"

"어떻게 해야 자네가 본좌를 믿겠는가?"

“일없소.”

백무향은 냉담하게 잘라 말하고는 힐끗 중년인을 돌아보았다.

“가만, 내가 지금 중독돼 있는데 혹시 해소해 줄 수 있소? 만일 그런 능력이 있다면 당신을 조금 믿어보도록 하겠소.”

“어떤 독인가?”

“당신 부하들이 처참하게 죽인 계집이 과거 산화회주의 주인이었소. 어쩔 수 없이 그 계집과 살을 섞게 되었는데… 그만 최맥 어쩌고 하는 독에 중독되고 말았소.”

중년인은 잠시 백무향의 안색을 살피고는 고개를 끄덕였다.

“산화회주라면 혈화지주 모민군을 말하는군. 자네는 최맥탈혼산에 당한 것일세. 아주 지저분한 독이지.”

그가 대번에 자신에게 펼쳐진 독을 알아내자 백무향은 새삼 그를 다시 보게 되었다.

“맞아, 분명 최맥탈혼산이라 하였소. 혹시 치유할 방도를 알고 있소?”

“해독은 어렵지 않네. 순음지기가 강한 계집과 몇 번 교합을 맺게 되면 음양화합에 의해 자연스럽게 해소되지.”

“정말 알고 있네? 죽은 모민군도 그런 말을 했는데…….”

“최맥탈혼산은 일 갑자 전 혈음마녀에 의해 만들어진 독으로 채음보양술을 터득한 추잡한 색녀들이 주로 사용하지. 환희마궁에서 유래된 색독술로 이해하면 될 것이네."

백구향이 걸음을 멈추며 그를 직시했다.

"환희마궁에서 유래됐다고? 독의 내력까지 그렇듯 잘 아는 것을 보면 당신 혹시 오행마단에 소속된 마두요?"

"마두라… 하핫, 세상에서는 마땅히 그렇게 호칭하겠지."

어자석에서 내려선 중년인은 뒷짐을 진 채 비로소 자신의 신분을 밝혔네.

"그러하네. 내가 바로 오행제일 황금성(黃金城)의 성주일세."

일순 백무향의 표정이 심각하게 굳어졌다.

'황금성? 정말 이자가 황금성의 성주란 말인가?'

오행마단 중 하나인 황금성.

백무향이 오행마단에 대해 알고 있는 정보는 일부에 불과하지단 그래도 다섯 개 마단의 이름과 각 마단의 특성 정도는 들은 바 있었다.

황금성은 오행 중 백금(白金)에 해당되며 벽라마원과 더불어 다른 세 개의 마단을 압도하는 잠재력을 지닌 무서운 마단이다.

백무향은 우연히 지옥마부에 흘러들어 본의 아니게 혈투를 벌인 적이 있었고, 소견을 찾기 위해 환희마궁을 찾아가 충돌한 적이 있었다.

다른 삼 개 마단과는 아직 접촉한 적이 없지만 두 마단과 단단히 원한을 맺은 터라 오행마단에 대한 인식이 좋을 리 만무했다. 하기에 그를 찾아온 황금성주에 대해 호의적일 수 없었다.

백무향은 잔뜩 경각심을 높이며 황금성주를 직시했다.

"황금성주라면 마두 중에서도 대마두이겠군. 날 끌고 가려는 이유가 뭐냐?"

황금성주는 황금 채찍을 말아 쥔 채 낭랑한 웃음을 터뜨렸다.

"하하, 앞서 말하지 않았더냐? 널 황금성으로 데려가 본좌의 후계자로 삼을 생각이다. 마황진경은 마왕지상을 지닌 자만이 대성할 수 있다. 본좌는 너를 통해 오행마단을 통합해 과거의 오행천을 재건하고자 한다."

"그건 당신 희망 사항이고 난 전혀 관심이 없어. 그러니 다른 놈들이나 찾아봐."

"마왕지상으로 태어난 이상 대마황의 후계자가 되는 것이 운명이다. 넌 운명을 거부할 자격이 없다."

백무향은 싸늘한 미소를 지으며 반박했다.

"허튼소리 마. 내 운명은 내가 결정해. 누구도 내게 하고 싶은 않은 일을 강요하지 못한다. 게다가 난 누구의 제자도 되지 않는다. 누가 감히 사해문의 태상문주인 나를 제자로 삼을 수 있단 말이냐?"

황금성주의 금빛 눈썹이 가볍게 꿈틀거렸다.

"흐음, 소문대로 성격이 고약한 녀석이로군. 권주를 마다하겠다면 벌주를 먹일 수밖에."

그는 주변의 황금무장들을 향해 지시를 내렸다.

"놈을 제압해라."

순간 백무향의 뇌천검이 벼락처럼 발출되었다.

"너부터 뒈지고 싶으냐?"

번― 쩍―!

엄청난 위력의 쾌검이 황금성주를 향해 발출되었다. 뇌천검법 가장 쾌속한 무형섬쾌광이었다. 비록 최맥탈혼산에 중독된 상태였지만 쾌검식은 과도한 진기를 요구하지 않는 수법이기에 쾌속한 출수에는 전혀 지장이 없었다.

한데 황금성주는 뇌천검에 의해 펼쳐진 쾌검을 보고도 눈썹 하나 까딱하지 않았다. 그는 손에 쥔 황금 채찍을 가볍게 들어올렸다.

차앙―!

날카로운 금속성과 함께 백무향의 쾌검식은 대번에 무산되었다.

백무향은 가슴이 덜컥 내려앉았다.

'뭐, 뭐야? 뇌천검법이 통하지 않다니?'

그는 일전에 소수마후와 겨룬 적이 있었지만 황금성주가 그녀를 훨씬 능가하는 초극의 고수임을 직감했다.

'이놈은 정말 무서운 마두이다!'

길게 생각할 여유가 없었다. 만일 잡혀가면 그도 소견처럼 강제로 오행마단의 제자가 되어야 한다는 생각에 마음이 급했다.

'튀자!'

제 22 장

도불쌍절의 제자

퍼— 꺼펑—!

도주를 노리는 순간부터 격돌이 시작되었다.

백무향이 허공으로 떠오르자 황금무장 둘이 꼿꼿하게 솟구쳐 올랐다. 거대한 체구답지 않게 날렵한 몸놀림이었다.

"꺼져!"

백무향은 허공을 밟고 이동하며 뇌천검을 발출했다.

은은한 우렛소리와 함께 무수한 번갯불이 하늘에서 꽂혔다. 새파란 섬전은 한줄기 한줄기가 파괴적인 위력이 담긴 검기였다.

그러나 황금무장들은 뇌천검의 검기에 적중되고도 끄떡없

었다. 황금빛 피부에 가는 혈흔이 새겨졌을 뿐 피 한 방울 흘리지 않았다.

백무향은 뇌천검으로도 황금무장들을 간단히 벨 수 없자 입 안이 바싹 말랐다.

'젠장, 인간이 아니라 괴물들이군.'

뇌천검을 회수하는 그는 천근추 수법으로 급히 하강하면서 열양진기를 운집했다.

'검으로 벨 수 없는 놈들이라면 녹여 버리겠다!'

그가 전면으로 날아가자 두 명의 황금무장이 좌우에서 교차하며 앞을 가로막았다. 그들의 손에 쥐어진 백금 병기들이 어깨와 옆구리로 파고들었다.

백무향은 힘찬 기합성과 함께 폭염마공을 발출했다.

"받아랏, 괴물들!"

콰류류!

어마어마한 화염폭풍이었다. 이글거리는 화염이 소용돌이치면서 두 명의 황금무장을 휘감았다.

퍼—펑!

엄청난 폭음과 함께 두 황금무장이 나가동그라졌다.

동신철골처럼 단단한 신체를 지닌 그들이었지만 무쇠도 녹이는 폭염마공에는 신체적 한계를 드러냈다. 그들의 전신이 불꽃에 휩싸이면서 금빛 피부가 검게 변색되었다.

그런 와중에도 신음 소리 한 번 흘리지 않는 황금무장들의 정신력에 백무향은 등골이 서늘해졌다.

'마물들이군. 잡히면 끝장이다!'

그는 혼신의 공력을 끌어올려 경공술을 펼쳤다.

그러자 여섯 명의 황금무장이 허공 높이 치솟아오르며 그를 추격해 왔다. 그들의 신법은 기민하지 않았지만 워낙 높게 도약하기에 백무향을 추격하는 데 어려움이 없었다.

황금성주는 불꽃에 휩싸여 있는 두 황금무장을 향해 지풍을 튕겼다.

치익— 칙!

두 황금무장의 몸에서 허연 김이 피어오르며 이내 불꽃이 사그라졌다.

황금성주는 품속에서 약병을 꺼내 두 황금무장에게 금빛 환약을 나누어 주었다.

"황금신단(黃金神丹)을 복용하면 이내 회복될 수 있을 것이다. 부상을 치유한 후 합류토록 해라."

두 황금무장은 정중히 배례를 올렸다.

"망극합니다, 성주님."

황금성주는 고삐를 느근하게 풀어주며 마차를 이동시켰다.

"가자!"

두 마리 백마는 깨끗한 갈기를 휘날리며 계곡을 따라 내달렸다. 세상에 보기 드문 천리마인지 뛰어가는 게 아니라 거의 날아가는 수준이었다.

　연속된 격돌 탓인지 백무향은 심한 현기증을 느꼈다. 최맥탈혼산이 경락을 타고 확산되면서 공력이 급감하였다. 겨우 신법을 펼칠 뿐이기에 추격해 오는 황금무장들에 대한 반격은 생각지도 못할 상황이었다.

　"헉헉……!"

　계곡을 벗어난 백무향은 하천을 따라 몸을 날렸다.

　하천 변으로 웃자란 갈대숲이 넓게 펼쳐져 있었다. 웬만한 자들의 추격이라면 갈대숲에 숨어 따돌릴 수 있지만 황금무장들은 허공 높이 도약하는 능력이 있어 갈대숲은 크게 도움이 되지 않았다. 게다가 저들이라면 갈대숲을 모두 태워서라도 그를 찾으려 할 것이다.

　'큰일이로군. 정신을 잃기 전에 안전한 곳으로 피신해야 하는데…….'

　힐끗 뒤를 돌아본 백무향은 초조해졌다.

　여섯 명의 황금무장은 십 장 이내까지 바싹 따라붙고 있었다. 조금 더 접근을 허용했다가는 그들의 백금 병장기에 쓰러질 상황이었다.

　눈을 좌우로 돌리던 백무향이 별안간 방향을 틀어 하천 건너편으로 날아갔다.

　"차앗!"

양팔을 활짝 벌린 그는 한 마리 새처럼 수면 위로 날아갔다. 십수 장을 비월하다가 하강한 그는 수면을 걷어차고는 재차 도약했다.

태백궁주가 전수해 준 도공답운비.

지옥마부를 탈출하면서 배웠던 신법을 다시 한 번 요긴하게 써먹는 순간이었다.

하천 변에 이른 여섯 황금무장은 무표정하게 무향을 응시했다. 그들의 도약력이 아무리 뛰어나도 삼십여 장에 이르는 하천을 단숨에 건너뛸 수는 없었다.

가까스로 하천 건너편에 이른 백무향은 황금무장들이 하천 변에서 꼼짝도 못하고 있자 통쾌한 웃음을 터뜨렸다.

"하하핫! 어서 건너와 봐라, 괴물들아!"

그 순간 두 명의 황금무장이 허공 높이 솟구치며 도강(渡江)을 시도했다.

백무향은 하천의 폭을 가늠하며 마음을 푹 놓았다.

"그래, 그대로 물속에 처박혀 죽어라. 무쇳덩이 같은 너희들이 무슨 재주로 무력답수를 펼치겠냐?"

십수 장을 비월한 두 명의 황금무장이 빠른 속도로 추락했다. 백구향은 즐거운 심정으로 그들을 지켜보았다.

한데 전혀 예상치 못한 상황이 전개되었다.

하천 변에 서 있던 네 명이 황금무장이 일제히 장력을 내질렀다. 수면을 가르며 십수 장이나 뻗은 장력이 추락하던 두 황금무장의 등판을 강타했다. 어지간한 사람이라면 강력한 장력에 피를 토하고 절명했겠지만 황금무장들은 도검불침의 금종조 신공을 연성한 자들이었다.

퍼—펑!

장력에 적중된 두 황금무장은 그 여세를 빌어 재차 도약하며 백무향을 향해 날아들었다.

"젠장!"

백무향은 싸울 엄두도 나지 않아 하천 변을 따라 달아났다.

한데 더 믿지 못할 상황이 눈앞에서 전개되고 있었다. 두 마리 백설준총이 황금성주가 탄 마차를 이끌고 수면 위를 평지처럼 달려오고 있지 않은가?

마차 바퀴는 수면에 반쯤 잠겨 회전하였고 말은 수면을 밟고 뛰는데 발목 정도만 잠겼다.

백무향은 너무도 진귀한 광경에 말도 제대로 나오지 않았다.

"뭐, 뭐야, 저건? 설마 하늘에서 내려온 천마란 말인가?"

그는 쿵쿵 뛰는 심장을 부여안고 하천 변 수림 속으로 뛰어들었다. 공력이 거의 소진돼 오로지 체력만으로 뛰는 바람에 숨이 턱까지 찼다. 심한 현기증으로 정신마저 오락가락해 방향도 제대로 가늠할 수 없었다.

빠악!

아름드리 기둥에 머리를 박은 백무향은 아픈 비명을 지으며 털썩 주저앉았다.

　사람의 의지력에는 한계가 있다. 쫓기는 자들은 처음에 살기 위해 죽을힘을 다하지만 막다른 골목에 이르면 체념하며 모든 것을 포기하게 된다.

　기력이 고갈되고 신지마저 흩어진 백무향도 한계에 이르자 만사가 귀찮아졌다. 황금성 무장들이 자신을 죽이기 위해 추격하는 것이 아님을 되새기자 두려움조차 느껴지지 않았다.

　백두향은 자포자기한 심정에 젖어 벌렁 누웠다.

　"그래, 니들 마음대로 해라."

　수림을 헤치며 다가오는 황금무장들의 발걸음 소리에 지반이 쿵쿵 울린다.

　눈을 게슴츠레 뜬 백무향은 태옥교를 떠올리며 이를 갈았다.

　'모두 그 교활한 년 때문이다. 왜 미약 따위를 먹여 더러운 색녀와 교합을 하게 만든 거야?'

　황금무장들이 발걸음 소리가 아주 가깝게 들려왔다.

　백무향은 두려움보다는 분노와 수치를 느꼈다. 그의 의지에 관계없이 제압돼 끌려간다는 것은 견딜 수 없는 굴욕이었다.

　'내가 이따위 놈들한테 잡혀가야 한단 말인가? 나 백무향이 고작 이런 인간에 불과했단 말인가?'

한데 이때였다. 갑자기 주변이 캄캄해지며 세상의 모든 빛이 사라졌다. 동시에 백무향은 부드러운 힘에 이끌려 둥실 떠올랐다.

'어엇? 이건 또 무슨 조화이지?'

백무향은 혼미함 속에서도 입술을 질끈 깨물며 애써 정신을 차리러 애썼다.

콰쾅―!

일진 폭음과 함께 아름드리 수목이 꺾이는 소리가 들려왔다.

"호호호, 마왕지상은 내가 데려간다."

인간의 음성이라 하기에는 너무도 감미로웠다. 백무향은 그 고운 음색에 취해 자신이 꿈을 꾸고 있는 것은 아닌지 착각했다.

붕괴된 수림 한쪽으로 나자빠져 있는 두 거인은 바로 황금무장이었다. 넝쿨에 칭칭 감긴 그들은 몸을 일으키려 용을 썼지만 질긴 넝쿨은 그들을 놓아주지 않았다.

이때 쌍두마차를 탄 황금성주가 수림에 이르렀다. 바닥으로 내려선 그가 황금 채찍을 말아 쥐며 준엄하게 꾸짖었다.

"혈훼(血卉), 네가 감히 본좌에 대업을 방해할 셈이냐?"

수림 한쪽으로 마치 검은 장막이 둘러진 듯 짙은 어둠이 깔려 있었다.

"호호, 율지환(律地桓). 싫다는 사람을 왜 억지로 끌고 가려는 것이냐?"

"그것이 백무향의 운명이다. 놈을 놓아두고 당장 꺼져라!"

"율지환, 너의 속셈을 모를 것 같으냐? 백무향에게 마황진경을 수련케 하여 오행마단을 복속시킬 생각이 아니더냐? 나역시 마찬가지이기에 백무향이 꼭 필요하다."

황금성주 율지환은 넝쿨에 휘감긴 황금무장들을 향해 황금 채찍을 휘둘렀다. 황금무장들의 괴력으로도 끊이지 않던 넝쿨들이 이내 베어지며 황금무장 둘이 몸을 일으켰다.

율지환은 검은 장막이 둘러진 듯한 짙은 어둠 속으로 다가섰다.

"네가 그럴 생각이었다면 진작 시도했어야 옳았다. 본좌가 먼저 녀석을 후계자로 결정한 이상 넌 자격이 없다."

"오호호, 그럼 잠시 본인에게 물어볼까?"

"그럴 필요 없다. 내가 허락하지 않을 테니까."

율지환은 어둠을 향해 황금 채찍을 내려쳤다.

콰아앙!

굉음과 함께 짙은 어둠이 칼로 베어진 휘장처럼 사위로 흩어졌다.

한 번의 채찍질로 수림이 사라지고 반경 십 장에 달하는 커다란 공터가 형성되었다. 실로 가공할 공력이 아닐 수 없었다.

어둠은 또 다른 수림 한쪽에서 빠른 속도로 형성되었다. 순식간에 성장한 짙푸른 나무숲으로 인해 만들어지는 암흑 공간은 마치 마법을 방불케 했다.

백무향은 암흑 속에 둥실 뜬 채 허공을 더듬거렸다.

"넌… 누구냐? 황금성주와 잘 아는 사이야?"

"그래, 난 벽라마원의 주인으로 암흑항아(暗黑姮娥)라 한다. 혈훼는 내 이름이다."

"낯짝은 몰라도 목소리는 정말 죽이는군. 날 어쩔 셈이냐?"

"일단 율지환을 물리쳐야 하니 뇌천검을 잠깐 빌리자."

백무향은 마른 웃음을 흘렸다.

"크훗, 내 뇌천검을 빌리겠다고? 어디서 사기를 치려는 거냐? 내가 검을 뽑으면 갖고 달아나려는 거잖아?"

"멍청한 녀석, 내가 그럴 사람으로 보이단 말이냐?"

"당연하지. 너 또한 오행마단에 속한 마녀인데 어떻게 믿을 수 있겠냐? 그 밥에 그 나물이지."

백무향은 잠시 안도했다가 자신을 구한 사람의 정체를 알게 되자 입맛이 썼다.

벽라마원(碧羅魔園).

이 마단은 오행 중 청목(青木)에 해당되며 마황진경의 절반을 지니고 있기에 황금성과 더불어 오행마단 중 최강으로 평가된다. 전대 오대마신 중 벽라마후가 창건한 마단이라 기환술에 능하다.

혈휘는 꿀처럼 감미로운 음성으로 그를 회유했다.

"백무향, 황금성에 비하면 벽라마원은 천당이다. 네가 원하는 모든 쾌락을 만끽할 수 있는 곳이지. 나를 믿고 뇌천검을 다오."

백무향은 어느 곳으로 끌려가든 결과는 마찬가지라는 생각에 스르르 눈을 감았다.

"난 모르겠다. 니들끼리 알아서 싸워. 난 너무 어지러워 잠이나 자야겠다."

이때 율지환이 짙은 어둠 속으로 뛰어들며 황금 채찍을 휘둘렀다.

"네년의 사술은 내게 통하지 않는다!"

화려한 금빛 강기가 확산되자 수림 전체가 폭발하듯 굉음이 터졌다. 이어 짙푸른 나뭇조각들이 우박처럼 쏟아져 내렸다. 그러나 폭우처럼 쏟아지던 뾰족한 나뭇조각들은 율지환의 호신강기에 튕겨 가루로 변했다.

"어림없다!"

율지환은 다시 짙푸른 수목이 형성되는 수림으로 뛰어들었다.

콰아앙!

폭음과 함께 어둠이 깨지면서 면사를 쓴 여인이 모습을 드러냈다.

화려한 금발과 푸른 눈망울로 미루어 유오이 족이나 서역

출신의 여인인 듯했다. 짙푸른 피풍의를 바닥까지 길게 늘어
뜨리고 있어 늘씬한 키가 한결 커 보였다. 그녀의 옆구리에는
혼절한 듯 잠들어 있는 백무향이 끼워져 있었다.
　금발의 면사여인이 바로 벽라마원의 원주 혈훼였다.
　율지환은 채찍을 쥔 손으로 그녀를 가리켰다.
　“혈훼, 어서 백무향을 내려놓고 꺼져라.”
　“호호, 내게 명령할 처지가 아닐 텐데? 황금마신(黃金魔神)
의 후계자라 하여 네가 오행제일인 줄 아느냐?”
　“발칙한 계집!”
　율지환은 한 걸음 내디디며 황금 채찍을 휘둘렀다.
　촤아악―!
　세상이 금색으로 물들 듯 화려한 금빛 기운이 하늘과 땅을
뒤덮었다. 과거 오대마신 중 가장 강력한 위력을 지닌 황금마
신의 절기였다.
　혈훼는 감히 내공 대결을 펼칠 수 없기에 급히 벽라기환술
을 펼쳤다.
　“암흑마림(暗黑魔林)!”
　지면에서 짙푸른 넝쿨과 나뭇가지가 치솟아오르며 순식간
에 하늘을 새까맣게 가렸다. 한 번 펼쳐지면 상대를 암흑 공
간에 가둬 정신착란에 빠뜨리는 기환마공이었다.
　그러나 황금마공을 터득한 율지환에게 있어 기환마법은
그다지 위협이 되지 못했다. 그의 몸에서 금빛 강기가 분출되

자 사방에서 조여 오던 암흑마림이 모래처럼 으스러졌다.

어둠을 뚫고 나선 율지환은 하늘 저편으로 시선을 고정시켰다. 푸른 점이 아득히 멀어지고 있었다. 혈훼가 이미 추적권 밖으로 달아난 것이다.

연기처럼 스러진 율지환의 모습이 어자석에 유령처럼 나타났다. 전설적인 이형환위 신법이었다.

고삐를 쥔 율지환이 짤막하게 지시를 내렸다.

"귀환한다!"

2

사락사락……!

태옥교는 긴 옷자락을 이끌며 태백궁 의사청으로 향하고 있었다.

화려한 치장을 하지 않았지만 적당한 화장과 채색 옷을 걸친 모습이 예전과 달랐다. 특히 궁장으로 틀어 올린 머리 매무새가 사뭇 도도한 분위기를 느끼게 해주었다.

의사청 입구에 서 있던 벽력도왕 사도풍이 눈썹을 치켜 올리며 너털웃음을 터뜨렸다.

"허헛, 대공녀가 마침내 어엿한 숙녀가 되셨군?"

태옥교가 공손히 손을 모았다.

"무상을 뵈옵니다."

“풍문에 의하면 뇌천공자와 독대를 했다 하던데, 혹시 아름다운 인연이 생기는 것은 아닌지 모르겠네.”

“유감스럽게도 그런 일은 전혀 없었습니다. 소녀는 천하의 안녕과 강호 정의가 지켜질 수 있다면 혼례는 생각지 않습니다.”

사도풍이 정색을 지으며 고개를 저었다.

“허어, 안 될 말일세. 광명신검의 혈육은 대공녀가 유일하지 않은가? 대공녀는 반드시 후사를 이어 태씨 가문을 보존해야 하네. 아들을 낳으면 더욱 좋고.”

태옥교는 가볍게 홍조를 띠었다.

“아직 처녀의 몸입니다. 벌써 후사를 거론하시면 부끄럽습니다.”

“허허, 그런가?”

사도풍은 태옥교와 나란히 의사청으로 들어섰다.

“대공녀의 화장한 모습이 정말 아름답군. 내가 너무 늙은 게 한탄스럽네.”

“과찬이십니다, 무상.”

사도풍은 풍성한 사자수염을 내리쓸며 호의적인 미소를 지었다.

“한데 말일세… 이 늙은이가 보기에는 대공녀의 청순한 예전 모습이 더욱 매력적이었네.”

　전주와 원주, 각주들이 참여하는 회의가 두 시진에 걸쳐 진행되었다.

　그들 대부분은 혈사성의 공격에 대한 미온적인 대응을 질타하였다. 상세한 내막을 모르는 그들로서는 전력상 우위에 있는 태백궁이 왜 출전을 보류해야 하는지 이해가 되지 않았던 것이다.

　태옥교는 예전과 달리 냉정한 대처를 지시했다.

　"본 궁의 지원을 요청하는 각 문파에게 전하세요. 태백궁은 더 이상 천하무림을 위한 파수꾼이 아닙니다. 각 문파와 세가에서는 스스로를 지킬 힘을 키워야 합니다. 자신을 지킬 힘이 없다면 혈사성에 굴복하거나 해체되어야 마땅합니다."

　사도풍이 무거운 어조로 말을 받았다.

　"대공녀의 그 말은 삼십 년 이래 고수해 왔던 태백궁의 방침을 전면 수정하겠다는 뜻인가?"

　"혈사성은 단지 피부에 드러난 부스럼에 불과합니다. 정작 무서운 병은 몸 곳곳에서 도사리고 있습니다. 지금은 체력을 보존해야 할 때입니다."

　자리에서 일어선 태옥교가 단상 위를 천천히 걸으며 말을 이었다.

　"여러분은 오행마단의 존재에 대해 알고 계실 겁니다. 저들은 오래 전 오행천의 잔당으로 시작되었지만 지금은 하나하나가 가공할 마단으로 성장했습니다. 저들 중 두 마단이 동시에 본 궁을 공격한다면… 과연 본 궁이 막아낼 수 있을지 자신할 수 없는 게 솔직한 심정입니다."

수뇌 급 사이에서 무거운 침음성이 흘렀다. 몇 명은 인정할 수 없는 듯 분연히 고개를 저었지만 굳이 반론를 내세우지 않았다.

창문을 통해 떨어지는 낙엽을 응시하는 태옥교의 눈빛이 어지럽다.

"최근 들어 저는 두 가지 면에서 실수하는 바람에 오행마 단과 맞설 강력한 우군을 잃게 되었습니다. 괴롭지만 지금은 혈사성의 횡포를 지켜볼 수밖에 없습니다. 다행히 사해문의 태상문주가 혈사성주와 양패구상을 이루는 바람에 혈사성의 기세가 다소 수그러들었습니다. 어쩌면 사해문과 혈사성이 또 한 번 충돌해 와해될 수도 있습니다."

사도풍이 풍성한 수염을 감싸 쥐었다.

"그렇다면 사해문이 천하 정기를 위해 지대한 공을 세우는 것이 아닌가?"

태옥교의 평가는 의외로 냉담했다.

"뇌천공자 백무향은 그 내력을 알 수 없는 사람입니다. 아버님을 구해오는 엄청난 공을 세웠지만 이후로는 전혀 예상치 못한 일들을 벌이고 있습니다. 마치 자신이 뇌천검제의 현신인 듯 행세하기도 했다가 지금은 풍운마제의 현신임을 내세워 사해문의 태상문주가 되었습니다. 또한 그가 혈사성과 격돌하는 것은 패권 다툼 때문이지 강호의 평화와 무림 정기의 수호와는 무관합니다."

전주 몇 명이 목청을 높여 동조했다.

"대공녀의 말씀이 옳소. 사해문같이 천하 자들이 어찌 천하 정기를 수호할 수 있겠소?"

"상황을 분석해 보면 백무향은 야욕이 대단한 자요. 궁주님을 구출해 온 것 또한 의심해 보아야 할 사안이오."

"사해문 또한 혈사성과 다름없는 자들이오."

좌중의 분위기가 예상한 방향으로 흐르자 태옥교는 계획해 두었던 지침을 하달했다.

"이마제마(以魔制魔)라는 말이 있습니다. 현 상황에서는 사해문을 부추겨 혈사성과 격돌시키는 것이 최선입니다. 각 수장께서는 이 점을 유념하십시오."

회의를 마치고 옥봉각으로 돌아온 태옥교는 정자에 홀로 앉아 차를 음미하었다.

사해문을 혈사성과 같은 무리로 싸잡아 매도한 이상 백무향에 대한 세상의 평가는 나빠질 수밖에 없다. 혈사성과 더불어 강호의 패권을 다투는 사파의 종주로 치부될 것이다.

태옥교는 용정차의 향기를 음미하며 백무향을 떠올렸다.

'날 거부한 이상 당신 역시 적일 수밖에 없어. 내 계획대로 아무런 의심 없이 날 품었다면 당신은 광명신검을 계승할 위

대한 영웅으로 추앙받았을 텐데…….'

사실 그녀는 울금향에 미약과 함께 기억 회복을 저하시키는 망회단(忘廻丹)을 섞었다.

그녀의 진단이 정확하다면 백무향은 뇌호혈을 다쳐 과거를 기억하지 못한다. 따라서 뇌호혈이 타통되면 전대의 상황을 완전히 기억하게 된다. 그것을 굳어지게 만드는 약이 망회단이다.

만일 그녀의 의술이 반사귀선처럼 뛰어났다면 한 번의 투약으로 백무향의 과거를 모두 지울 수 있었을 것이다. 하지만 그녀가 조제한 망회단은 적어도 세 번은 복용시켜야 기억 회복을 완전히 차단할 수 있었다.

백무향의 기억을 깨끗하게 지우는 데 실패한 그녀는 훗날의 위협에 대비해 그의 존재를 비하시키기로 마음먹었다.

사해문을 혈사성과 같은 부류로 취급하면 그가 설사 혈사성을 격파해도 결코 영웅이 될 수 없다. 오히려 천하를 집어삼키려는 악당으로 지탄받게 될 것이다.

태옥교는 찻잔을 내리며 차가운 미소를 머금었다.

'현사군, 백무향! 당신들이 날 이렇게 만든 거야. 나의 간절한 호소를 거부한 당신들을 결코 용서할 수 없어.'

한데 이때였다.

때때땡—!

요란한 경종 소리가 태백궁 전체를 진동시켰다. 경종에도 여러 단계가 있는데 이렇듯 긴급을 요구하는 경종은 창건 이래 처음이었다.

태옥고는 아미를 찌푸리며 눈을 가늘게 떴다.

'이건 침입자를 알리는 경보다. 경보의 신호를 감안한다면 이미 외곽 방어선을 돌파당했다. 대체 어떤 자들이기에……?'

퍼— 퍼펑—!

연이은 폭음 속에서 태백궁 제자들이 피를 토하며 나뒹굴고 있었다. 다행히 침입자의 손속이 악독하지 않아 죽는 사람들은 없었다.

"하하핫! 천하제일이라는 태백궁이 고작 이 정도인가?"

침입자는 단 한 명.

머리에는 죽립을 깊숙이 눌러썼고 몸에는 도사처럼 학창의를 걸쳤다. 정문을 지키는 경비무사들을 가로지르는 그의 행보는 거침이 없었다. 워낙 초절한 공력의 소유자라 일수 일권이 전개될 때마다 칠팔 명씩 나가동그라졌다.

"하핫, 안타깝고 안타깝도다. 내 오늘 태백궁을 접수해야겠다."

침입자는 오만한 웃음을 터뜨리며 장난스럽게 손발을 놀렸다. 일부러 지어낸 듯한 쉰소리며 거친 행동이 다소 어색해 보인다.

그가 정문을 향해 몸을 날리자 청룡전주와 백호전주가 나서며 그의 행보를 저지했다.

"어림없다!"

"대체 어디서 온 악적이냐?"

청룡전주는 검법의 달인이고 백호전주는 심후한 공력을 지닌 장법의 고수다. 태백궁 내에서도 서열 십 위 안에 드는 절정고수답게 그들의 공세는 확실히 위협적이었다.

득의양양하던 침입자도 두 전주의 합공을 당하자 다소 주춤했다.

"어이구, 섬뜩하외다."

침입자는 장난기 어린 비명을 토하고는 몸을 팽이처럼 회전시켰다.

"태상노군이시여, 힘을 주소서!"

그가 두 손을 쳐들자 머리 위로 거대한 태극 도형이 형성되었다.

"가랏!"

침입자는 강기로 형성된 태극 도형을 힘껏 내던졌다.

위이잉—!

엄청난 속도로 회전하며 날아드는 원반형 강기는 지극히 파괴적이었다. 칼날 같은 예기가 십 장 이내를 뒤덮었고 사위를 휩쓰는 폭풍이 짙은 흙먼지를 일으켰다.

청룡전주와 백호전주는 상상도 못할 절기에 바싹 긴장했다. 그들마저 침입자를 막지 못한다면 무상이 직접 나서야 한다. 그러나 침입자 한 명을 제압하지 못해 무상인 벽력도왕까지 출전한다는 것은 태백궁으로서 크나큰 수모가 아닐 수 없었다.

두 전즈는 양패구상을 각오하며 최고의 절학을 발휘해 원반형 강기와 충돌했다.

"검천만상(劍天萬象)!"

"뇌화장패(雷火掌覇)!"

두 전주의 혼신 공력이 깃든 검강과 순양강기가 펼쳐지자 침입자는 급히 원반형 강기를 회수했다.

"에고, 함께 죽을 생각은 없소."

그는 익살스러운 비명을 토하며 양손을 가슴 앞에 교차시켰다. 원반형 강기를 회수한 그로서는 두 전주의 공세에 고스란히 적중될 수밖에 없었다. 일순 그의 몸 주변으로 은은한 자색 기운이 어른거리며 엄청난 폭음이 울려 퍼졌다.

콰―콩!

충돌의 여파로 바닥에 깔린 석판이 연이어 폭발해 올랐다. 멀리까지 비산된 강기의 파편에 스친 몇몇 제자들이 내상을 입기도 했다.

자욱한 흙먼지가 가라앉으며 장내의 상황이 드러났다.

침입자는 여전히 양손을 가슴 앞에 교차시킨 자세를 유지하고 있었다. 검강과 순양강기에 고스란히 적중되었지만 놀랍게도 침입자는 별반 부상을 당하지 않은 상태였다.

"콜록콜록! 에고, 매워라."

넓은 소매로 입을 가리며 기침을 하는 모습이 무척이나 익
살스러웠다. 그러다 죽립이 박살 나 자신의 모습이 드러난 것
을 깨닫고는 빤질빤질한 머리를 긁적거렸다.

"헤헤, 벌써부터 드러나면 재미없는데."

승려처럼 머리를 빡빡 밀었지만 전혀 어울리지 않게 도사
복장을 하고 있어 외양으로만 본다면 승려인지 도사인지 분
간할 수가 없었다. 아직 앳된 나이를 감안하면 감히 태백궁을
침범할 악도로도 보이지 않았다.

이때 금천각 호위무사들이 내려서며 침입자를 에워쌌다.

"무상과 대공녀께서 납시셨다!"

사도풍과 태옥교가 정문을 통해 나서자 태백궁 제자들이
일제히 예를 올렸다.

"무상을 뵈옵니다!"

"태공녀를 뵈오이다!"

사도풍은 침입자를 직시하고는 가볍게 고개를 흔들었다.

"아직 솜털도 가시지 않은 어린 녀석이로군. 대체 무슨 연
유로 태백궁을 침범한 것이냐?"

침입자는 소탈한 웃음을 터뜨렸다.

"헤헷, 이유는 세 가지요. 첫 번째는 태백궁의 실력을 시험
하기 위함이고, 두 번째는 내 무공을 과시하기 위함이며, 세
번째는……."

그는 사도풍 옆에 서 있는 태옥교 쪽으로 시선을 고정시키며 히죽거렸다.

"세상에서 가장 아름답다는 대공녀를 직접 보기 위함이오."

"네 이놈!"

사도풍이 일수를 비스듬히 내리그었다. 비록 병기인 벽력도에 의한 수법은 아니었지만 수도(手刀)만으로 적수가 없을 만큼 위력적인 공세였다.

침입자는 움찔 놀라 뒤로 미끄러졌다.

"노형, 이런 법이 어디 있소?"

엄살을 부리면서도 그는 허공에 무수한 주먹 그림자를 형성해 사도풍의 수도 공격을 막아냈다.

순간 태옥교가 날렵하게 솟구쳐 오르며 허리춤의 연검을 뽑아 들었다.

"검황만리표(劍皇萬里瓢)!"

츄리릭!

검극에서 무수한 수백 개의 검기가 발출되며 지상으로 쏟아져 니렸다. 태백궁주의 절기 중 하나인 환우검법(寰宇劍法)이었다. 그녀가 직접 무공을 펼쳐 내기는 극히 드문 일이라 태백궁 제자들로서도 그녀의 검법을 견식하기는 처음이었다.

"살살 합시다, 대공녀!"

침입자는 과장스런 비명을 토하며 빙글 솟구쳐 올랐다.

차앙……!

푸른빛이 감도는 보검이었다. 서기 어린 보검을 손에 쥔 침입자는 화려한 검초를 구사했다.

"태극무환(太極無幻)!"

바람을 가르는 파공성은 거의 없는 가운데 화려한 검형이 허공 가득히 피어올랐다.

차차차창─!

금속성이 끝없이 이어졌다. 단 일초의 격돌이었지만 그 순간에 수십 번이 검식이 교차되었다. 함박눈 같은 검화가 뿌려지는 와중에 두 사람은 각기 갈라져 제자리에 내려섰다.

연검을 회수한 태옥교가 단아한 미소를 지으며 공손히 포권을 취했다.

"멋진 태극혜검 초식이군요. 찾아주셔서 영광입니다, 무을 도승."

침입자는 히죽 웃으며 어깨를 으쓱해 보였다.

"헤헤, 과연 십절옥봉이시오, 대공녀. 빈도가 분명 무을이오."

귀빈을 접대하는 낙빈원.

무을 도승의 식성은 엄청났다. 명색이 출가자의 신분이었지만 고기며 술을 가리지 않았다. 소, 돼지는 물론이고 양이며 염소, 개고기를 아주 즐겨 먹었다. 주량도 대단해 다섯 단지의 술을 마시고도 끄떡없었다.

자리를 함께한 사도풍과 태옥교는 혀를 내두르며 서로를 바라보았다.

"꺼억, 이제야 좀 배가 찼군."

상에 올려진 대부분의 요리를 비운 무을은 그제야 배를 두드리며 만족한 기색을 띠었다.

사도풍이 술잔을 내리며 물었다.

"무을, 이제 모든 것을 말해보아라. 네 사부인 도불쌍절(道佛雙絶) 선배들께서는 평안하시냐?"

"가셨소."

"가시다니?"

"도절 사부는 우화등선하셨고 불절 사부는 극락왕생하셨소. 뭐, 고통없이 잘 가셨소."

무을은 하늘 같은 사부의 죽음을 고하면서 조금치의 경건함도 표하지 않았다.

도불쌍절이 누구던가.

천하삼성 이래 가장 뛰어난 네 명의 기인을 우내사절(宇內四絶)이라 하며 사절 중 천문상인(天門上人)과 무무화상(無無和尙)을 특히 도불쌍절이라 한다.

그들은 도문과 불문에 속한 출가인이었지만 속세의 계율을 넘어선 기행을 일삼으면서도 강호 정의를 위해 혁혁한 공적을 세운 당대 최고의 기인들이었다.

사도풍은 충격에 젖어 잠시 무을을 응시하다가 장탄식을 토했다.

"허어, 쌍절 선배께서 타계하시다니! 강호의 큰 별이 떨어졌구나!"

몸을 일으킨 태옥교는 북쪽 하늘을 향해 아홉 번 배례를 올리며 도불쌍절의 죽음을 애도했다.

"말학 태옥교가 쌍절 노선배님께 삼가 조의를 표합니다."

무을은 술을 한 모금 마시고는 요란하게 입가심을 했다.

"두 사부가 얼마나 고약한 사람들인데 조의를 표하는 거요? 그럴 자격이 전혀 없는 괴물들이었소."

사도풍이 정색을 지으며 꾸짖었다.

"이 녀석, 감히 쌍절께 무슨 막말이냐!"

무을은 무림 최고 배분인 도불쌍절의 제자이기에 배분으로 논한다면 광명신검이나 벽력도왕과도 동배였다. 하기에 사도풍을 대하면서도 언사가 시종 불손했다.

"노형, 내가 누구 때문에 머리를 깎고 도복을 걸치고 살아야 했는데 내 입에서 좋은 말이 나오겠소? 두 사부는 정말 대단한 사기꾼이었소."

"허어, 이 녀석이 그래도!"

사도풍이 엄하게 눈을 부라리자 태옥교가 그를 진정시켰다.

"무상, 일단 무을 도승의 얘기를 마저 들으시지요."

사도풍이 겨우 노기를 가라앉히자 무을은 술을 한 잔 비우고는 주절주절 떠들어댔다.

"난 본래 세상에 부러울 것이 없는 비렁뱅이였소. 졸리면 자고 바고프면 동냥을 해서 한 끼를 때우면 그뿐이었소. 한데 내 나이 아홉 살 때 괴상하게 늙은 중과 도사가 찾아왔소. 늙은 중은 내 관상을 보고는 안됐다는 듯 한참 동안 불경을 외웠고, 도사는 나를 진맥하고는 연신 고개를 저었소. 난 무슨 죽을병이라도 걸렸나 싶어 물어보았더니 내가 괴질에 걸려 석 달도 못 가 죽는다고 하였소. 정말 환장한 일이 아니겠소? 고작 아홉 살 나이로 죽게 되었다는 생각에 너무 억울했었소."

태옥교가 조용히 고개를 끄덕였다.

"왜 아니겠습니까? 한데 쌍절께서 치료해 주셨나요?"

"일단 마저 들어보시오. 늙은 중과 도사는 자신들의 지시를 따르면 살 수 있다고 하였고, 나는 어쩔 수 없이 그들을 따라 이틈도 모를 산속 깊이 들어가게 되었소. 나는 그들이 하라는 대로 폭포수 아래서 석 달 동안 이상한 주문 같은 구결을 외우면서 갖은 고생을 하였소."

태옥교는 어느 정도 상황을 이해하고는 단아한 미소를 지었다.

"그것이 내공 심법이었겠군요?"

"맞소. 나중에 알고 보니 괴질을 치료하는 주문은 내공 심법이었소. 어쨌든 난 늙은 중과 도사가 시키는 대로 주먹질도 배우고 검법도 배우면서 괴질을 치료하느라 십 년 동안 부단히 노력했소.”

사도풍이 한마디 끼어들었다.

“오냐, 무을. 의도야 어찌 됐든 넌 도불쌍절 선배의 무공을 터득하고 괴질까지 치료한 것이 아니더냐?”

“모르면 잠자코 듣기나 하시오!”

무을은 탁자를 치며 분통을 터뜨렸다.

“괴질을 치료해 주었다고? 그게 모두 사기였소. 사실은 두 사부가 내 혈도를 찍어 괴질과 같은 증상을 만들어낸 것이었단 말이오!”

“뭐야?”

“두 사부가 나란히 세상을 떠나기 전에 자백했소. 날 속여 미안하다고 말이오. 난 너무 화가 났지만 이미 두 사부의 내공을 이어받고 맹세한 터라 유명을 거역할 수가 없었소. 그 바람에 나는 머리를 깎고 도사복을 걸치고 살게 되었소. 내막이 이런데 내가 두 사기꾼 사부한테 조금이라도 존경심을 품을 수 있겠소?”

태옥교가 그의 잔에 술을 따라주며 부드럽게 위로했다.

“도승, 그것은 사기라 아니라 신중한 안배입니다. 도승이 세상에 꼭 필요한 인재이기에 쌍절께서 도승을 후계자로 삼으려 했던 것이지요.”

“글쎄, 정 내가 필요한 상황이라면 솔직히 말했어야 했단 말이오.”

“만일 도불쌍절께서 사실대로 밝혔다면 순순히 두 분의 제자가 되었겠습니까?”

무을은 술잔을 홀짝이다가 눈알을 또르르 굴렸다.

“무. 물론 아니오.”

“그것 보십시오. 도불쌍절께서는 오랜 시간 관찰하면서 도승의 낙천적인 성격 때문에 무척 고민하셨을 겁니다. 그래서 괴질을 치료해 준다는 구실로 도승을 설득하신 것이지요. 이는 천하무림의 앞날을 우려한 쌍절의 높으신 뜻입니다.”

“뭐. 나도 무공을 배우고 나니 좋기는 합디다. 새처럼 훨훨 날 수도 있고 고약한 도적들이나 무뢰배들을 혼내줄 수 있으니 말이오. 하지만 중도 아니고 도사도 아닌 이런 모습을 정말 싫소.”

무을의 내력을 알게 된 사도풍이 호의적인 표정으로 물었다.

“무을, 그런 모습도 도불쌍절 선배와 약조한 것이냐?”

“그런 셈이오. 두 사부가 갑자기 날 불러 앉히고는 맹세를 하라고 했소. 세상에 오행마단이라는 사악한 자들이 있는데 그들을 제거할 때까지 절반은 중이고 절반은 도사로 살아야 한다는 거였소. 내가 오행마단이 뭔지 알겠소? 그냥 몇 놈 혼내주면 된다는 생각에 덜컥 약조를 했지 뭐요?"

"그래서?"

"한데 세상을 나와서 이리저리 알아보니 보통 어려운 문제가 아닙디다. 일단 오행마단에 속한 놈들을 찾기도 힘들뿐더러 하나같이 엄청난 마력을 지닌 놈들이라 하였소. 그래서 공연히 여러 곳을 헤매다가 태백궁을 찾아온 것이오. 두 사부가 만일 내 힘으로 벅찰 것 같으면 태백궁의 지원을 받으라 했거든."

태옥교는 감격에 젖어 다시 북쪽 하늘을 향해 배례를 올렸다.

"도불쌍절 노선배님, 진심으로 감사드립니다. 두 분의 절기를 계승한 후계자를 보내주셨으니 이는 천하무림의 홍복입니다."

사도풍 역시 진한 감동을 표했다.

"과연 도불쌍절이시다. 두 분의 모든 불력과 도력을 무을에게 전수해 주셨으니 참으로 감사할 따름이다. 무을의 존재는 천군만마의 지원과 다름없어."

무을은 접시에 남겨진 요리를 싹싹 핥아먹다가 넌지시 물었다.

"참, 일전에 장강을 거슬러 올라가다가 아주 시건방진 작자를 만난 적이 있었소. 최근에 도적들을 혼내주다가 한 번 더 만나기도 했는데 그자 이름이 백무향이었소."

태옥교의 눈에 이채가 일었다.

“뇌천공자 백무향을 만난 적이 있다고요?”

“그렇소. 잠깐 겨뤄보았더니 뇌천검법을 구사하고 폭염마공까지 펼칠 줄 알았소. 정말 풍문대로 그가 뇌천검제나 풍운마제의 현신이오?”

“물론 아닙니다. 이미 이백 년 전의 사람이 어떻게 되살아날 수 있겠어요?”

“그렇지? 하긴 생김새가 영락없는 사기꾼이더라고.”

무을은 소매로 입가를 슥슥 닦고는 힐끗 사도풍을 보았다.

“늙은 형님이 왜 이렇게 눈치가 없소? 젊은 남녀끼리 할 얘기가 있는데 꼭 자리를 꿰차고 있어야겠소?”

사도풍은 쓴 입맛을 다시며 자리에서 일어섰다.

“고얀 녀석, 네 배분은 인정한다만 앞으로 도왕으로 호칭해라. 네놈 낯짝을 보면 노제로 칭하고 싶지가 않구나.”

태옥고는 정자 아래까지 내려서 사도풍을 배웅했다.

“멀리 나가지 않겠어요.”

사도풍은 미심쩍은 표정으로 고개를 흔들었다.

“허엇, 무을이 도불쌍절 선배의 제자는 분명하지만 어째 충후한 면이 너무 없군.”

“소탈한 성격 탓이지요. 소녀가 보기에 아주 좋으신 분입니다. 당대의 영웅으로 손색이 없습니다.”

“허헛, 대공녀의 말이라면 믿어야지.”

사도풍은 힘차게 걸음을 옮겼다.

태옥교가 정자 위로 올라서자 무을이 덥석 그녀의 손을 쥐었다.

"대공녀, 나와 혼인합시다."

"……."

"농담이 아니오. 난 한눈에 반하고 말았소. 대공녀를 대하고 나니 여태 만났던 여자들은 치마만 둘렀지 여자가 아님을 깨닫게 되었소."

태옥교의 대응은 놀랍도록 차분했다.

"도승께서 술과 육식뿐 아니라 색까지 즐기는 줄 몰랐어요. 아무리 무애의 경지에 이르렀다지만 도를 넘어선 것은 아닌가요?"

바싹 다가선 무을은 그녀와 얼굴을 마주했다.

"도절 사부는 백수의 나이에도 계집을 마다하지 않았고, 불절 사부는 술과 고기만으로 살았소. 이러니 내가 주색에 물들지 않을 수 있겠소?"

"무을 도승, 소녀는 사랑 타령을 할 만큼 한가한 계집이 아닙니다. 아버님께서 폐관에 드신 이상 소녀가 태백궁을 이끌며 사마들과 싸워야 하는 상황입니다."

"알고 있소. 그래서 내가 필요하지 않겠소? 내가 잠시 태백궁의 전력을 시험해 보았는데 오행마단을 상대하는 데 애로가 많겠소. 그렇다고 늙은 도왕 형님을 앞세울 수도 없고 말이오."

무을은 태옥교의 허리에 팔을 두르며 노골적인 감정을 드러냈다.

"게다가 요즘은 혈사성 같은 사파의 무리들조차 태백궁을 우습게보고 전면전을 선포했다 들었소. 만일 대공녀가 나와 혼인해 준다면 사마악도들을 모조리 쓸어버리겠소."

태옥교는 그의 손을 풀어내고는 뒤로 물러섰다.

"좋아요. 만일 무을 도승이 천하의 영웅이 된다면 소녀 역시 마다할 이유가 없지요. 대신 제가 시집을 가는 것이 아니라 도승이 태씨 가문으로 장가를 와야 합니다."

"그러니까 날보고 데릴사위가 되라?"

"그래요. 제 몸에서 태어난 아이가 계집이든 사내이든 태씨 가문을 이어야 합니다."

무을은 흔쾌하게 고개를 끄덕였다.

"헤헷, 그럽시다. 나야 뭐 내세울 집안도 없는 사람이니까."

태옥교는 가늘게 눈을 뜨며 또렷하게 말했다.

"한 가지 말씀드리죠. 소녀는 천하제일의 의협이며 영웅에게만 시집갈 생각입니다. 무을 도승보다 더 뛰어난 영웅이 있다면 당연히 그를 선택할 것입니다."

"헤헷, 나 말고 그럴 사람이 어디 있겠소?"

"왜 없겠습니까? 젊은 나이에 사해문의 태상문주가 된 뇌천공자 또한 영웅으로 부각될 자격이 있는 사람입니다.”

무을의 표정이 차갑게 굳어졌다.

“뭐, 뭐요?”

“뇌천공자가 과대망상에 사로잡혀 스스로를 뇌천검제이거나 풍운마제로 착각하고 있지만, 만일 뇌천검제의 제자임이 밝혀진다면… 그가 진정한 백도 맹주의 후계자입니다.”

단순한 성격의 무을은 태옥교의 격장지계에 곧바로 넘어갔다.

“말도 안 돼!”

그가 탁자를 내려치자 두터운 자단목 탁자가 산산이 부서졌다.

“그따위 사기꾼이 무슨 영웅이고 백도 맹주의 후계자야? 그런 사기꾼은 내가 손가락 하나로도 날려 버릴 수 있다고! 당장 놈을 찾아가 일전을 벌이겠소!”

정자 밖으로 훌쩍 몸을 날린 그는 제운종 신법을 펼쳐 연기처럼 사라졌다.

난간을 짚고 선 태옥교는 하늘을 올려다보며 상큼한 미소를 머금었다.

‘호호, 도불쌍절께서 후계자를 남겼다니 정말 뜻밖이야. 더군다나 무공 외에는 백치와 다름없이 단순한 자이니 내 마음대로 움직일 수 있겠어.’

그녀는 현사군과 무을, 그리고 백무향을 뇌리에 떠올렸다.

'평화로운 시기였다면 누구라도 영웅이 될 수 있는 사람들. 그러나 지금은 한 치 앞도 내다볼 수 없는 혼란기야. 과연 누가 최후의 승자가 될 것이지 궁금하군.'

제 23 장

밝혀진 오행마단의 내력

1

*겨*우 정신을 차린 백무향은 누운 자세에서 눈알만 좌우로 굴리며 주변을 살폈다. 짙고 푸른 어둠. 눈앞에 손을 펼쳐도 손가락을 구분하기 힘들 만큼 어두웠다.

백무향은 혼몽 중에서도 벽라마원의 원주인 혈훼에 의해 잡혀왔음을 기억하고 있었다. 어떤 연유로 자신을 잡아왔는지 몰라도 황금성주와 일전을 벌이면서까지 자신을 차지하려 했다면 죽이려는 의도는 아닌 것 같았다.

'날 어디로 데려온 거야? 이곳이 벽라마원인가?

몸을 일으켜 앉은 백무향은 습관적으로 이마를 짚었다.

통상 깊은 잠에서 깨어나면 기억의 파편 때문에 참을 수 없는 편두통을 느껴야 했다. 한데 이번은 예외였다. 당연히 있어야 할 두통도 느껴지지 않았고 혼란스런 기억도 떠오르지 않았다. 모처럼 기분 좋은 숙면을 취한 것이다.

'이상하군. 예전의 기억이 모호해졌어.'

그는 고개를 갸웃거리다가 결국 최맥탈혼산에 중독된 여파 때문으로 여겼다.

잠시 공력을 운기한 그는 충만한 진기의 흐름에 깜짝 놀라고 말았다. 비구니로 변장한 고약한 혈화지주 때문에 상당한 공력이 손실되었는데 지금은 거의 회복된 상태였다.

'이것 봐라? 나를 붙잡아와 놓고 점혈도 하지 않은 데다 공력까지 증진시켜 주었군. 게다가 정신이 맑은 것으로 미루어 최맥탈혼산도 해독된 것 같아.'

이런 호의라면 사례를 해야 할 상황이지만 그는 오히려 불안했다.

'이건 정상이 아니다. 오행마단이 비록 다툼을 벌이고 있지만 놈들은 한통속이다. 지옥마부와 환희마궁을 박살 낸 나를 이들이 칙사로 대접할 이유가 없어.'

어쨌거나 공력이 제압되지 않았다면 두려울 게 없었다. 상황이 원만하게 해결되지 않으면 한바탕을 싸움을 벌여 탈출하면 될 일이었다.

문득 뇌천검을 떠올린 그는 침상 위를 더듬거렸다.

"어디 갔어? 내 검! 뇌천검이 어디를 간 거야?"

워낙 어두워 눈으로는 확인할 수 없기에 그는 장님처럼 침상과 주변 바닥을 더듬거렸다. 결국 뇌천검을 찾아내지 못한 그가 분통을 터뜨렸다.

"이 도둑년아! 당장 내 검 돌려주지 못해! 혈훼라고 했더냐? 어서 뇌천검 내놔!"

느낌에는 폐쇄된 공간으로 생각되었지만 그의 외침은 전혀 메아리쳐 울리지 않았다. 마치 끝없는 지평선을 향해 외친 것처럼 그대로 소멸돼 버렸다.

그는 홧김에 일권을 내질렀다.

"당장 나오지 못해!"

폭염마공이 펼쳐지면서 주변이 잠시 환해졌지만 보이는 것은 검푸른 어둠뿐이었다. 그의 주먹에서 발출된 강기 역시 아무런 충돌이 일으키지 못하고 소멸되었다.

'뭐야? 내가 대체 얼마나 넓은 감옥에 갇혀 있는 거지?

이때 어둠 저편에서 부드러운 음성이 들려왔다.

"진정하십시오, 공자님. 뇌천검은 제가 지니고 있습니다."

혈훼처럼 감미로운 음성은 아니었지만 청아하면서도 공손한 음성이었다.

백무향은 음성이 들려온 쪽으로 고개를 돌렸다.

"넌 누구냐? 혈훼는 아닌 것 같은데……?"

"예, 공자님. 저는 원주님을 모시는 시비 중 한 명인 소엽(小葉)이라 합니다."

"그래, 소엽. 일단 불부터 밝혀라. 대화를 하려면 최소한 얼굴은 봐야 하잖아?"

그러자 열 걸음 밖에서 작은 불꽃이 피어올랐다. 푸르스름한 기운을 발하는 불꽃은 그다지 환하지 않아 일부의 어둠을 밝힐 뿐이었다.

마치 반딧불처럼 허공에 둥실 뜬 불꽃을 통해 바닥까지 끌리는 장옷을 걸친 소녀가 모습을 드러냈다.

빼어난 미모는 아니었지만 피부가 희고 이목구비가 단아했다. 햇빛을 많이 대하지 않아 다소 해쓱하게 보였지만 그런 모습이 오히려 애틋한 연민을 느끼게 해주었다.

백무향은 소엽에게 다가서며 다시 지시했다.

"아직 너무 어둡다. 답답해서 살 수가 없으니 더 밝혀봐."

소엽이 허공 한쪽을 가리키자 또 하나의 불꽃이 백무향 옆에서 피어올랐다. 두 개의 불꽃이 밝혀졌지만 실내에는 여전히 검푸른 어둠이 장막처럼 내려져 있었다.

"쩨쩨하게 굴지 말고 왕창 밝혀."

백무향이 짜증을 부리자 소엽이 공손하게 손을 모았다.

"송구합니다, 공자님. 저는 두 개의 불꽃만 밝힐 수 있습니다."

"불 밝히는 것도 자격이 필요한가?"

"그렇습니다."

"가지가지 하는군. 알았으니 일단 뇌천검부터 이리 내라."

“예, 공자님.”

소엽은 어둠 속으로 손을 넣어 무언가를 꺼내 드는 동작을 취했다. 그러더니 마치 마법처럼 뇌천검을 두 손으로 받쳐 들었다.

백무향은 소엽이 건네 뇌천검을 받아 들고 확인하고는 물끄러미 그녀를 바라보았다.

“너 마법을 쓸 줄 알아? 아무것도 없는 허공에서 어떻게 검을 꺼낸 거냐?”

“본 마원은 전체가 기환마진으로 이루어져 있습니다. 지금 공자님께서 계신 곳은 벽옥정(碧獄井)으로 세상에서 가장 깊고 넓은 뇌옥입니다. 탈출은 불가능하니 원주님의 분부에 따르십시오.”

뇌천검을 손에 쥔 백무향은 두려울 게 없기에 피식 실소를 지었다.

“내가 만일 탈출하면 너도 세상 밖으로 보내줄까?”

“저는 벽라마원의 제자라는 사실이 자랑스럽습니다.”

“그건 네가 몰라서 하는 소리야. 세상 사람들이 사악한 마귀들로 지탄하는 다섯 개 마단이 있지. 그것을 오대마단이라 하는데 벽라마원도 그중 하나다. 혈훼가 대마녀이니 너도 소마녀쯤 되겠군.”

이때 허공에서 비단결처럼 부드러운 음성이 들려왔다.

“호호, 백무향. 명색이 마정쌍제를 자처하면서 한갓 시비를 데리고 무엇을 강론하려는 것이냐?”

음성은 사방에서 들려와 방향을 가늠할 수 없었다.

소엽이 급히 부복하며 배례를 올렸다.

“원주님을 뵈옵니다.”

일순 허공으로 푸른 불꽃이 피어오르며 하나의 인영이 유령처럼 모습을 드러냈다. 어둠과 같은 색깔인 짙푸른 피풍의를 걸치고 있어 여인은 마치 몸뚱이가 없는 귀신처럼 보였다.

금발에다 푸른 눈이 영락없는 서역 여인이었다. 인형처럼 또렷한 이목구비는 장인이 정성을 들여 조각한 듯 선명했다. 언뜻 보기에는 앳된 소녀였지만 전신에 서린 도도함과 위압감은 일 갑자를 넘긴 것도 같아 나이를 추정하기 힘들었다.

백무향은 멀뚱멀뚱 그녀를 바라보다가 불쑥 물었다.

“네가 혈훼냐?”

금발여인은 그의 불손한 어투를 전혀 문제 삼지 않았다.

“그래. 내가 벽라마원의 주인인 암흑향아다.”

“맞아. 목소리를 들어보니 확실해.”

백무향은 주변을 두리번거리며 물었다.

“소엽 말로는 이곳이 벽옥정이라 하던데, 왜 날 가둔 거냐?”

“가둔 것이 아니라 네게 대마황의 절기를 전수하기 위함이다. 넌 마황진경을 터득해 오행마단을 통합해야 한다.”

“큭, 웃기는 소리로군. 내가 왜 그따위 짓을 해?”

백무향은 가차없이 일축하고는 혈훼에게 다가섰다.

"난 할 일이 많은 사람이야. 어서 바깥 세상으로 안내해."

"백무향, 아직도 상황 파악을 못한 것이냐? 넌 내 지시에 따라야 하고 그것이 네 운명이다."

"내 운명은 내가 더 잘 알아."

백무향은 느닷없이 손을 뻗어 혈훼의 맥문을 쥐었다.

"혈훼, 네 운명은 날 바깥으로 안내하고 공손하게 배웅하는 거다. 알았냐?"

혈훼는 가소롭다는 듯 조소를 머금었다.

"어리석은 녀석. 벽라마원에 끌려온 이상 넌 내 명령에 무조건 복종해야 한다. 넌 거부할 수도 없으며 거부해서도 안 된다."

"그건 칼자루를 누구 쥐었느냐에 따라 바뀔 수 있어. 넌 내 손아귀에 있고 내가 마음만 먹으면 네 목을 꺾어버릴 수도 있다. 이래도 시건방을 떨 것이냐?"

백무향은 그녀의 맥문을 통해 삼성의 진기를 주입시켰다. 그 정도만으로 상대에게 충분히 고통을 줄 수 있는 수준이었다. 한데 혈훼의 손목이 마치 연기처럼 그의 손아귀에서 빠져나갔다.

"어엇?"

백무향은 빈손을 움켜쥐며 혈훼를 직시했다.

"이건 웬 사술이냐?"

“호호, 사술이 아니라 신비로운 기환마법이다. 벽라마원 내에서는 누구도 날 해칠 수 없지.”

“그 말 책임질 수 있어?”

“물론.”

순간 백무향의 뇌천검이 어둠을 갈랐다.

번—쩍—!

무형섬쾌광에 의한 쾌검은 대번에 혈훼의 목을 베어버렸다. 워낙 빠른 쾌검식인데다 백무향이 대처할 겨를도 주지 않았기에 혈훼는 두 눈 버젓이 뜬 채 목이 베어지고 말았다.

혈훼의 수급이 떨어지자 백무향은 쓴 입맛을 다셨다.

“뭐야, 너무 싱겁잖아?”

그는 한쪽에 부복해 있는 소엽에게 궁색한 변명을 늘어놓았다.

“소엽, 난 정말 죽일 생각 없었다. 내가 네 주인과 아무런 원한도 없는데 왜 죽이겠냐? 하지만 너도 보았다시피 단지 사고였을 뿐이야. 누구도 자신을 못 해친다고? 그러기에 왜 주제넘게 함부로 주둥이를 놀리느냐고.”

한데 소엽은 상전이 피살된 상황에서도 표정 하나 변하지 않았다.

뭔가 수상한 낌새를 느낀 백무향이 천천히 고개를 돌렸다.

“설마……?”

설마가 아니었다. 실로 충격적인 광경이 눈앞에서 벌어지고 있었다.

목이 베어진 혈훼가 자신의 수급을 주워 목에 붙였다. 그리고 베어진 부위를 손끝으로 누르자 본래대로 회복되었다. 피한 방울 흘리지 않고 재생한 것이다.

“마, 말도 안 돼! 이건 사기다!”

백무향은 재차 뇌천검법을 펼치기 위해 뇌천검을 쥐었다. 한데 혈훼의 공격이 보다 빨랐다. 그녀의 형상은 사라진 채 어둠 속에서 주먹과 발만 보였다.

퍼— 퍼퍼퍽!

그녀의 일권 일퇴는 가히 쇠뭉치였다. 얻어맞을 때마다 백무향은 뼈가 으스러지는 고통에 비명을 토해야 했다.

“악— 억!”

쓰러지고 싶어도 쓰러질 수가 없었다. 바닥에 누우려 하면 걷어 쳐였고 몸이 세워지면 곧바로 수십 번의 주먹질이 날아들었다.

꼼짝도 못한 채 이렇게 맞아보기도 처음이었다. 눈두덩이 퍼렇게 부었고 입술이 터져 피가 줄줄 흘렀다. 너무도 얻어맞아 비명 소리가 신음으로 변해서야 혈훼의 주먹과 발길질이 중단되었다.

“크으윽!”

백무향이 털썩 주저앉자 혈훼는 소리없는 웃음을 터뜨렸다.

"백무향, 네가 내게 공손하기를 바라지 않는다. 하지만 무림인이라면 모두가 꿈에서도 얻고 싶어하는 마황진경을 네게 선물하려는데 왜 마다하는 것이냐? 네가 정 복수를 하고 싶으면 마황진경을 수련해야 할 것이다. 그전에는 내 옷깃 하나 잡을 수 없다."

백무향은 가쁜 숨을 몰아쉬며 그녀를 쏘아보았다.

"독한 계집, 사술 따위는 집어치우고 정식으로 겨뤄보자. 뇌천검법으로 네년을 쪼갠 후 폭염마공으로 태워 버리겠다."

혈훼는 무릎 한 번 굽히지 않은 채 유령처럼 미끄러졌다.

"지금의 네 무공으로는 어림도 없다."

그녀는 백무향을 스쳐 가며 볼을 다독여 주었다.

"다시 찾아오마. 그때도 거부한다면 더 혹독한 맛을 보여 주겠다."

백무향은 그녀의 배후를 놀려 일격을 가하려 했지만 그녀는 이미 짙푸른 어둠 속으로 사라졌다.

그가 맥 빠진 모습으로 한숨을 쉬자 소엽이 그를 부축해 일으켰다.

"공자님이 마황진경을 터득하면 천하제일의 고수가 되십니다. 그런 복연을 왜 마다하십니까?"

침상에 걸터앉은 백무향은 신경질적으로 그녀를 밀쳤다.

"지금도 천하제일인데 그따위 마경 따위를 내가 왜 배워야 하냐고? 게다가 내가 왜 혈훼 따위의 지시에 따라야 한다는 것이냐? 누구도 나한테 지시를 내릴 수 없어!"

어디서 끄집어냈는지 소엽은 비단 수건으로 그의 얼굴을 닦아주고 약을 발라주었다.

"공자님께선 벽라마원을 나가고 싶다면 마황진경을 수련하셔야만 합니다. 그 외에 다른 방법은 없습니다."

백무향은 소엽의 어깨를 감싸 쥐고는 침상 위에 눕혔다.

"넌 출구를 알고 있지? 이 사악한 마귀 소굴에서 너도 데려갈 테니 우리 함께 탈출하자."

"공자님, 벽라마원은 마귀 소굴이 아니라 오행천을 계승할 위대한 마단입니다."

"빌어먹을. 넌 나이도 어린 게 벌써 뼛속까지 마기에 물들었구나."

백무향은 씨알도 먹히지 않는다 싶어 침상에 걸터앉았다.

그는 애써 냉정함을 유지하며 주변을 쓸어보았다. 소엽이 밝혀놓은 두 덩이의 불꽃만 허공에 둥실 떠 있을 뿐 짙푸른 어둠이 전부였다. 소엽의 말대로 이곳이 세상에서 가장 깊고 깊은 뇌옥이라면 출구를 찾지 못하는 한 탈출은 불가능한 일이었다.

물론 그가 조그만 자존심을 꺾으면 상황은 아주 간단하다.

혈훼가 원하는 대로 마황진경을 수련하면 되는 일이다. 가공할 마공을 터득해 무적의 고수가 된다면 혈훼에게 당한 복수도 할 수 있다. 아마 환희마궁을 찾아내 소견을 구하는 일도 쉬울 것이다.

그러나 그 스스로 선택한 일이 아니면 타협하지 않는 게 그의 성격이었다. 굴욕과 수모는 용납할 수 없다는 게 그의 신조였다. 게다가 혈훼와 같은 대마녀가 좋은 의도로 마황진경을 수련케 할 의도는 없다고 봐야 한다. 분명 자신을 이용하기 위한 수단임이 분명했다.

그는 아무 드물게 장고를 하였다.

'거부한다면 탈출은 불가능하다. 그러나 수용하기에는 너무 화가 난다. 내가 저따위 계집의 치마폭 아래 무릎을 꿇을 수는 없어. 난 그럴 수 없는 사람이니까.'

이때 소엽이 그의 등을 감싸 안으며 부드럽게 말했다.

"공자님, 제가 비록 하찮은 시비의 몸이지만 공자님을 모시는 광영을 입었습니다. 만일 공자님께서 마황진경을 터득하시면 대마황님의 후계자가 되시는 광영을 얻게 되십니다."

"잠깐!"

백무향은 홱 돌아앉으며 소엽의 멱살을 쥐었다.

"너 지금 뭐라고 했어? 날 모셨다고?"

"그렇습니다."

"내가 언제 널 품었단 말이냐?"

"공자님은 최맥탈혼산에 중독된 상태였습니다."

"그건 나도 알아!"

"원주님께서는 저를 지목해 공자님을 모시도록 명하셨습

니다. 최맥탈혼산은 순음지기를 지닌 여인과의 음양화합을 통해서만 해소된다 하셨습니다.”

백무향은 그녀의 눈을 가까이 직시하며 눈을 부라렸다.

“그러니까 내가 혼절한 사이에 네가 내 허락도 없이 마음대로 날 품었다 이거지?”

“송구하오나… 해독을 위해서 어쩔 수 없었습니다.”

“더러운 색녀, 여태까지 몇 놈을 이런 식으로 대했냐?”

소엽의 두 눈에 서글픔 어린 눈물이 어른거렸다.

“오해이십니다. 제게는… 공자님이 첫 남자이셨습니다.”

“그따위 말을 날보고 믿으란 말이냐?”

백무향은 그녀를 바닥으로 거칠게 밀쳤다.

“더러운 년, 아무리 사내가 그리워도 그렇지 네 마음대로 올라타? 당장 꺼져!”

소엽은 소리없이 오열만 터뜨릴 뿐 자신을 위해 아무런 변명도 하지 않았다. 공손히 절을 올린 그녀는 이내 짙푸른 어둠 속으로 사라졌다.

백무향은 그녀가 사라진 곳을 눈여겨보았다가 곧바로 몸을 날렸다.

한데 여전히 어둠뿐이었다. 손을 뻗어 허공을 더듬어보았지만 여전히 벽옥정 안이었다. 대체 어떤 방법으로 저들이 들어오고 나가는지 이해할 수가 없었다.

겨우 어둠을 밝혀준 두 개의 불꽃마저 꺼지자 다시 칠흑 같은 세상으로 변했다.

백무향은 청순한 용모의 소엽을 떠올리고는 자신의 지나친 힐책을 후회했다.

'제기, 소엽이 무슨 죄가 있겠어? 혈훼가 시켜서 날 안았을 뿐일 텐데. 오히려 악독한 최맥탈혼산을 해독시켜 주었으니 고마워했어야 돼. 소엽의 말이 사실이라면 나 같은 놈을 구하자고 순결을 잃은 셈이잖아?'

그는 팔짱을 낀 채 어둠 속을 왔다 갔다 걸으며 신중하게 고민했다.

현 상황을 냉철하게 판단해야 했다. 감정과 자존심만으로 해결될 문제가 아니었다. 과연 어떻게 처신해야 올바른지 현명한 결정을 내려야 했다.

그리고 오래지 않아 스스로를 위로할 만한 타협안을 정할 수 있었다.

'그래, 내가 어떻게 뇌천진기와 폭염마공을 지녔는지 몰라도 마황진경을 수련하지 말아야 할 이유가 없다. 그래, 고금제일의 대마황이라는 파천마황의 마공도 몇 가지 배워보자. 그래야 황금성주며 혈훼에게 복수할 수 있으니까!'

2

인간은 어떤 환경에도 적응한다. 밤낮을 구별할 수 없어 며 칠이 흘렀는지 알 수 없지만 백무향도 이제 짙푸른 어둠에 어느 정도 적응되었다.

어둠이 반드시 나쁜 것만은 아니었다. 눈을 자극하는 어떤 빛도 찾아볼 수 없기에 오히려 집중력을 높여주었다. 약간의 답답함을 제외한다면 무공을 수련하는 데 있어 더없이 좋은 장소였다.

백무향이 마왕진경을 수련하겠다는 의사를 전하자 벽옥정에 모처럼 불이 밝혀졌다.

"호호, 잘 생각했다, 무향. 이로써 넌 전무후무한 대마황의 후계자가 될 것이다."

유령처럼 내려선 혈훼가 아주 다정하게 말을 건넸다.

백무향은 그녀와 함께 찾아온 두 노인을 쓸어보고는 퉁명스럽게 내뱉었다.

"이것들은 또 뭐야?"

나이를 추정하기 힘든 계피학발의 두 노인은 생김새가 똑같은 쌍둥이였다. 얼굴색이 각기 희고 검기에 망정이지 수염이며 머리 모양새까지 똑같아 얼굴색을 제외하면 구분이 쉽지 않았다.

백무향의 불손한 어투에 두 노인의 안색이 굳어지자 혈훼가 얼른 중재에 나섰다.

"쌍존이 양해하세요. 마정쌍제의 전인이다 보니 선배에 대한 공경이 전혀 없는 자입니다. 그래도 자신이 마정쌍제의 현신임을 내세우지 않으니 다행입니다.”

그녀는 백무향에게 넌지시 주의를 주었다.

“이분들은 본 원의 수호신은 암혹쌍존이시다. 높은 연세를 감안해 너도 최소한의 예의는 갖춰라.”

“마녀 주제에 예의는 아나보군?”

백무향이 빈정거렸지만 혈훼는 귓전으로 흘려보냈다.

“백무향, 네가 마황진경을 수련하겠다고 약조를 했으니 이제 한 식구와 다름이 없다. 네게 오행마단의 내력을 알려주겠다.”

혈훼가 가볍게 손뼉을 치자 한꺼번에 스무 개도 넘는 불꽃이 밝혀졌다.

소엽을 비롯한 시비들이 연신 어둠 속을 넘나들면서 순식간에 풍성한 연회석을 마련하였다. 순간적으로 사라졌다가 나타날 때마다 향기로운 요리를 내오는 그녀들을 보고 있으면 마치 마법이 펼쳐지는 것 같았다.

네 사람이 원탁에 둘러앉자 소엽은 백무향 옆에 서서 시중을 들었다. 물론 다른 세 사람에게도 시중들 시비가 배정되었다.

백무향은 내온 술이 울금향이었기에 크게 고무되었다.

“와아, 여기서 울금향을 맛볼 줄이야!”

그는 소엽을 재촉해 연신 술잔을 채우도록 했다.

혈훼의 식사하는 모습은 상당히 우아했다. 워낙 빼어난 용모 때둔이기도 했지만 젓가락질이며 술잔을 쥐는 모습이 예술처럼 느껴졌다.

백무향은 그녀의 얼굴과 탄력 넘치는 젖가슴에 번갈아 보며 물었다.

"나이가 몇이야? 설마 소수마후처럼 얼굴만 멀쩡한 할망구는 아니지?"

혈훼는 의미심장한 미소를 머금었다.

"나이는 중요치 않다. 풍문이 사실이라면 너 역시 이백 살도 넘는 나이잖아?"

"내 나이가 그렇게 많다고?"

"그렇다면 네 스스로 뇌천검제라고도 하고 풍운마제의 현신이라 하던데 대체 어떻게 된 것이냐? 솔직히 전혀 믿을 수 없지만 너의 뇌천진기는 독보적인 절기라 믿지 않을 수도 없다."

백무향은 미간을 찌푸리고는 기억을 더듬었다.

"내가 그랬단 말이야? 한데 왜 전혀 그런 기억이 없지?"

"그래? 다소 의외로군. 과거도 기억하지 못하면서 네 스스로 마존쌍제의 현신임을 떠들어댔단 말이냐?"

"그게 말이야… 그럴 수도 있는 것 같아. 지금은 잘 기억이 나지 않아서 그렇지만 전에는 조금 기억이 있었던 것 같아."

백무향은 관자놀이 부위를 문지르면서 애써 기억을 더듬었다.

“이곳에서 깨어날 때 그동안 줄곧 괴롭혀 왔던 두통이 사라졌어. 혹시 최맥탈혼산에 중독되었다가 해소되었기 때문인가?”

혈훼는 암흑쌍존 중 안색이 시커먼 노인에게 시선을 돌렸다.

“묵영존(墨影尊), 가능한 일인가요?”

시커먼 낯빛의 묵영존이 건조한 음성으로 대답했다.

“최맥탈혼산이 경락을 굳어지게 만드는 독이지만 경혈을 마비시켜 과거를 기억하지 못하게 하는 효능은 없소. 노부가 알기로 이 자의 최맥탈혼산은 말끔히 해소되었소.”

그는 앉은자리에서 손을 뻗었다. 낯빛만큼 시커먼 팔이 다섯 자나 길게 늘어나 백무향의 맥문을 쥐었다.

백무향은 자유자재로 신체가 늘어나는 그를 보고는 눈을 휘둥그레 떴다.

“이건 또 무슨 사술이야? 벽라마원의 마두들은 죄다 마법사로군?”

백무향을 진맥한 묵영존은 길게 늘어난 손을 들어올려 백무향의 뇌호혈 부위를 매만졌다. 진단을 마친 묵영존이 입을 열었다.

“뇌호혈이 절반쯤 막힌 상태요. 외형적인 상처가 없는 것으로 미루어 약물에 의한 현상 같소.”

혈훼는 가볍게 고개를 끄덕이고는 백무향에게 물었다.

"무향, 최근에 어떤 약을 복용한 적이 있느냐?"

백무향은 순간적으로 태옥교를 떠올렸다.

그녀가 시인하지 않았기에 확신할 수 없지만 그는 울금향에 미혼약과 더불어 또 다른 약이 섞여 있음을 본능적으로 간파했다. 만일 자신의 오래 전 과거가 지워졌다면 그 약물 때문일 수 있었다.

'태옥교, 그 계집이 왜 그런 약물을 사용한 거지?

백무향은 공연히 분노가 치밀었지만 애써 감정을 억눌렀다. 자리를 마주하고 있지만 눈앞의 마두들은 신뢰할 수 없는 무리들이었다. 언제고 적이 될 자들이기에 많은 것을 밝히고 싶지 않았다.

"특별히 복용한 약은 없어."

백무향은 술을 한 모금 들이키고는 힐끗 묵영존을 보았다.

"한데 말이야, 사람의 기억을 지우는 약도 있나? 만일 약물에 의한 현상이라면 내가 지난 일을 하나도 기억하지 못해야 정상이잖아?"

묵영존은 무심한 눈빛으로 그를 직시했다.

"네 말대로 잠재된 기억만을 제거하기란 거의 불가능하다. 차라리 백치를 만드는 편이 훨씬 간단하지. 하지만 반사귀선이라면 그런 특별한 약을 조제할 수 있다."

"일전에 반사귀선을 만난 적이 있지만 괜찮은 노인네였어. 내가 알기로 세상이 어찌 되든 관심없는 사람인데 왜 내게 그따위 약을 먹였겠냐?"

"난 반사귀선이 네게 그 약을 먹였다고 말한 적이 없다. 다만 그런 특별한 약을 조제할 의술을 지닌 사람이 반사귀선일 가능성이 높다고 말했을 뿐이다."

"혹시 당신이 나한테 몰래 먹이고 반사귀선한테 뒤집어씌우는 것 아냐?"

백무형이 터무니없이 묵영존을 몰아붙이자 혈훼가 차갑게 일침을 놓았다.

"백무향! 내게 무례한 것은 묵인할 수 있지만 쌍존한테는 예우를 갖춰라. 계속 무례하면 내가 용서치 않겠다."

그녀의 냉엄한 경고에 백무향은 슬며시 화제를 돌렸다.

"내 기억이 왜 지워졌는지는 중요하지 않으니 우리 얘기나 하자고. 대체 왜 내게 마황진경을 수련시키려는 거냐?"

"앞서 말했듯이 너를 통해 오행마단을 통합하겠다는 것이 내 목표다."

"굳이 왜 내가 되어야 하는데?"

"그것 역시 말해주었다. 넌 백 년에 한 번 태어날까 말까 한 마왕지상을 지녔다. 내가 알기로 이백 년 전의 풍운마제와 백 년 전의 대마황이신 파천마황만이 마왕지상의 소유자였다. 마황진경을 대성하기 위해서는 특별한 신체를 지녀야 하는데 마왕지상을 지닌 네가 최상의 적임자다."

백무향은 턱을 어루만지며 가볍게 고개를 끄덕였다.

"그러니까 내가 마왕지상을 타고났기에 황금성주도 날 데려가려 한 것이었군?"

"그래, 마황진경은 상하 두 권으로 나뉘어졌는데 황금성과 벽라마원이 각각 지니고 있다."

백무향은 같잖다는 듯 코웃음을 쳤다.

"훗, 그럼 온전한 비급도 아니고 조각난 마경을 날보고 수련하라는 거잖아? 대체 날 뭘로 본 거냐? 너희들끼리 합의를 합의하든 치고받고 싸우든 온전한 마경을 가져와. 그럼 내가 배워볼 테니까."

일순 장내의 분위기가 싸늘해졌다.

안색이 창백한 백파존(白破尊)이 앉은자리에서 손을 뻗었다. 그 역시 묵영존처럼 팔이 길게 늘어났다. 대번에 백무향의 목을 움켜쥔 백파존이 얼굴에 살기가 등등했다.

"원주, 이렇게 무지하고 무례한 놈은 난생처음 보았소. 감히 존엄한 마황진경을 한갓 잡기로 취급하다니 어찌 용서할 수 있겠소? 당장 놈을 찢어 죽이겠소."

천돌혈이 제압된 백무향은 꼼짝도 할 수 없었다. 숨통이 막힌 그는 숨을 쉴 수가 없어 전신을 부들부들 떨었다.

혈훼는 잠시 생각하다가 백파존을 부드럽게 달랬다.

"백파존, 백무향이 무지하고 무례한 것은 배움이 부족했기 때문이니 앞으로 충분히 가르치면 될 일입니다. 이자가 마황진경을 터득하게 되면 절로 대마황을 공경하게 될 것입니다.

자비를 베풀어주세요.”

백파존은 잔뜩 불만스런 표정을 짓고는 백무향을 한쪽으로 내던졌다. 맥없이 바닥을 구른 백무향은 겨우 숨통이 틔어 가쁜 숨을 몰아쉬었다.

창졸지간 당한 일이지만 너무도 어이가 없었다. 자신이 한갓 마치 삼류무사로 취급되었다는 사실에 머리끝까지 피가 솟았다.

“공자님, 괜찮으세요?”

다가선 소엽이 부축해 주자 백무향은 거칠게 그녀를 밀쳤다.

“저리 비켜!”

성큼성큼 다가선 백무향은 백파존을 향해 일검을 내려쳤다.

“죽여주랴?”

화려한 번갯불이 피어오르며 백파존을 그대로 쪼개 버렸다. 특별히 초식을 구사하지 않았지만 뇌천검은 뇌천지기를 주입시키는 것만으로 가공할 위력을 발휘한다.

쐐애액—!

예리한 파공성과 함께 백파존이 머리서부터 그대로 쪼개졌다. 하지만 별반 반탄력을 느끼지 못한 백무향은 왠지 찜찜했다. 앞서 혈훼의 목을 베었지만 다시 되살아난 충격적인 광경이 떠오른 것이다.

어처구니없게도 그런 괴변이 다시 발생하였다. 반으로 쪼 개진 벅파존이 양팔을 움직여 자신의 쪼개진 몸을 붙였다.

백무향은 조롱당한다는 생각에 핏발이 곤두섰다.

"염병, 이것들은 인간이야 귀신이야? 왜 하나같이 죽지 않 는 거냐?"

그가 다시 뇌천검을 휘두르려 하자 혈훼가 나지막하게 주 문을 되뇄다. 순간 백무향은 심장이 터지는 줄 알았다. 마치 예리한 비수로 심장을 쿡쿡 찌르는 듯 극심한 통증이 전해진 것이다.

"악!"

외마디 비명을 지른 그는 앞으로 고꾸라졌다. 혈훼의 주문 이 계속되자 그는 가슴을 감싸쥔 채 바닥을 데굴데굴 굴렀다.

"아악―!"

다른 시비들은 그의 고통스런 모습을 즐겼지만 소엽은 차 마 볼 수가 없어 고개를 돌렸다.

유령처럼 이동해 온 혈훼가 백무향을 내려다보았다.

"백무향, 네가 정녕 혹독한 고통 속에 죽고 싶으냐?"

백무향은 식은땀을 줄줄 흘리며 입술을 달달 떨었다.

"너… 너 이년, 대체… 내 몸에 무슨 짓을……."

"별것 아니다. 사령독고(邪靈毒蠱)를 심어두었을 뿐이다."

"사… 사령독고라고?

"그래. 남만에서만 자생하는 독벌레이지. 사람과 영적으로

통하기에 네가 세상 어디에 숨든 찾아낼 수 있고, 언제든 널
고통 속에서 죽일 수 있다."

혈훼는 무형진기를 발출해 그를 일으켜 세웠다.

"백무향, 이제 네가 거부할 수 없는 이유를 알겠지?"

"난 너희들과 아무 원한이 없다. 날 계속 강압하면 너희 모
두 내 손에 죽게 돼."

"호호, 아직도 큰소리칠 여력이 남아 있나 보군? 한 번 더
주문을 외워줄까?"

하얗게 질린 백무향이 고개를 흔들었다.

"그, 그만 해라."

"홍, 이제야 조금 고분고분해졌군."

혈훼는 그를 자리에 앉히고는 탁자 주변으로 천천히 미끄
러졌다.

"백무향, 넌 절반의 마황진경을 수련한 후 오행마단의 대
통합을 이루는 데 몸을 아끼지 말아야 한다. 벽라마원을 중심
으로 오행마단이 통합되면 난 오행천의 부활을 고하고 오행
대마후로 등극할 것이다."

"그래서 뭘 얻겠다는 거냐?"

"호호호, 영광과 명예다. 과거 파천마황께서 이루지 못한
마도천하를 내 손으로 만들 것이다."

백무향은 사령독고에 제어된 상태이기에 더는 반발할 수
가 없었다. 사령독고가 파고드는 고통은 너무도 끔찍해 다시

는 경험하고 싶지 않았다.

그가 분노에 젖어 거푸 술을 들이키자 소엽이 물을 적신 수건으로 얼굴의 땀을 닦아주었다. 그는 공연히 소엽에게 화풀이를 해댔다.

"소엽, 네가 내 몸에 사령독고라는 고약한 버러지를 심은 것이냐?"

소엽이 그의 사나운 눈길을 마주하지 못하고 고개를 숙이자 혈훼가 대신 대답해 주었다.

"백무향, 소엽은 네 목숨의 절반이니 소중하게 다뤄야 한다."

"절반의 목숨이라고?"

"그렇다. 사령독고는 본래 암수 한 몸인데 그것을 반으로 갈라 너와 소엽에게 심어두었다. 그 독충은 신묘한 능력이 있어 수천 리 밖에서도 서로를 찾아내고 어느 한쪽이 죽으면 다른 한쪽도 따라 죽는다."

백무향은 등줄기가 서늘해졌다.

"뭐, 뭐야? 그럼 소엽이 죽으면 나도 죽는단 말이냐?"

"물론이지. 네 몸속의 사령독고가 심장을 터뜨려 숙주를 죽인 후 자신도 죽는다. 그 최후가 정말 장렬하지."

혈훼는 소엽의 머리를 쓸어주며 다정하게 말을 건넸다.

"소엽, 넌 존엄한 마왕진경을 수련할 절세기재를 모신 몸이다. 더군다나 그와 목숨을 공유하고 있으니 네 몸을 소중히 여겨야 한다. 알았느냐?”

“예, 원주님.”

“행여 네가 무향의 아이라고 갖게 되면 그 아이를 내 후계자로 삼겠다. 마왕지상의 피를 타고 태어난 아이라면 오행천의 계승자로 손색이 없으니 말이다.”

백무향은 자신의 후사마저 저희들끼리 결정하는 수작에 피가 부글부글 끓었다.

‘오냐, 지금은 참겠다. 하지만 너희는 모두 죽었어. 감히 날 꼭두각시처럼 갖고 논 대가를 톡톡히 보여주겠다.’

3

투명한 핏빛 옥함.

보석과 금은의 화려하게 장식된 옥함을 받쳐 든 혈훼가 엄숙하게 지시를 내렸다.

“백무향은 존엄한 마황진경을 배알해라.”

백무향은 부아가 치밀어 거칠게 내뱉었다.

“나도 자존심이 있는 사람이다. 네 강압에 의해 마황진경을 수련하는 것도 굴욕이야. 더는 강요하지 마라.”

“절을 올려라, 백무향.”

혈훼가 턱짓을 보내자 암흑쌍존이 백무향의 어깨를 쥐고는 오금을 걸어찼다.

백무향은 본신공력을 지니고도 벽라마원 내에서는 도통 힘을 쓸 수가 없었다. 전혀 원치 않았지만 그는 쌍존의 강압에 눌려 아홉 번이나 절을 올려야 했다.

혈훼는 소중하게 옥함을 어루만지며 마황진경에 대해 설명해 주었다.

"파천마황께서는 고금의 마공을 집대성한 천하제일인이셨다. 누구도 그분이 적수가 되지 못했지. 당시 백도를 이끈 천하삼성조차 수치를 무릅쓰고 합공을 펼쳐야 했었다. 대마황께서는 잠시 피신해 훗날을 기약할 수 있었지만 명예로운 옥쇄를 선택하셨다. 단신으로 삼성과 백도연합을 상대하신 대마황께서는 장렬한 최후를 마감하셨다. 그 바람에 무사히 탈출한 오대마신은 각기 세력을 이끌고 오행마단을 창건할 수 있었다."

그녀의 표정이 워낙 숙연해 백무향은 입을 다문 채 잠자코 들었다.

"오행마단은 제각기 세력을 키우며 훗날 통합을 이룰 것을 약속하였다. 오행천의 첫째인 황금마신은 황금성을 세웠고, 둘째인 벽안마후는 벽라마원을 창건했으며……."

혈훼가 말해준 오행천의 내력을 대략 이러했다.

황금성과 벽라마원, 환희마궁과 지옥마부, 그리고 축융마곡(祝融魔谷)은 세상의 이목을 피해 무섭게 성장하였다. 어느 정도 세력 확장에 성공한 오대마신은 통합을 위해 자리를 함께했다. 한데 애초의 의도와 달리 통합은 쉽지 않았다.

오대마신 모두가 자신의 마단을 중심으로 통합되기를 원한 것이다.

결국 오행마단의 일차 통합은 결렬되었고 그 후에도 협상과 반목이 계속되었다. 그 와중에 오대마신은 모두 죽고 후계자들이 오행마단을 계승하게 되었다. 후계자들 역시 누구도 종속되기를 원치 않았기에 오행마단은 현재까지 팽팽한 대치 상태를 유지할 수밖에 없었다.

물론 오행마단 중 마황진경을 절반씩 보유하고 있는 황금성과 벽라마원이 다른 삼대마단의 마력을 능가했지만 그들은 가급적 전면전을 피했기에 유혈 사태는 없었다.

그러던 중 지난겨울 황금성주인 율지환이 다른 마신을 소집했다. 서로의 역량을 비교해 다시 한 번 통합을 이루자는 제안을 해온 것이다.

율지환 동시에 태백궁주 태무건에게도 은밀한 초대장을 보내 회동할 것을 제의했다.

태무건은 율지환이 제안한 단독 회동을 믿고 참석했다가 그만 오대마신의 협공을 받게 되었다. 그가 삼성의 절기를 계승한 절대고수였지만 단신으로 오행마단의 종주들을 감당하기는 무리였다. 결국 그는 혈훼의 암흑기환마공에 쓰러지고 말았다.

율지환은 자신의 계책으로 태무건을 쓰러뜨렸음을 내세우며 오행마단 통합의 주도권을 쥐려 했다. 반면 혈훼는 자신이 태무건을 제압했으니 벽라마원을 중심으로 통합이 이루어져야 함을 강조했다.

그들이 다투는 사이 지옥마부의 종주인 지옥마존이 태무건을 끼고 도주했다.

지옥마존은 자신이 속한 지옥마부가 황금성이나 벽라마원에 미치지 못함을 인정했지만 누구에게도 종속되기를 원치 않은 것이다. 그가 태무건을 끌고 간 이유는 적당한 기회를 봐서 태백궁을 움직여 황금성이나 벽라마원과의 양패구상을 꾀하기 위함이었다.

한데 우연히 지옥마부로 흘러들어 온 백무향이 태무건과 함께 탈출하면서 지옥마부는 다른 사 개 마단으로부터 지탄을 받게 되었다.

이제 오행마단의 통합은 더욱 절박해졌다.

그들의 존재가 세상에 공개되면서 각개격파를 당할 위기에 처한 것이다. 다행히 혈사성이 태백궁과 대치하고 있는 상황이기에 통합을 위한 시간을 벌 수 있게 되었다.

혈훼의 얘기는 계속되었다.

"다른 마단은 신경 쓸 것 없다. 지옥마존이 동강 난 파천마검을 소수마후에게 상납했지만 마황진경의 절기를 터득하지 못했기에 큰 위협이 되지 않는다. 문제는 황금성이다. 율지환은 무공과 심기를 두루 지닌 자라 실로 위협적이지. 만일 황금성만 제압할 수 있다면 오행마단의 통합은 순식간에 이루어진다."

백무향이 오랜만에 입을 열었다.

"난 소수마후와 겨뤄본 적이 있다. 오행마환이라는 반지만 아니었으면 충분히 죽일 수 있었지. 한데 너와 싸우면 도저히 이길 자신이 없어. 그런 괴상한 무공이 있는데도 율지환을 두려워한단 말이냐?"

"율지환 역시 마황진경의 절반을 터득했다. 물론 그가 이곳 벽라마원으로 뛰어든다면 손쉽게 죽일 수 있지만 정식 대결을 펼치면 솔직히 자신이 없다. 공연히 양패구상이라도 당하면 다른 마단에 흡수되는 수모를 당해야 하지."

혈훼는 자세를 낮춰 앉으며 백무향에게 옥함을 건넸다.

"백무향, 간절한 심정으로 네게 부탁한다. 마황진경을 터득해 내가 오행마단을 통합하는 데 협력해 다오. 율지환이 지니고 있는 절반의 마황진경을 손에 쥔 후 내가 오행천을 재건하게 되면 네가 원하는 모든 것을 들어주겠다."

"그때까지 내 몸속의 사령독고를 빼주지 않겠지?"

"미안하다. 하지만 고집스런 널 설득시키기 위해서는 어쩔 수 없어."

옥함을 받아 든 백무향이 그녀의 푸른 눈망울을 직시했다.

“내 모든 부탁을 들어주겠다면… 당신도 해당되나?”

혈훼는 다소 의외라는 듯 눈을 커다랗게 떴다.

“나를?”

“오행마단을 통합하면 내 존재가 위협이 될 테니 날 죽이려 할 거잖아? 나도 그 정도 생각할 머리는 있어.”

“그래… 솔직히 제거할 생각이었다.”

“나도 허무하게 죽고 싶지 않아. 한번 접해보면 알겠지만 난 사내로서 괜찮은 놈이다. 특히 계집이라면 누구도 날 마다하지 않지.”

혈훼는 눈을 가늘게 뜨며 미묘한 미소를 지었다.

“협상인가?”

“부탁이라고나 할까? 어쩌면 애걸일 수도 있겠지.”

“호호, 애걸이라면 한 번쯤 고려해 봐야겠군.”

몸을 일으킨 혈훼가 백무향의 볼을 어루만졌다.

“한데 애걸이라면 보다 정중해야 하지 않을까? 내 발등에 입이라도 맞춰봐라.”

백무향은 그녀의 손을 쥐고 손등에 입을 맞추었다.

“내가 목이 뻣뻣해서 그렇게는 못해. 지나치게 강요하면 난 차라리 죽어버리겠다.”

“호호, 그럴 배짱이라도 있는지 모르겠군.”

혈훼는 유령처럼 미끄러지며 소엽의 어깨에 손을 얹었다.

“죽고 싶으면 언제든 말해라. 소엽을 죽이면 네 몸속의 사령독고가 발작해 네 심장으로 파고들 것이다. 세상에서 가장 지독한 고통을 겪으며 죽게 되지.”

그녀의 서서히 어둠 속으로 사라졌다.

“날 원한다면 사대마단을 격파해 내게 바쳐라. 내가 오행대마후의 권좌에 오르면 기꺼이 너를 용납하겠다. 널 오행천의 태상호법으로 삼아 부귀영화는 물론이며 세상 최고의 쾌락을 즐기며 살게 해주겠다.”

그녀에 이어 암흑쌍존도 마치 보이지 않는 문을 통해 사라지듯 모습을 감추었다.

옥함을 안고 일어선 백무향이 소엽에게 한마디 던졌다.

“넌 왜 사라지지 않는 거냐?”

“저는 공자님께서 수련을 마칠 때까지 시중을 들라는 지시를 받았습니다. 물론 원치 않으시면 다른 시비를 들이겠습니다.”

“아니다. 내 목숨의 절반이 네게 있으니 너를 함부로 대해서는 안 되지.”

“송구합니다.”

백무향은 탁자 위에 옥함을 내려놓았다.

“지금은 집중해야 하니까 잠시 나가 있어.”

“예, 공자님.”

공손히 예를 올린 소엽이 몸을 돌리며 어둠 속으로 걸어갔다. 그녀가 사라지기 무섭게 백무향이 뒤를 따랐다. 하지만 앞서와 마찬가지로 그는 여전히 벽옥정을 벗어나지 못했다.

'젠장, 대체 이것들은 어떤 방법으로 나갔다가 들어오는 거야?'

백무향은 공연히 빈 허공을 후려치고는 의자를 끌어다 앉았다.

핏빛 옥함 속의 마황진경.

고금제일마로 경원시되는 파천마황의 절기가 수록된 절대 마경이기에 흑백도 누구를 막론하고 탐을 내는 무공 비급이다. 하지만 백무향은 조금도 욕심이 나지 않았다. 절대마공보다 짙푸른 어둠 속에서 당장이라도 탈출하고 싶은 것이 그의 진정한 바람이었다.

그는 마황진경이 담긴 옥함의 뚜껑도 열지 않은 채 깊은 고민에 빠-졌다.

'이따위 것 수련하느라고 몇 날 며칠을 보낼 수 없다. 반드시 탈출로가 있을 것이다.'

그는 허리춤의 뇌천검을 불끈 쥐었다.

'오냐, 탈출한 후 쫓아오기만 해. 바깥세상에서는 확실하게 죽여주겠다!'

제 24 장

원치 않은 운명

1

혈휘는 한 자락 천으로 알몸을 가린 채 대나무 침상 위에 비스듬히 기대앉아 있었다. 네 명의 시비가 그녀의 몸을 안마하며 향유를 발라주고 있었다.

차를 한 모금 마신 그녀가 신중한 모습으로 물었다.

"무향은 어찌 지내고 있느냐?"

단하에 부복해 있던 소엽이 공손하게 아뢰었다.

"공자님께서는 대부분의 시간을 무공 수련에 전념하고 계십니다."

"그래?"

혈휘는 흡족한 미소를 지으며 향유를 발라 매끈해진 자신의 몸을 어루만졌다.

"단단히 작심을 했나 보구나. 하기는 몸에 사령독고가 심어져 있으니 그가 뇌천검제의 현신이라 해도 내게 복종할 수밖에 없겠지."

그녀는 자세를 돌려 대나무 침상에 엎드렸다.

"그래, 널 자주 안아주더냐?"

소엽이 다소 시무룩한 표정으로 대답했다.

"아닙니다. 저를 하찮게 보시는지 한 번도 잠자리를 같이 하지 않았습니다."

"뜻밖이군. 풍문에 의하면 여색을 무척 밝힌다고 들었는데 널 마다한단 말이냐?"

"송구합니다, 원주님."

소엽이 고개를 조아리자 혈훼는 손을 내저었다.

"알았다. 무향의 수련 과정을 계속 지켜보면서 빠짐없이 보고해라."

"예, 원주님."

소엽은 공손히 절을 올리고는 원주의 처소인 벽라전을 나갔다.

혈훼는 시비들의 안마를 받으며 나른한 쾌감에 젖었다.

백무향이 소엽을 거부한다는 보고가 왠지 그녀에게 즐거움을 안겨주었다. 그녀 역시 마녀이기 전에 여인이다. 자신을 원하는 사내가 다른 계집과 놀아나는 광경이 유쾌할 리 없었던 것이다.

'날 의식해 소엽을 거부하는 건가? 하기는 천색요골과 교합을 벌이고도 죽지 않는 강인한 사내가 풋내기에 불과한 소엽 따위한테 매료되지는 않겠지.'

그녀는 장밋빛 미래를 꿈꾸며 한껏 공상 속으로 빠져들었다.

'무향, 황금성을 격파하고 오행마단을 통합하는 날 네게 최고의 쾌락을 선사하겠다.'

2

하나에서 둘, 둘에서 넷, 넷에서 여덟, 여덟에서 열여섯…….

한 걸음 내디딜 때마다 늘어나는 백무향의 분신은 가히 신기였다. 바닥을 차고 떠오르면 분신들도 함께 비상했고 손을 수검(手劍) 삼아 휘두르면 분신들도 똑같은 초식을 구사했다.

천마환영보(天魔幻影步)!

백무향이 절반의 마황진경 중에서 수련한 유일한 무공이었다.

그는 가공할 위력을 지닌 마공에는 별반 관심을 보이지 않았다. 뇌천검법을 터득했기에 구겁파천검법을 무시했고, 폭염마공을 지녔기에 파천혈황권(破天血荒拳)을 하찮게 보았다.

그런 와중에도 천마환영보에 매료된 것은 자신의 최대 취약 부분인 기민하지 못한 몸놀림을 보완하기 위함이었다.

연속적인 보법을 펼치며 허공 가득히 환영을 만들어낸 백무향은 내심 이를 갈았다.

'됐어. 이 정도면 혈훼나 암흑쌍존의 기환마공과 견줄 정도는 된다. 내가 연놈들을 죽일 수 없듯이 놈들도 날 해치지 못할 것이다. 어떻게든 벽라마원 밖으로 탈출해야 싸워도 승산이 있다.'

시간을 알 수 없는 장소라 얼마나 많은 시일이 흘렀는지 알 수 없었다.

혈훼의 강압에 의해 무공을 수련하게 되었지만 사실 그에게는 더없이 소중한 시간이었다. 여태 뇌천검법을 완벽하게 터득하지 못한 그는 벽옥정에서 대부분의 뇌천검법을 깨우칠 수 있었다. 외부의 방해 요인이 전혀 없기에 수련에만 전념할 수 있어서였는지 놀랍도록 빠른 성취였다.

그는 행여 혈훼가 눈치 챌 것을 우려해 뇌천검을 뽑지 않고 수검으로 연마해 두었다.

그리고 폭염마공 또한 자유롭게 구사할 있는 경지에 이르렀다. 폭염마공을 권법, 장법, 지법에 배합하는 것은 물론이고 폭염마공의 최고 정화인 폭염열화주를 수십 장 밖으로 뻗어낼 수 있었다.

그가 무공 수련에 이렇듯 열성을 보이는 이유는 혈훼와 암흑쌍존에게 당한 수모 때문이었다.

'내가 어떤 사람인데 그따위 놈들한테 무릎을 꿇는단 말이냐? 다시는 그런 굴욕을 당하지 않겠다. 사술이고 마법이고 내게는 통하지 않는다는 것을 확실히 보여주겠다!'

백무향은 천마환영보를 해소하고 바닥으로 내려섰다.

오랜 시간 검푸른 어둠 속에서 지내서인지 이목과 직감이 놀랍도록 예민해졌다. 전에는 전혀 느끼지 못했는데 이제는 소엽이 벽옥정 안으로 들어서는 움직임을 사전에 감지할 수 있었다.

그는 진기의 유동을 감지하며 방향을 예상했다.

'후방 좌측이다.'

과연 그의 예측은 틀리지 않았다. 후방 좌측으로 들어선 소엽이 공손하게 예를 올렸다.

"다녀왔습니다, 공자님."

백무향은 천천히 몸을 돌려 그녀에게 다가섰다.

"내가 지시한 대로 보고했겠지?"

"예, 공자님."

"모두 널 위해서야."

백무향은 소엽의 잘록한 허리를 두 팔로 끌어안았다.

"여자는 누구나 질투를 하지. 내가 널 예뻐하는 줄 알게 되면 암흑항아가 널 가만두지 않을 거다. 죽이지는 않아도 네 고운 얼굴을 훼손할 수 있어."

“…….”

“소엽, 이제 너와 난 하나의 목숨을 지닌 두 몸이야. 내가 무사하기 위해서라도 널 지켜야 돼. 너 또한 날 위해서라도 함부로 죽으면 안 돼. 알겠지?”

소엽은 그의 어깨에 얼굴을 묻었다.

“공자님 말씀은 충분히 이해합니다. 하지만… 원주님께 사실대로 고하지 못해 죄스럽습니다.”

“이건 거짓말도 아니야. 공연히 네 상전의 심기를 거스를 필요가 없기에 조심을 하라는 거지.”

백무향은 소엽의 볼을 감싸 쥐고는 입을 맞추었다. 소엽은 다소곳이 눈을 감은 채 그에게 입술을 맡겼다.

이번이 처음이 아니었다.

그녀는 백무향에게 배정된 시비이기에 그가 무엇을 요구하든 들어주어야 했다. 백무향이 짜증을 부리고 화를 내도 들어주어야 했고 몸을 요구해도 거부할 수가 없었다.

그녀는 벽라마원의 충성스런 제자였지만 자신도 모르게 조금씩 백무향에게 동화되어 갔다.

백무향의 격의없는 말투며 소탈한 성격은 절제된 삶을 살아온 그녀에게 있어 믿을 수 없는 파격이었다. 그녀가 하늘처럼 여기는 원주와 암흑쌍존 앞에서도 당당함을 잃지 않는 그가 존경스럽기만 했다.

물론 백무향은 소엽을 꼬드겨 탈출할 생각은 조금도 하지 않았다. 만일 실패할 경우 공연히 그녀에게 혹독한 형벌이 주어질 것을 우려한 것이다.

그의 자유분방한 성격상 한 여인을 고수하진 않지만 자신과 인연을 맺은 여인에 대해서는 각별함을 잃지 않는다. 자신의 여인은 어떻게든 지켜준다는 것이 그가 여인을 대하는 원칙이며 신조였다.

그가 소엽을 신뢰하게 된 것은 그녀의 뜨거운 입술 때문일 수 있었다.

사내 경험이 없어 그의 손길만 닿아도 그녀의 몸은 경직되었지만 입술은 뜨거웠다. 입술이 뜨거운 여인은 마음도 뜨겁다는 소견의 견해로 판단한다면 충분히 믿을 만한 계집이었다.

백무향은 그녀의 옷 속으로 손을 넣어 애무를 하다가 급히 그녀를 밀쳤다.

"어서 네 위치로 이동해."

급히 전음을 보낸 백무향은 천마환영보를 펼치며 수검으로 구겁파천검법의 기수식을 구사했다. 정확한 수법까지는 몰라도 한두 초식은 흉내 낼 정도는 되었다.

소엽은 백무향의 지시대로 어둠 한쪽에서 다소곳 지켜서 있었다.

백무향은 보법을 펼치는 와중에도 어둠 저편의 동정에 대해 계속 주의를 기울였다. 이목으로 감지한 것은 아니었지만 누군가의 접근을 직감적으로 간파했다. 순간적으로 미세한 움직임을 느낀 것이다.

하지만 미세한 움직임은 한 번으로 그쳤다. 그가 상당 시간 동안 무공을 연마하는 와중에도 더 이상의 움직임은 없었다.

'내가 착각한 것일까?'

어느 정도 시간이 지나자 백무향은 자신의 과민반응을 질책하며 천마환영보를 해소하고 바닥으로 내려섰다.

한데 그때 어둠 속에서 혈훼가 불쑥 모습을 드러냈다.

"흐음, 천마환영보는 거의 경지에 이르렀지만 구겁파천검법은 아직 미흡하구나."

백무향은 내심 가슴을 쓸어내리며 깜짝 놀란 모습을 보였다.

"뭐야, 갑자기 귀신처럼 나타나면 어떻게 해?"

"소엽의 보고를 듣고 가상한 생각이 들어 잠시 들른 것이다."

"혹시 계속 숨어서 지켜본 것은 아니고?"

"훗, 네 일거수일투족은 죄다 알고 있는데 무엇 때문에 훔쳐보겠느냐?"

혈훼는 가볍게 손을 내저었다.

"너는 잠시 물러가 쉬어라."

"예, 원주님."

소엽은 공손히 절을 올리고 어둠 속으로 사라졌다.

둘만 남게 되자 백무향은 거침없이 혈훼의 허리에 팔을 둘렀다.

"잘 생각했어. 오행마단이 통합될 때까지 언제 기다려? 어차피 맞어질 사이라면 미리 정분을 쌓는 게 현명한 방법이지."

혈훼는 그를 밀어내지 않았지만 쉽게 안기지도 않았다.

"왜, 젊고 싱싱한 소엽이 싫으냐?"

"난 풋내기는 관심없어."

"그래도 네 목숨의 절반을 쥐고 있잖아?"

"어차피 내 목숨 전부를 쥐고 있는 사람은 혈훼 당신이야. 내가 마왕지상이라면 마도를 걸어야 하는 것이 내 운명이겠지. 나도 거부하고 싶은 생각은 없어."

백무향이 손이 혈훼의 풍만한 젖가슴을 자극하였다.

혈훼는 가벼운 신음을 토하고는 조용히 그를 밀어냈다.

"서두르지 마라. 너와의 약조를 지킬 테니 부지런히 마황진경을 수련해라."

"이미 머릿속에 모두 기억해 두었어. 황금성이 어디에 있는지만 말해. 가는 도중 마황진경을 충분히 터득할 수 있으니까."

"훗, 잔꾀를 부릴 생각이로군."

혈훼는 긴 피풍의로 몸을 둘렀다.

"넌 암흑쌍존을 격파한 후에야 벽라마원을 나갈 수 있다.

네가 절반의 마황진경을 완벽하게 터득하지 못하면 결코 암흑쌍존을 이길 수 없음을 명심해라.”

백무향은 냉소를 치며 호기를 부렸다.

“낯짝만 희고 검은 두 늙은이를 당장 데려와. 일검에 쓰러뜨릴 테니까.”

“네가 아무리 마왕지재라도 단시일 내에 마황진경을 터득할 순 없다. 일단 백일 후 첫 번째 대결을 갖도록 하겠다.”

“만일 내가 패하면?”

“다시 백일 후 한 번 더 대결할 수 있는 기회는 주겠다.”

백무향은 그녀의 걸음걸이를 예의 주시하며 물었다.

“그때도 또 패하면?”

일순 혈훼의 표정이 싸늘하게 굳어졌다. 그녀는 확 돌아서며 그를 직시했다.

“사령독고를 움직여 널 죽일 것이다. 네가 마황진경을 대성하지 못한 이유는 네 근골에 문제가 있는 게 아니라 네 의식에 문제가 있는 것이니까.”

백무향은 오만하게 고개를 끄덕였다.

“좋아. 암흑쌍존을 확실하게 격파해 보이겠다.”

3

벽옥정에서 전개되는 마법은 진짜 술법도 아니고 눈속임

도 아니었다. 허공에 손을 집어넣어 물건을 끄집어내거나 순식간에 사라지는 행보는 모두 진법에 의한 현상이었다.

진법은 군병들을 조련하는 단순한 전투형 진법에서 기물을 이용해 지형을 바꾸는 기문절진, 부적과 향을 이용한 주술진 등 다양하다. 특히 마도에서 창안된 진법은 기묘한 환상을 불러일으키는데, 이것이 바로 기환마진(奇幻魔陣)이다.

벽라마원의 창시자인 벽라마후는 서역의 환술과 기문진을 혼합해 기환마진을 창안했다. 기환마진은 워낙 오묘해 자세한 내막을 모르는 자에게는 마법처럼 보이기에 상당히 충격적이다.

백무향은 기문진법에 대한 지식이 거의 없었지만 마황진경을 들춰보다가 한 가지 원리를 깨닫게 되었다.

오행상생과 오행상극.

세상의 어떤 이치도 오행의 조화에서 벗어나지 못한다는 것을 간파했다. 파천마황의 마공이 고금 최강이 경지에 오른 것도 오행의 조화를 기초로 한 오행마공을 창안했기 때문이었다.

마황진경이 두 쪽으로 나뉘는 바람에 파천마황의 모든 절기를 파악하지 못했지만 수록된 마공절기를 분석하면 모두 상생과 상극에 부합되었다.

백무향은 절기를 수련할 마음이 없었기에 그저 마황진경의 원리를 아는 것만으로 충분했다. 덕분에 그는 벽라마원의 기환마공에 대한 약점을 어느 정도 파악할 수 있었다.

'그래, 이제 조금 이해가 되는군. 벽라마원의 모든 마공은 파천마황의 마공을 근간으로 하기에 결코 마황진경의 범주를 벗어날 수 없다.'

백무향은 일단 자신이 갇혀 있는 벽옥정의 실체부터 세심하게 조사했다.

소엽을 위협하거나 회유해서 파훼법을 알아낼 수도 있지만 공연히 소엽에게 갈등과 고통을 안겨주고 싶지 않았다. 게다가 그녀가 벽라마원의 모든 진세를 모른다면 단지 벽옥정을 벗어나는 정도로는 탈출이 불가능했다.

그는 소엽을 데리고 탈출할 계획을 세웠지만 소엽에게는 절대 내색하지 않았다. 그녀의 심장이 뜨겁다 해도 모를 것은 여자의 마음이기 때문이다.

어둠을 따라 천천히 배회하던 그는 소엽의 접근을 대번에 간파했다.

'좌측 칠 보.'

예전에는 방향만 가늠할 수 있었지만 이제는 정확한 위치와 거리까지 헤아릴 수 있었다. 과연 그의 짐작대로 그녀는 좌측에서 일곱 걸음 떨어진 방향으로 들어섰다.

"다녀왔습니다."

"그래, 혈휘는 왜 요즘 낮짝도 보이지 않는 거냐?"

"원주님께서는 잠시 출타 중이십니다."

"암흑쌍존도 함께?"

"아닙니다. 이번 출타에는 칠대상비만 대동하셨습니다."

"잘됐군."

백무향은 장삼을 걸쳐 입고는 마황진경을 품속에 넣었다.

소엽은 그가 어둠 속으로 손을 넣어 장삼을 끄집어내자 화들짝 놀랐다.

"고, 공자님?"

백무향은 뇌천검을 허리춤에 차며 피식 실소를 지었다.

"알고 보니 간단하더군. 내 눈에 보이지 않아서 그렇지 기물들은 선반에 놓여 있었고, 옷은 벽에 걸려 있었던 거였어. 다만 진세의 영향에 의해 내가 똑바로 걸어도 제자리를 맴돌았고 공력을 뻗어내도 일 장 반경을 벗어나지 못한 거였다."

소엽은 울상이 되어 어린 새처럼 떨었다.

"이, 이제 저는 죽은목숨입니다. 원주님은 제가 공자님께 금옥마진(禁獄魔陣)의 파훼법을 일러주었다고 생각하실 겁니다."

"그렇겠지? 내가 혼자 알아냈다고 해도 믿지 않을 거다."

소엽은 털썩 무릎을 꿇었다.

"공자님, 제발 탈출은 꿈꾸지 마세요. 벽라마원은 수없이 많은 절진으로 겹겹이 둘러져 있습니다. 누구도 침투할 수 없고 누구도 탈출할 수 없지요. 게다가 공자님은 사령독고에 중독된 몸이십니다. 절대 원주님의 추적에서 벗어날 수 없습니다. 흑흑……!"

그녀가 두려움에 젖어 눈물을 흘리자 백무향은 그녀를 일으켜 세우고는 눈물을 닦아주었다.

"소엽, 벽라마원이 아무리 철옹성이라 해도 날 붙잡아두지 못해. 그리고 난 꼭두각시가 아니야. 내가 왜 마두 놈들의 패권 다툼에 끼어들어야 하냐고?"

"원치 않으셔도… 그럴 수밖에 없지 않습니까?"

"아니, 내가 원치 않으면 절대 하지 않아. 그게 내 신조야."

백무향은 소엽을 들쳐 업고는 허리띠로 단단히 동여맸다.

깜짝 놀란 소엽이 눈을 휘둥그레 떴다.

"공자님……?"

"너도 함께 간다. 내 목숨의 절반이 네게 달렸으니 널 남겨둘 수가 없어. 너와 함께 탈출해야 혈훼가 쉽게 날 추격하지 못해."

"저는……."

"걱정 마. 네 안전은 내가 책임질게. 다행히 사령독고를 빼낸다 해도 널 저버리지는 않아. 날 해독시켜 주기 위해 네 몸을 버렸잖아? 나도 최소한의 양심은 있는 놈이라고."

소엽은 체념한 듯 그의 목에 팔을 둘렀다.

"알겠습니다. 공자님의 탈출을 최대한 돕겠습니다."

"잘 생각했다. 환희마궁에 잡혀 있는 소견만 구한 후 함께 멀리 떠나자. 세상을 지배하고 싶은 놈들끼리 대가리 터지게 싸우라고 해. 난 전혀 관심없으니까.”

백무향이 뇌천검을 뽑아 들자 소엽은 불안한 듯 속삭였다.

“일단 탈출을 결정하셨으면 반드시 성공해야 합니다.”

“걱정 마.”

백무향은 소엽의 볼을 다독이며 호기롭게 말했다.

“내가 마음만 먹으면 어떤 놈이든 날 막지 못하니까!”

바닥을 차고 치솟은 백무향은 허공을 향해 뇌천검을 내려쳤다.

퍼엉—!

요란한 폭음과 함께 검푸른 어둠이 쪼개지며 밝은 빛이 쏟아져 내렸다. 모처럼 대하는 광명에 다소 눈이 시렸지만 일단 시야가 넓어지자 가슴이 탁 틔었다.

벽옥정을 벗어난 백무향은 자신이 지내왔던 뇌옥을 내려다보았다.

그토록 넓게 생각되었던 벽옥정은 삼 장 깊이에 반경 십 장 밖에 안 되는 지하 우물에 불과했다. 우물 주변은 방책 대신 엄청 높은 수목으로 둘러싸여 있었다.

가장자리로 내려선 백무향이 장난스럽게 소엽을 채근했다.

“소엽, 너 왜 사기를 친 거야?”

“사기… 라고요?”

“벽옥정이 세상에서 가장 깊고 커다란 감옥이라면서?”

“저는 원주님께서 지시하신 대로 말씀드렸을 뿐입니다.”

“하하, 알아. 그냥 해본 소리야.”

백무향은 수림으로 들어서며 십수 장 높이의 수목을 둘러보았다.

“이것도 진세에 의한 허상인가?”

“아닙니다. 벽라마원은 거대한 숲으로 둘러싸여 있습니다. 나무 한 그루, 풀 한 포기가 모두 진세를 이루는 기물이지요. 함부로 건드리면 진세가 발동됩니다.”

“진세가 발동되면?”

“벽라마원이 무쇠와 같은 철림(鐵林)으로 바뀌고 전 제자들이 출동합니다.”

“눈알만 시퍼런 암흑향아는 없다면서? 그럼 걱정하지 않아도 돼.”

백무향은 나무 기둥을 좌우로 박차고 솟구치며 한 손을 높이 쳐들었다. 장심에서 붉은 구슬 같은 폭염마공의 정화가 형성되었다. 폭염마제의 절학인 폭염열화주.

백무향은 빽빽한 수림을 향해 폭염열화주를 내던졌다.

“가랏!”

콰아앙!

엄청난 폭음과 함께 수림 일각이 붕괴되며 화염에 휩싸였다. 폭염열화주는 극양의 정화이기에 철석도 녹일 만큼 강렬했다. 수백 년 수령의 거목들이 순식간에 참혹한 숯덩이로 화했다.

“공자님……?”

소엽이 기겁을 하자 백무향은 차가운 웃음을 흘렸다.

"훗, 내가 혈훼와 두 늙은이한테 갖은 수모를 당했는데 곱게 탈출하겠어? 이제부터 날 막는 놈은 가만두지 않겠다."

사방에서 요란히 경종이 울려 퍼지자 백무향은 유유히 몸을 날렸다.

피피핑―!

기관 장치가 발동하며 나무 위에서 암기가 우박처럼 쏟아져 내렸다. 그러나 무시무시한 암기 세례도 폭염마공으로 형성된 호신강기에 닿자 이내 녹아버렸다.

곧이어 벽라마원의 제자들이 나무 사이에서 뛰쳐나오며 그를 저지했다. 모두의 얼굴빛이 풀잎과 같은 연두색이었다. 수림 일부가 파괴되고 탈출이 진행되고 있었지만 그들의 대응은 놀랍도록 차분했다.

백무향은 뇌천검법과 폭염마공을 동시에 전개하면서 포위망을 돌파했다.

콰르르릉―!

우렛소리와 함께 번갯불이 비산되고 화염폭풍이 몰아친다. 예전에는 양대절학을 지니고도 한 가지씩밖에 구사하지 못했지간 벽옥정에서 수련한 덕분에 이제는 양대절학을 자유자재로 펼칠 수 있게 되었다.

그가 고금 최강의 파천마황의 마황진경를 무시한 이유도 자신의 이런 무공을 자부했기 때문이다.

퍼퍼펑—!

연이은 폭음과 함께 벽라마원의 제자들이 속수무책으로 나가동그라졌다.

"새끼들, 오합지졸에 불과한 것들이 감히 누구를 막겠다는 거냐? 지옥마부도 내 손에 절반이 파괴되었고 환희마궁도 박살이 났다. 너희도 마찬가지이다!"

백무향은 마음껏 절기를 발휘하며 그동안 당했던 울분을 해소했다. 한데 이때였다.

휘리리릭!

갑작스럽게 나뭇가지와 넝쿨로 이루어진 거대한 그물이 순식간에 형성되었다. 그물은 점차 촘촘해지더니 아예 빛마저 차단하였다.

"쌍존께서 납시셨다!"

"물러서라!"

벽라마원 제자들은 신속하게 수림 속으로 모습을 감추었다.

백무향의 어깨를 감싸 쥔 소엽의 손이 파르르 떨린다.

"아, 암흑쌍존이세요."

백무향은 풀잎을 밟고 서며 당당히 주변을 쓸어보았다.

"쌍존인지 쌍졸인지 몰라도 어서 낯짝을 내밀어라!"

마법진에 의한 검푸른 어둠 속에서 묵영존의 음성이 들려왔다.

"소엽, 네년이 감히 본 원을 배신했단 말이냐?"

소엽의 안색이 하얗게 변하자 백무향이 대신 답변했다.

"소엽은 너희를 배신한 것이라 내게 인질로 잡혔을 뿐이다. 사령독고만 아니었으면 내 손으로 죽였을 것이다."

"그렇다 해도 네게 벽옥정을 탈출할 수 있는 방법을 일러주었으니 명백한 배신이다."

"헛소리 마. 소엽이 일러준 것이 아니라 내 힘으로 탈출한 거니까."

이번에는 배후에서 백파존의 메마른 음성이 흘러들었다.

"네놈 힘으로 벽옥정을 탈출했다고? 그 말을 믿으란 말이냐?"

"훗, 마법진 따위로 날 가둘 수 있다고 생각했다면 큰 착각이다. 뭐, 정 못 믿겠다면 확실히 보여주지."

백무향은 팽이처럼 회전하며 신속하게 치솟아올랐다.

"야뢰비류섬!"

허공에 뜬 상태에서 최강의 위력을 발휘하는 뇌천검법 제칠초. 마른벼락과 함께 함께 검극에서 분출된 번갯불이 두터운 장막 같은 어둠 속으로 파고들었다.

일순 비단을 찢는 듯한 예리한 소음과 함께 암흑마진이 여지없이 베어졌다. 그러나 백무향이 베어진 틈새로 벗어나려 하자 나뭇가지와 넝쿨이 뒤엉키며 빠른 속도로 틈새를 가로막았다.

"네놈은 절대 빠져나갈 수 없다!"

암흑마진 속으로 들어선 쌍존이 권법과 장력을 전개했다. 그들의 몸은 보이지 않고 주먹과 손바닥 그림자만 허공에 가득했다.

백무향은 코웃음을 치며 천마환영보를 전개했다.

마황진경의 절기답게 천마환영보는 마법과도 같은 환영을 만들어냈다. 더군다나 수십 개의 환영은 제각기 별개의 절기를 구사하기에 단순한 눈속임으로 넘길 수가 없었다.

어둠 속에서 쌍존의 경호성이 터져 나왔다.

"어엇? 천마환영보?"

"마황진경의 절기다!"

암흑마진 속에서 천마환영보가 전개되자 양측은 서로의 실체를 제대로 파악하지 못한 채 어지러운 대결을 벌여야 했다. 내가강기가 요동치고 검기가 난무했지만 대부분 허공에서 흩어질 뿐 상대를 위협하지는 못했다.

백무향은 암흑쌍존과 대결하면서 나름대로 암흑마진의 파훼법을 연구했다.

벽라마원은 나무에 해당되는 청목(靑木).

오행상생과 오행상극의 원리를 감안하면 나무는 쇠에 약하다. 혈훼가 황금성을 가장 경계하는 이유도 황금성이 쇠에 해당되는 백금의 특성을 지녔기 때문이다. 오행상극 중 금극목(金克木)에 해당되기에 벽라마원은 결코 황금성을 능가할 수 없는 것이다.

백무향은 천마환영보 덕분에 암흑쌍존의 공격을 거의 무산시킬 수 있었다. 심각한 위협이 없는 상황이라 암흑쌍존의 움직임을 조금씩 간파할 수 있었다.

'그러, 이제 알 것 같군.'

보이지 않는 상대의 움직임을 감각으로 찾아낸 백무향은 뇌천검에 극한의 진기를 운집시켰다.

"차앗!"

힘찬 기합성과 함께 치솟은 그는 하늘과 땅을 가르듯 일도양단의 자세로 뇌천검을 내려쳤다. 뇌천십이검 중 가장 강력한 위력을 지닌 제십초 파황벽뇌섬(破荒劈雷閃).

번—쩍—!

암흑 속에서 번득이는 새파란 섬전이 너무도 눈부셨다. 천신이 내려친 도끼날처럼 거대한 섬전이 암흑공간을 통째로 베었다.

콰아앙!

귀청을 찢는 대폭음과 함께 수십 겹의 나무 그물로 형성된 어둠의 장막이 찢어졌다. 뒤엉킨 나뭇가지와 넝쿨이 사위로 비산되며 외부의 빛이 스며들었다.

벽라마원이 자랑하던 암흑마진이 깨진 것이다.

"허억, 이럴 수가?"

경호성에 이어 암흑쌍존이 바닥으로 내려섰다. 백무향의 정확한 출수에 의해 암흑마진이 깨졌음에도 불구하고 그들의 부상은 그다지 대단치 않았다.

백무향은 암흑마진을 격파한 것으로 만족했다.

'두 늙은이를 죽이려 했다가는 양패구상을 면치 못하겠군. 굳이 목숨 걸고 싸워야 할 이유가 없으니 일단 탈출하자.'

빠르게 생각을 굴린 그는 짐짓 일전을 벌이겠다는 모습으로 장심에 폭염열화주를 형성하였다.

"하하, 이제야 내 힘으로 벽옥정을 탈출했다는 말을 믿겠느냐?"

폭염열화주의 가공할 위력을 익히 알기에 암흑쌍존은 급히 뒤로 미끄러졌다.

"오냐, 소엽이 배신한 것이 아님을 믿겠다. 그렇다 해도 넌 절대 탈출할 수 없다!"

"일단 이거나 받아봐!"

백무향은 높이 도약하며 폭염열화주를 내던질 듯 불꽃을 피워냈다. 그러나 그것은 암흑쌍존이 추적을 저지하기 위한 속임수였다.

"하핫, 폭염열화주는 다음에 맛보여 주겠다."

허공을 방향을 돌린 백무향은 도공답운비를 펼쳐 수림 속으로 뛰어들었다.

호신강기를 끌어올려 잔뜩 방어 태세를 취하고 있던 암흑쌍존이 백무향이 그대로 도주하자 이를 부득 갈았다. 그들은 그대로 솟구쳐 오르며 사납게 외쳤다.

“추격해라!”

“반드시 붙잡아야 한다!”

몇 개의 숲을 지나쳤는지 모른다. 말 그대로 숲의 바다인 수해(樹海)였다. 거대한 분화구와 같은 지형이라 나뭇가지를 밟고 비행술을 펼쳐도 숲 외에는 아무것도 볼 수 없었다.

벽라가원의 외곽을 경비하는 자들의 기습적인 공세도 만만치 않았다. 태고의 원시림 같은 수림이라 도처가 은신처였다. 수북한 낙엽 속은 물론이고 나뭇가지 위에도 잎사귀로 위장한 자들이 즐비해 숨 한 번 제대로 쉴 겨를이 없었다.

백무향은 등에 업은 소엽이 다치지 않도록 주의해야 하기에 더욱 신경이 쓰였다.

“젠장, 대체… 얼마나 넓은 거야? 왜 가도 가도 바깥으로 나갈 수 없지?”

소엽기 주변을 살피다가 나직이 대답했다.

“수림 위를 통해서는 빠져나갈 수 없다고 들었습니다. 자연적으로 형성된 진세 때문에 방향과 거리를 측정할 수 없다고 했습니다.”

“그럼 어떻게 하란 말이냐?”

“나무 사이를 뚫고 나가야지요. 사람이 지나간 흔적을 따라 이동해야만 외부에 이를 수 있습니다.”

백무향은 공연히 짜증을 부렸다.

“진작 말했어야지.”

급히 하강한 그는 낙엽을 밟고 달렸다. 빽빽한 수림은 사람 하나가 겨우 지나칠 공간밖에 없었기에 신법을 펼치는 데도 주의를 기울여야 했다.

몇 번의 기습을 격파하고 그렇게 한 시진을 정도를 달렸다. 갑자기 주변이 급속히 밝아지면 그들은 숲을 빠져나올 수 있었다.

“야아, 마침내 벗어났어!”

백무향은 들뜬 함성을 외치며 뒤를 돌아보았다.

눈앞으로 끝도 없는 밀림이 펼쳐져 있었다. 아득히 먼 저곳은 운무에 가려져 있어 가물가물했다.

백무향은 벽라마원의 신비로운 지세에 혀를 내둘렀다.

“정말 기가 막힌 곳을 찾아냈군. 이 안에 마귀들이 살고 있다고 누가 짐작이나 했겠어.”

소엽이 조심스럽게 청했다.

“공자님, 이제 안전하니 내려주세요.”

백무향은 그녀를 업은 채 그대로 신법을 펼쳤다.

“됐어. 대나무처럼 바싹 말라 별로 무겁지도 않군.”

“제가 송구스럽습니다.”

“내가 괜찮으면 된 거야. 앞으로 업어줄 일도 없을 테니 조금만 더 업혀 있어.”

소엽은 포근한 미소를 지으며 그의 목을 편하게 끌어안았다.

"이제 어떻게 할 생각이세요? 벽라마원을 탈출했지만 공자님은 여전히 사령독고에 중독된 상태입니다. 원주님은 반드시 추적을 펼쳐 공자님을 찾아낼 것입니다."

백무향도 그것이 고민이었다.

사령독고를 통한 추적과 위협이 우려되어 소엽과 함께 탈출했지만 평생토록 벽라마원의 추적을 피해 다닐 수는 없는 일이었다.

자신이 자유롭기 위해서는 사령독고를 뽑아내야 하는데 혈훼의 말이 사실이라면 한 번 심어진 사령독고를 뽑아내기는 불가능하다. 사령독고는 숙주가 죽어야만 스스로 기어나오며 어떤 약물로도 제거할 수 없기 때문이다.

백무향은 깊이 고민하다가 태옥교를 떠올렸다.

'그 겨집애라면 혹시 사령독고를 제거하는 방법을 알지 않을까?'

십절옥봉이라는 별호를 감안한다면 가능성이 아주 없지는 않았다. 하지만 자신에게 특별한 약을 먹이려 한 그녀의 교활함을 생각하자 그녀를 찾아가고픈 생각이 싹 사라졌다.

'아니다. 그 계집이라면 설사 사령독고를 뽑아낼 수 있는 방법을 알더라도 절대 가르쳐 주지 않을 것이다. 오히려 사령독고를 이용해 날 조종하려 할 테지. 혈훼와 다를 바 없는 악녀이니까.'

너무 깊이 생각하는 바람에 머리가 지끈지끈 아파왔다. 그

바람에 한동안 잊고 살았던 혼란스런 과거의 조각들이 하나 둘 다시금 되살아났다.

'제기, 과거를 기억하지 않아도 좋으니 제발 이 지긋지긋한 두통을 씻어낼 약 좀 없나?'

그러다 문득 반사귀선을 떠올린 그는 안색이 환해졌다.

"그래, 반사귀선이 있었지? 죽은 사람도 살린다는 신의이니 사령독고 정도는 빼낼 수 있을 거야."

한 번 면식이 있기에 그를 찾아가 부탁하면 들어줄 것도 같았다. 결정을 내린 그는 능선을 따라 빠르게 몸을 날렸다.

'반사귀선의 거처가 아마 황산 반사곡이었지?'

4

혈사성 총단.

칭칭 동여매진 붕대가 끌러지면서 건장한 체구가 드러났다. 육순에 가까운 나이였지만 비곗살 하나 없는 근육질 몸은 강철처럼 단단해 보였다.

"깨끗하게 치료가 됐습니다, 아버님."

현사군이 흡족한 미소를 짓자 현후곤은 자신의 벗은 상체를 살펴보고는 힘있게 고개를 끄덕였다.

"그래, 화상 흔적이 전혀 없구나. 역시 영천석유의 효능은 대단해."

침상에서 내려선 현후곤은 도포를 걸쳐 입고는 곧바로 칼을 집어 들었다.

"가자!"

현사군은 싱긋 미소를 지으며 두 개의 잔에 술을 따랐다.

"그동안 화상을 치료하느라 술을 전혀 드시지 못했습니다. 일단 술부터 한잔하시지요."

"아, 그렇군. 당연히 한잔 마셔야지."

현후곤은 술잔을 쥐고는 아들과 건배를 했다.

"혈사성의 영광을 위하여!"

단숨을 술잔을 비운 현후곤은 버럭 화를 내며 술잔을 내던졌다.

"젠장, 이럴 수는 없다! 도황의 절학을 터득한 내가 어찌 천하디천한 사해문 놈한테 패할 수 있단 말이냐? 이건 말도 안돼!"

그로서는 생각만 해도 낯이 뜨거운 패배였다.

수하들은 백무향 역시 치명상을 입었다며 위로했지만 현후곤은 자신이 당한 부상을 더 부끄러워했다. 도황의 절기를 수련한 이후 적수가 없었던 그로서는 상당한 충격이기도 했다. 스스로 광명신검과 견주어왔기에 한 달 넘게 화상을 치료해야 하는 상황이 믿기지 않았다.

현사근이 부친의 분노를 차분하게 달랬다.

"지금 사해문 총단을 찾아가서도 놈을 만날 수 없습니다.

놈은 한 달 전 태옥교를 만나러 출타한 이후 소식이 끊겼습니다. 사해문 제자들이 천하 곳곳을 수색했지만 아직 행적을 찾지 못하고 있습니다.”

현후곤은 주먹을 불끈 쥐며 종이 깨지는 듯한 폭갈을 발했다.

“놈이 없으면 어떠하냐? 사해문 놈들을 죄다 죽여서라도 분노를 씻어야겠다. 수백 놈의 피로 수욕을 하면 기분이 조금 풀리겠지.”

“아버님, 놈들의 천한 피로 왜 존체를 더럽히려 하십니까? 죽여야 할 놈은 백무향 한 놈뿐입니다. 나머지 무리들은 죽일 가치도 없는 버러지에 불과합니다.”

현후곤은 거친 숨을 훅훅 내뿜었다.

“사군아, 대체 놈의 진정한 정체가 뭐냐? 뇌검검법을 전개하는 것만으로 기막힐 일인데 풍운마제의 절학까지 구사한다는 게 될 법한 일이냐?”

현사군은 술잔을 손에 쥔 채 넓은 실내를 거닐었다.

“저로서도 믿기 힘든 일입니다. 하지만 제 눈으로 직접 보았기에 믿지 않을 수가 없습니다. 놈은 분명 뇌천검법과 더불어 풍운마제의 절학 중 최강이라는 폭염열화주까지 구사했습니다.”

현후곤은 의자에 엉덩이를 걸치고는 병째로 벌컥벌컥 술을 들이켰다.

"사군아, 설마 놈이 지껄인 대로 마정쌍제의 현신은 아니 겠지?"

"물론입니다. 어떻게 이백 년 전의 고인이 부활할 수 있겠습니까? 그동안 사료를 조사해 보았더니 과거 마정쌍제가 동시에 실종된 것은 사실입니다. 워낙 오래된 일이라 입증할 자료가 부족하지만 마정쌍제가 새외에서 대결을 펼쳤다는 것이 일반적인 통설입니다. 그렇다면 마정쌍제가 한 장소에 비급을 남겼고 놈이 우연히 그것을 얻었다고 봐야 합니다."

현사군은 차가운 겨울바람에 잎사귀가 모두 떨어진 정원수를 바라보았다.

"한 가지 이해가 되지 않는 것은 한 몸에 뇌천전기와 폭염진기 모두를 지녔다는 점입니다. 두 가지 신공이 모두 극양에 해당되지만 워낙 강한 힘이 담겨 있어 동시에 수련하기는 거의 불가능하지요."

현후곤은 어깨에 걸친 칼을 탁자 위에 올려놓았다.

"사군아, 놈이 강하다는 것은 인정하지만 도황의 패왕도법 또한 최강의 절기가 아니더냐? 내가 놈의 폭염열화주를 가르지 못하고 심한 내상과 더불어 지독한 화상을 입었다는 것은 이해가 되지 않는다."

그의 표정이 다소 숙연해졌다.

"아비가 자질이 부족한 것 같구나."

정원을 바라보던 현사군이 천천히 몸을 돌렸다. 부친의 등 뒤에 선 그가 무겁게 입을 열었다.

"아버님의 근골은 훌륭하십니다. 문제는 도황의 절기입니다."

"절기가 문제라고?"

"그렇습니다. 아버님은 향후 십 년을 더 패왕도법을 수련해도 절대 놈을 능가할 수 없습니다."

현후곤이 쓴 입맛을 쩍 다셨다.

"그… 그게 사실이냐?"

"그 이유는 아버님께서 얻은 도황의 비급이 진본이 아니기 때문입니다."

"뭐야?"

자리에서 벌떡 일어선 현후곤이 눈을 부릅떴다.

"진본이 아니라니? 그렇다면 가짜란 말이냐?"

"진본을 위장한 필사본입니다. 제가 최근 들어 검토해 본 결과 일부 초식에 다소 문제가 있었습니다."

"자, 잠깐만 기다려라."

단숨에 술을 반 단지나 비운 현후곤이 길게 숨을 내쉬었다.

"아들아, 제발 차근차근 얘기해라. 이 아비가 알아듣게 말이다."

"아버님, 도황의 패왕도법뿐 아니라 아버님과 제가 찾아낸 보물과 신병 또한 하늘이 내린 기연이 아닙니다. 우연을 가장해 누군가 우리 부자에게 전한 것입니다."

"그, 그러니까……."

"과거의 천사성은 아버님과 제가 만든 것이 아닙니다. 우리 부자는 그저 꼭두각시처럼 움직였을 뿐입니다."

현후곤은 충격을 이기지 못하고 입을 딱 벌린 채 아들만 멀뚱멀뚱 바라보았다. 현사군은 마치 자신과는 무관한 사람처럼 무심하게 말을 이었다.

"이제 이해가 되셨을 겁니다. 또한 누가 그런 엄청난 일을 꾸몄는지도 짐작하셨겠지요. 그렇습니다. 도황의 비급, 보물, 신병은 모두 태백무고에서 나온 것입니다. 태옥교! 그 사악한 계집이 동냥하듯 우리에게 건넨 것입니다."

현후곤의 반응은 다소 의외였다.

"허헛헛!"

그는 실성한 사람처럼 몇 번 헛웃음을 터뜨리고는 털썩 자리에 앉았다.

"그랬었구나. 어쩐지 기연이라 하기엔 우리에게 너무 많은 행운이 따른다 생각했었다. 난 네 운세가 아주 강해 우리 가문에 복록이 찾아왔다고 생각했는데 그게 아니었군."

술 단지를 마저 비운 그는 갑자기 광기 어린 괴성을 내질렀다.

"으아아아!"

칼을 뽑아 든 그는 미친 듯이 도법을 전개했다.

콰— 콰쾅—!

한바탕 폭풍이 일자 웅장한 전각이 대번에 박살 났다. 지붕은 모두 날아갔고 아름드리 기둥은 허리를 꺾었으며 담벽은 가루가 되었다.

혈사성 제자들은 난데없는 소란에 모두 모여들었지만 성주가 직접 사왕전을 때려 부수기에 감히 나설 엄두도 내지 못했다. 그들은 멀찌감치 서서 지켜볼 따름이었다.

참담한 폐허 속.

흙먼지가 가라앉으며 뽀얀 조각상처럼 된 두 사람의 모습이 보였다. 현후곤은 바닥에 칼을 꽂은 자세였고 현사군은 술잔을 쥔 모습이었다. 이어 칼을 내던진 현후곤이 아들을 끌어안으며 통곡했다.

"크으, 아들아! 아비는 그저 한번 울화통을 터뜨리면 그뿐이겠지만 너는 얼마나 비참하였겠느냐? 얼마나 피맺힌 한을 뿜었으면 천사성을 혈사성으로 개명했겠느냐?"

현사군은 부친의 어깨를 다독이며 위로했다.

"체통을 지키십시오, 아버님. 수하들이 보고 있습니다."

"젠장!"

주먹으로 눈물을 씻은 현후곤이 주변을 향해 외쳤다.

"별일 아니다! 본좌가 부상이 완쾌돼 한번 용을 쓰다 보니 전각이 부서졌을 뿐이다. 내 소성주와 통쾌함을 나눌 테니 모두 물러가라!"

"예, 성주님."

“아, 술이나 왕창 가져와라, 어서!”

현후곤은 열 단지나 되는 술을 마시고서야 비로소 진정되었다. 그는 실성한 사람처럼 혼자 키득거리다가 갑자기 욕설을 퍼붓기도 했다.

현사군은 자신이 당했던 비통한 심정을 잘 알기에 부친의 그런 행태를 전혀 제지하지 않았다.

모든 것을 스스로 이루었다고 자부하던 사람이 갑자기 누군가의 계획에 의해 이용되었다는 것을 알게 되면 미치지 않을 수 없다. 현후곤이 분노를 참지 못하고 밖으로 뛰쳐나가 수백 명을 마구 죽이지 않은 것이 오히려 다행일 정도였다.

현사군은 술 단지를 의자 삼아 부친과 나란히 앉았다.

“오늘만 마음껏 드십시오. 그리고 잊는 겁니다. 태옥교가 모든 내막을 밝힐 리 없으니 아버님과 제가 입을 다물고 있으면 비밀은 지켜질 수 있습니다.”

“오냐… 잊어야지. 당연히 잊어야지.”

“하지만 내막은 잊어도 복수는 잊을 수 없습니다. 태백궁을 박살 내고 정파 놈들을 마음껏 짓밟아야 우리의 분노가 해소될 수 있을 것입니다.”

현후곤은 아들의 어깨에 팔을 둘렀다.

“크흐훗, 당연히 그래야지. 태백궁 놈들은 한 놈도 살려두지 않을 것이다. 아비의 손으로 모두 찢어 죽이겠다.”

술을 벌컥벌컥 들이켠 그가 빈 단지를 뒤로 내던졌다.

"한데 말이다… 태옥교, 그 계집을 어찌할 생각이냐?"

"단칼에 죽이는 것은 엄청난 자비입니다. 아직 어떤 고통을 가해야 할지 생각하지 못했습니다."

"혹시… 네가 그 계집과 살을 섞은 적이 있느냐?"

"없습니다. 십 년 만의 재회 때 이런 충격적인 비밀을 듣게 된 것입니다."

현후곤은 아들을 와락 끌어안았다.

"그렇다면 태옥교를 아비한테 다오."

"아버님……?"

"명색이 중원지화가 아니더냐? 아비가 꼭 품고 싶다."

"아버님, 세상에서 가장 추악한 계집입니다. 어찌 그런 더러운 계집을 품으려 하십니까?"

현후곤은 눈을 게슴츠레 떴다.

"이 녀석아, 네가 그 사악한 계집을 품으면 용서겠지만 아비가 품으면 복수다. 아비는 한 번 품은 후 그 계집을 본 성의 모든 수하들이 능욕하도록 내던질 것이다."

"세상에서 가장 추악한 매춘부로 만들 생각이시군요?"

"크흐훗, 그래. 태백연공실에 있는 위대한 태무건이 이 사실을 알게 되면 피를 토하고 죽을 것이다. 어떠하냐? 이 정도면 위대한 태씨 가문을 철저히 짓밟는 거겠지?"

"여부가 있겠습니까."

몸을 일으킨 현사군이 부친을 향해 포권을 취했다.

"교활한 계집을 아버님께 바치겠습니다. 통쾌하게 복수하십시오."

"카하핫! 오냐. 생각만 해도 짜릿하구나. 세상에서 가장 아름답다는 중원지화를 품게 될 날이 기다려진다."

"그전에 먼저 해결해야 할 일이 있습니다."

"그게… 뭔데?"

현사군의 표정이 서늘해졌다.

"감히 본 성과 맞선 사해문부터 괴멸시켜야 합니다. 특히 백무향은 절대적으로 죽여야 할 공적입니다."

현후곤의 얼굴에 살벌한 전의가 감돌았다.

"백무향! 반드시 죽여야 할 놈이지. 놈이 폭염열화주를 발출하기 전에 죽여야 한다."

"너무 우려하지 마십시오, 아버님. 놈을 죽일 수 있는 신병을 준비 중에 있습니다."

"신병이라니?"

현사군은 마치 활을 쥐고 쏘는 자세를 취해 보였다.

"예사천궁(羿射天弓)입니다."

제 25 장

대체 내가 누구요?

1

정덕(定德)은 황산과 멀지 않은 곳에 위치한 성시다. 큰 성시는 아니었지만 이곳에도 사해문의 분타가 있다.

"우두머리 되는 놈, 당장 나오너라!"

분단으로 들어선 백무향은 다짜고짜 호통을 쳤다.

삼십여 명에 불과한 제자들은 점심을 준비하고 있다가 느닷없는 방문객을 바라보았다.

백무향은 거만하게 주변을 둘러보았고 한 걸음 뒤로 소엽이 다소곳이 서 있었다. 어렸을 적부터 벽라마원에 입문해 살아온 소엽은 신기해하는 눈빛으로 분단을 둘러보았다.

절름발이 중년인이 절뚝거리며 백무향 앞으로 다가섰다.

“내가 분타의 책임자요.”

“그렇다면 직책이 타주겠구나?”

“그렇소만…….”

분타주 유항(兪忼)은 고까운 눈빛으로 백무향을 쓸어보고
는 차갑게 내뱉었다.

“나이도 어린놈이 왜 이렇게 무례하냐? 네가 황태자라도
된단 말이냐?”

백무향은 뒷짐을 진 채 점잖게 자신을 밝혔다.

“난 백무향이란 사람이다.”

유항의 입이 쩍 벌어졌다. 주변의 제자들 역시 눈을 휘둥그
레 뜬 채 입을 다물지 못했다. 유항은 자신의 눈을 비비고는
다시금 백무향을 살펴보았다.

“저… 정말 태상님이십니까?”

“그래, 내가 바로 태상문주다. 혹시 날 사칭한 가짜라도 찾
아왔었단 말이냐?”

“아… 아니외다.”

백무향은 짜증스런 표정을 지으며 뇌천검을 뽑아 들었다.

“아랫것들한테는 꼭 증표를 보여야 한다니까.”

번갯불을 발하는 벼락 형태의 검을 보자 유항과 제자들은
그대로 오체복지했다.

“존엄하신 태상님을 뵈옵니다!”

“이런 누추한 곳을 찾아주시다니 감읍할 따름입니다!”

백무향은 그들을 잡아 일으켰다.

"누가 부복하라고 했어? 내 지침 몰라? 당장 일어나지 못하겠느냐!"

유항은 비로소 총단에서 하달된 지침을 깨닫고 급히 몸을 일으켰지만 감히 허리를 펴지 못했다.

분타주에 불과한 그로서는 총단의 당주 급을 맞이하는 것만으로도 영광이기에 태상문주의 방문은 그야말로 하늘을 친견하는 광영이 아닐 수 없었다.

백무향은 밥 짓는 냄새를 맡고는 서둘러 손을 저었다.

"일단 밥부터 먹자."

정덕은 지리적으로 강남에 위치했기에 한겨울에도 그다지 춥지 않았다. 직책에 관계없이 식사는 한자리에서 함께하는 것이 사해문의 방식이었다.

백무향은 마당에 놓인 긴 탁자에서 소엽과 함께 식사를 했다. 태상문주라 하여 특별한 요리가 차려지진 않았다. 그저 제자들이 일반적으로 먹는 음식 그대로였다.

"괜찮으니까 평소대로 먹어. 공연히 내가 부담스럽잖아."

백무향이 연신 권했지만 분타주와 제자들은 감히 하늘 같은 태상문주와 함께 식사를 한다는 것이 감격스러워 제대로 젓가락질도 못했다.

백무향은 결국 비장의 철퇴를 뽑아 들었다.

“제대로 먹지 않는 놈은 당장 제명시키겠다.”

분타주와 제자들은 기겁을 하며 비로소 식사를 하기 시작했다.

백무향이 소엽을 보며 다정하게 말을 건넸다.

“먹을 만해?”

“예, 공자님.”

“그래, 식재료는 형편없어도 맛은 괜찮군. 역시 객잔보다는 내 집 밥이 먹기가 편해.”

소엽은 수줍은 미소를 지었다.

“공자님께서 일문의 태상이신 줄 몰랐어요.”

“무늬만 태상이야. 내가 하는 일은 거의 없어.”

백무향은 독한 죽엽청을 한 잔 들이켜고는 유항에게 물었다.

“총단은 별일없겠지? 혈사성 놈들이 또 쳐들어오지는 않았는지 모르겠다.”

“다행히 큰 충돌은 없다고 들었습니다. 하지만 혈사성주가 완쾌되었다고 하니 조만간 또 한 번의 대결이 벌어질 거라는 풍문이 무성합니다. 본래 혈사성이 태백궁에 전면전을 선포했지만 지금은 본 문과 혈사성의 전쟁으로 변모했습니다.”

답변을 마친 유항이 정중하게 아뢰었다.

“태상님께서 그동안 실종되시는 바람에 대대적인 수색령이 내려졌습니다. 이제라도 태상님께서 무사하시다는 보고를 올려야겠습니다."

"그래, 서문취가 몹시 걱정하겠구나."

유항은 힐끗 소엽을 보고는 조심스럽게 물었다.

"태상님, 함께 오신 소저는 어떤 분이신지……."

"아, 소엽 말이냐? 수행 시녀야. 소엽이라 하지. 보고서에 소엽에 대해서는 자세히 쓸 것 없어. 서문취가 공연히 질투할지 모르니까."

식사를 마친 백무향은 허름한 살림을 둘러보았다.

"살기에 불편하지는 않아?"

"전혀 없습니다. 비렁뱅이 개방에 비하면 의복이며 식사가 비교적 풍족한 편이지요."

"그래, 잘 먹고 잘 입어야만 능사는 아니지."

음식이 치워지고 따뜻하게 데워진 차가 나왔다.

백무향은 멀리 보이는 능선으로 시선을 돌렸다.

"어느 쪽이 황산이냐?"

유항이 의아한 표정으로 물었다.

"황산으로 가는 중이십니까?"

"그래, 반사귀선한테 볼일이 조금 있어. 듣기에 황산 반사곡에 산다고 들었는데 사실이지?"

"그렇습니다. 하지만 귀선께서는 자주 출타를 하시기에 뵙기가 쉽지 않습니다. 우선은 수하를 보내 알아보겠습니다."

"아니야. 꼭 만나야 하니 없더라도 가서 기다려야 돼."

백무향이 일어서자 소엽도 따라 몸을 일으켰다. 그가 분타를 나서자 유항과 제자들이 모두 따라나섰다.

"그럼 수고들 해라."

백무향은 소엽을 대동해 황산 방향으로 몸을 날렸다.

유항과 제자들은 태상문주의 느닷없는 방문이 마치 꿈처럼 생각되었다. 더군다나 태상문주와 한자리에서 식사를 했다는 것이 믿기지 않았다.

유항은 태상문주의 지침에도 불구하고 백무향이 사라진 방향을 향해 배례를 올렸다.

"태상님의 천세를 기원합니다!"

2

"아이고, 귀선님! 제발 살려주십시오!"

"흑흑, 귀선님. 제 목숨을 드릴 테니 제 아버님을 치료해주십시오!"

"돈은 얼마든지 드릴 테니 영단 한 알만 내려주십시오!"

반사곡 앞은 여느 때와 다를 바 없이 인산인해를 이루고 있었다.

수백 개 천막에 병자들이 가득했고 모닥불 주변으로 신음하는 병자들은 더 많았다. 그들을 돌보는 간병인과 가족들까지 합하면 천수백 명은 늘 상주해 있는 상황이었다.

그들 개부분은 불치병에 걸린 병자들이거나 약을 살 돈이 없어 죽어가는 불쌍한 사람들이었다. 그들에게 있어 반사귀선은 마지막 생명줄이기에 짧게는 수개월, 길게는 수년씩 반사곡 앞을 떠나지 못하고 있었다.

반사귀선이 아무리 매정하고 괴팍스러워도 한 달에 한두 번은 계곡을 나와 병자들을 치료해 주곤 했던 것이다.

그의 침 한 방으로 불치병이 나은 병자도 있고 천금을 주고도 구하지 못할 영단을 하사받아 병을 치료한 병자도 있었다. 그러면서도 반사귀선은 치료비나 약값을 한 푼도 받지 않기에 병자들에게 있어 그의 존재는 귀선(鬼仙)이 아니라 의선(醫仙)이었다.

반사곡 앞 광장으로 내려선 백무향은 고약한 피고름 냄새에 인상을 찡그렸다.

"지독하군. 지옥이 따로 없어."

그는 술 단지를 안고 뒤따르는 소엽을 돌아보며 단단히 주의를 주었다.

"절대 술 단지를 빼앗기면 안 돼. 지난번 날 구해준 귀선한테 술 한잔 대접하겠다고 약속한 거니까."

"알겠습니다, 공자님."

백무향이 반사곡 입구로 향하자 병자들이 주변으로 몰려들었다.

"공자, 선인님을 만나러 온 분이십니까? 화급을 다투는 병자들이 많으니 제발 말씀 좀 드려주십시오.”

“아이고, 저도 데려가 주십시오, 상공.”

“혹시 반사곡으로 들어가시면 영단 좀 부탁드리겠습니다.”

백무향은 그들을 밀치며 짜증스럽게 외쳤다.

“이봐, 당신들만 죽을병 걸렸는 줄 알아? 난 언제 죽을지 모르는 중환자야. 몸속에서 독벌레가 꿈틀거린다고! 나보다 더한 병자 있으면 나와 보라고 해!”

워낙 등등한 기세에 병자들은 슬금슬금 눈치를 보며 뒤로 물러섰다.

입구에 이른 백무향이 안으로 들어서려 하자 소엽이 급히 만류했다.

“잠깐만이요, 공자님, 진세가 펼쳐져 있습니다.”

“진세?”

백무향은 붉은 석벽 사이로 보이는 희뿌연 운무를 가리켰다.

“무슨 진세가 펼쳐져 있다는 거야?”

“상세히는 모르지만 진세가 펼쳐 있는 것은 확실합니다.”

소엽은 기환진에 능한 벽라마원의 제자답게 진법과 기관술에 대해 상당한 지식을 지니고 있었다. 반사곡 입구에 설치된 반회몽환진은 오묘한 진이 아니기에 그것을 파악하기란 어렵지 않았다.

기둔진에 문외한인 백무향은 쓴입맛을 다셨다.

"젠장, 의원이 감히 병자를 마다해? 그리고도 어떻게 감히 의원이라 할 수 있겠어?"

그는 소엽을 돌아보았다.

"파훼할 수 있겠느냐?"

"시간이 조금 필요합니다."

"어느 정도?"

"반나절 정도는 연구를 해보아야 할 것 같습니다."

반나절이라는 말에 백무향은 손사래부터 쳤다. 진세 하나를 통과하는 데 그렇듯 많은 시간을 기다릴 만큼 참을성 있는 그가 아니었다.

"됐어. 귀선를 불러내는 게 낫겠군."

그는 잠시 목청을 가다듬은 후 큰 소리로 외쳤다.

"귀선 노형, 나 백무향이오! 예전에 날 치료해 준 보답으로 술 한 단지 가지고 왔소! 바쁘지 않으면 한잔합시다—!"

공력이 실린 음성이기에 주변이 쩌렁쩌렁 울렸다.

백무향은 팔짱을 낀 채 계곡 입구를 왔다 갔다 하며 내부의 반응을 기다렸다. 한데 한참이 지났는데도 가타부타 반응이 없었다.

소엽이 다소 실망스런 표정으로 말했다.

"공자님, 아무래도 출타하신 것 같습니다."

백두향은 잔뜩 이맛살을 찌푸렸다.

몸속에 심어진 사령독고가 언제 발작할지 모르는 게 그의 불안한 심정이었다. 혈훼가 추적해 올 경우 그는 꼼짝없이 벽라마원으로 끌려갈 수밖에 없다.

'정말 없는 거야, 아니면 없는 체 하는 거야?'

공연히 부아가 치민 백무향은 목청을 돋워 다시 외쳤다.

"귀선 노형, 난 백무향이오! 어서 나와서 안내해 주시오!"

그러나 여전히 아무런 반응이 없자 백무향은 최후의 수단으로 뇌천검을 뽑아 들었다.

"내 성깔 잘 알면서 정말 그대로 있을 거요? 그렇다면 진세를 파괴하겠소!"

그는 소엽을 돌아보며 턱짓을 보냈다.

"물러서 있어."

"공자님, 안 계신 것 같아요."

"아니, 내 느낌에는 분명 있어."

백무향은 계곡을 향해 뇌천검을 겨누었다.

"행여 날 원망 마시오!"

은은한 우렛소리와 함께 검극에서 번갯불이 피어올랐다. 한데 이때였다.

"그만 하게나, 노제."

계곡 안에서 한숨 섞인 음성이 흘러나왔다.

백무향은 소엽을 돌아보며 씨익 웃었다.

"것봐, 안에 있는 것 맞지?"

운무 속에서 모습을 드러낸 인물은 유난히 커다란 머리통이 무거운지 한쪽으로 기울어져 있었다. 졸린 듯 두 눈은 게슴츠레 감겨 있었고 피부가 천년고목의 껍질처럼 쭈글쭈글했다. 바로 당대의 신의 반사귀선이었다.

백두향은 다소 과장되게 반색을 표했다.

"하하, 귀선 노형, 다행히 안에 있었구려?"

반사귀선은 떨떠름한 표정으로 백무향과 소엽을 힐끗 보고는 몸을 돌렸다.

"어쨌든 찾아온 손님이니 들어오게나."

반사귀선이 뒤뚱뒤뚱 걸음을 옮기자 소엽이 급히 백무향을 이끌고 그의 뒤를 따랐다.

입동이 지난 절기임에도 불구하고 반사곡 내는 따뜻한 기운이 감돌아 계절을 흐름을 전혀 느낄 수 없었다. 그들이 들어서자 덫과 올무에 의한 상처를 치료받은 노루며 사슴, 산토끼, 다람쥐들이 사람을 전혀 무서워하지 않고 몰려들었다.

백무향은 소엽을 따르며 재롱을 피우는 사슴을 보며 입맛을 다셨다.

"이야, 먹을 게 지천이군?"

반사귀선은 마당 한쪽에 세워진 나무 탁자 앞에 앉으며 자리를 권했다.

"앉게나."

백무향은 반사귀선과 마주 앉으며 소엽이 안고 있던 술 단지를 탁자에 내렸다.

"약조한 대로 술 한잔하려고 찾아왔소. 난 약속을 꼭 지키는 사람이오."

반사귀선은 물끄러미 그를 바라보다가 소엽에게로 시선을 돌렸다.

"이 아이는……."

소엽이 정중하게 배례를 올렸다.

"존경하는 반사귀선님을 뵈어 영광입니다. 저는 소엽이라 하옵니다."

백무향이 잔에 술을 따르며 소엽을 소개했다.

"오행마단 중 하나인 벽라마원의 제자요. 하지만 겉 색깔만 검을 뿐 속은 배꽃처럼 희고 깨끗하오. 절대 마녀가 아니오."

반사귀선은 희미한 미소를 지으며 고개를 끄덕였다.

"자네 역시 백도가 아니지 않은가? 난 어느 소속이냐를 구분하지 않네."

"하하, 그렇군. 귀선 노형은 회색이지?"

"회색이 아니라 무색(無色)일세."

술잔을 집어 든 반사귀선은 코끝에 대고 냄새를 맡고는 눈을 번쩍 떴다.

"오, 이건 울금향이 아닌가?"

"그렇소. 명색이 날 구해준 은인에 대한 보답인데 싸구려

술을 가져올 수 있겠소?"

"솔직하지 못하군."

"뭐가 말이오?"

"자네 입으로 병자들에게 말하지 않았던가? 몸속에 독벌레가 꿈틀거린다고 말일세."

속내를 들킨 백무향의 표정이 어색하게 구겨졌다.

"하하, 드… 들었군."

반사귀선은 술잔을 내려놓았다.

"만일 자네가 지난번 보답을 위해 찾아왔다면 싸구려 죽엽청이라도 기쁘게 마셨을 것이네. 하지만 이 울금향을 뇌물로 가져왔다면 난 한 잔도 마시지 않겠네. 당장 갖고 돌아가게."

백무향은 잠시 반사귀선을 바라보다가 몸을 일으켰다.

"솔직하지 못해 미안했소. 하지만 술 한잔 같이하고 싶었다는 말은 사실이오."

그는 소엽을 가리키며 진지하게 청했다.

"난 상관없으니 소엽이나 치료해 주시오. 나 때문에 사문의 배신자가 되고 말았소. 대마녀한테 붙잡히면 혹독한 고문을 당하게 될 것이오. 소엽이 자유로운 몸이 될 수 있도록 도와주시오."

자리에서 일어선 반사귀선은 아픈 신음을 흘리고 있는 짐승들에게로 향했다.

"보다시피 난 바쁘네. 시간이 나면 한번 봐주겠네."

"노형, 사람 목숨이 짐승보다 못하단 말이오?"

"다 같은 생명이 아닌가?"

"무슨 소리요? 어떻게 사람과 짐승의 목숨을 비교할 수 있단 말이오?"

반사귀선은 절뚝거리는 노루의 발목에 부목을 대고 천으로 감아주었다.

"내게는 똑같은 생명일 뿐일세."

은근히 오기가 치민 백무향이 거칠게 반박했다.

"노형, 날 치료해 달라는 것이 아니라 소엽을 부탁하였소. 수천 리 길을 찾아온 사람한테 너무하는 것 아니오?"

"자네는 계곡 입구의 수많은 병자들을 보지 못했는가? 그들 역시 나의 치료를 기다리고 있네. 순서를 따진다면 저 아이는 족히 수개월을 기다려야 마땅하네."

"뭐요?"

백무향이 눈을 부릅뜨자 소엽이 반사귀선 앞에 무릎을 꿇으며 간곡하게 청했다.

"귀선님, 저는 아무래도 좋습니다. 제발 공자님을 치료해 주십시오. 저같이 천한 계집 때문에 공자님이 해를 당할까 두렵습니다."

자리에서 일어선 반사귀선은 초옥으로 향했다.

"난 번거로움이 싫어 내 방식대로 살고 있는 사람이다. 부탁하지도 말고 강요하지도 마라."

그가 초옥으로 들어서며 문을 닫자 백무향이 소엽을 일으
켜 세웠다.

"그단 해, 소엽. 환희마궁을 찾아가 소견을 구한 후 멀리
새외로 떠나자. 혈훼가 그곳까지 추격해 오면 죽지 뭐. 어차
피 죽기밖에 더 하겠어?"

"공자님……."

"됐어. 요즘 또다시 두통이 도지면서 아득한 옛날 일이 조
금씩 떠오르더군. 내 기억이 사실이라면 난 아주 오랫동안 살
아온 사람이야. 이백 살도 넘게 살아왔는데 당장 죽는다 해서
억울할 게 뭐 있겠어?"

백무향은 소엽의 어깨에 팔을 두르며 나란히 계곡 출구로
향했다.

"너무도 어린 너만 불쌍할 뿐이지."

그는 초옥을 돌아보며 호쾌하게 외쳤다.

"귀선 노형, 공연히 찾아와 번거롭게 해서 미안하오! 갖고
온 술은 지난번 날 구해준 보답으로 생각하시오. 이만 가겠
소!"

두 사람은 나란히 계곡 출구의 운무 속으로 걸음을 옮겼다.
이때 등 뒤에서 탄식 어린 음성이 들려왔다.

"기다리게, 노제. 다른 사람의 술이라면 개의치 않겠지만
자네의 술은 차마 마다할 수가 없군."

한 단지의 울금향이 비워지기까지 두 시진이 흘렀다.

반사귀선은 천천히 술을 음미하면서 백무향의 지난 얘기를 묵묵히 듣기만 했다. 백무향과 충돌한 황금성과 벽라마원은 세상을 진동시킬 엄청난 존재이지만 스스로 무색임을 자부하는 반사귀선에게 있어서는 그저 흥미로운 이야기에 불과할 따름이었다.

백무향은 한 잔 술로 마른 입을 적시고는 말을 맺었다.

"솔직히 태옥교 그 계집이 내게 먹인 약을 혹시 노형이 조제했는지 따질 생각도 있었지만, 노형이 그럴 사람은 아니다 싶어 그만두기로 했소."

반사귀선은 한쪽으로 기울어진 머리를 반대편으로 넘겼다.

"지금 증상은 어떤가? 한동안 잊었던 기억이 다시 되살아났는가?"

"태옥교가 이상한 약을 먹이기 전 정도까지는 회복된 것 같소. 하지만 내가 누구면 어떻소? 뇌천검제면 어떻고 풍운마제면 어떻소? 과거의 내가 누구이든 난 현재의 백무향일 뿐이오."

"지금은 그렇게 생각할 수도 있네. 하지만 막상 자신의 진정한 신분을 알게 되면 지금처럼 무심하게 넘어갈 수 없을 것이네."

백무향은 눈알을 굴리면 생각에 잠겼다가 고개를 흔들었다.

"이미 이백 년이나 지난 일인데 어쩌겠소? 혹시 나와 원한을 맺은 원수가 있더라도 살아 있어야 복수를 할 수 있지 않겠소? 그냥 잊고 살 생각이오."

반사귀선의 입가에 안도의 미소가 슬며시 피어올랐다가 사라졌다. 그는 기분 좋게 한 잔 술을 비우고는 소엽에게 잔을 내밀었다.

"네가 한 잔 따라봐라. 술이란 젊은 계집이 따라줘야 제 맛인 법이다."

"영광입니다, 귀선님."

소엽이 공손히 술잔을 채우자 백무향은 소탈한 웃음을 터뜨렸다.

"하핫, 이제 보니 노형도 풍류를 아는구려?"

반사귀선은 마지막 잔을 비우고는 한동안 입을 다물었다. 이윽고 깊은 상념에서 깨어난 그가 무겁게 말문을 열었다.

"노제, 사령독고는 숙주가 죽어야만 빠져나오는 무서운 독충이라 나도 제거할 수 없네. 자네와 소엽은 한 목숨으로 살아야 할 운명일세."

백무향은 다소 실망했지만 크게 낙담하지는 않았다.

"괜찮소, 노형. 혈훼가 주문을 걸어 발작시키지만 않는다면 살아가는 데 아무 문제 없으니까. 다만 내가 오래 살지 못해 소엽이 요절할까 걱정이 되오."

소엽이 감동에 젖어 눈물을 글썽거렸다.

“아닙니다, 공자님. 비천한 제가 죽는 것은 상관없지만 공자님께서 공연히 절명하게 될 것이 두렵습니다.”

“그런 말 하지 마, 소엽. 귀선 노형 말대로 생명은 누구나 똑같아. 내 목숨이 더 중요할 수는 없어.”

백무향은 탁자에 올려놓은 뇌천검을 어루만졌다.

“노형, 사령독고가 주문 때문에 발작하지 않으면 되는데 그런 처방은 없겠소?”

“그런 처방이 있다면 사령독고를 제거할 수도 있겠지. 불행하게도 사령독고는 어떤 독이며 약에도 전혀 반응하지 않네. 정말 끔찍한 독물이지.”

백무향은 다소 맥이 빠졌다.

“젠장, 그렇다면 혈훼 그 계집이 날 찾아오면 앞서 검을 날려 목을 베는 수밖에 없겠군.”

반사귀선은 잠시 머리를 긁적이다가 품속에서 작은 약병을 꺼내 들었다.

“사령독고를 제거할 수는 없지만 혈훼가 주문을 외우지 못하게 할 수는 있네.”

“그건 무슨 약이오?”

“만성독약일세. 한번 중독되면 천지간에 가장 음기가 강한 그믐날에 발작하게 되지. 즉시 해독약을 복용하지 않으면 피가 역류하다가 결국은 오공으로 피를 토하며 고통스럽게 죽게 되네.”

약병을 손에 쥔 백무향은 환한 표정이 되었다.

“그러니까 이 독약을 그 사악한 마녀에게 먹이면 되겠군.”

“맞아. 결국 혈훼는 자네와 같은 입장이 되니 함부로 주문을 외워 자네를 위협하지 못할 것이네.”

“하하, 고맙소. 정말 고맙소.”

백무향은 통쾌한 웃음을 터뜨리며 손뼉을 쳤다.

“됐어. 이제 사령독고 따위는 두려워하지 않아도 되겠어!”

한결 마음이 가벼워진 백무향은 약병을 품속 깊이 챙겨 넣었다.

“어떻게 먹일지는 천천히 생각해 보면 될 거야.”

그러다 생각이 난 듯 자신의 머리를 툭툭 쳤다.

“참, 해독약도 있어야 하지 않겠소?”

“일단 혈훼를 중독시킨 후 날 찾아오게. 그 독약을 사용할 생각을 못해 해독약을 조제해 두지 않았네.”

“알겠소. 한데 이 독약의 이름이 뭐요? 혈훼가 워낙 교활한 계집이라 내 말을 믿지 않을 수도 있소.”

“삭월절혼독(朔月切魂毒)일세. 워낙 희귀한 독약이라 아는 사람이 드물 것이네.”

백무향은 연신 고개를 끄덕였다.

“그믐갈 때 죽는 약. 그야말로 이름 그대로이군.”

자리에서 일어선 그가 소엽의 볼을 다독여 주었다.

“넌 여기서 귀선 노형을 모시고 있어라. 난 환희마궁을 찾아가 소견을 데리고 와야겠다.”

그는 소엽의 의사는 무시한 채 반사귀선에게 청했다.

“잠시만 부탁드립시다. 마음씨가 착한 데다 재주가 많으니 노형한테 폐가 되지는 않을 것이오. 청소와 빨래는 물론이고 식사와 약초 채집도 잘할 거요.”

반사귀선이 능글맞게 물었다.

“잠자리는?”

“말도 안 돼!”

백무향은 정색을 지으며 소엽을 자신의 등 뒤로 숨겼다.

“나이를 생각하시오. 세상에서 가장 추잡한 게 남의 여자를 탐하는 짓거리요.”

“허헛, 농담일세.”

반사귀선은 주변에 즐비하게 자리한 짐승들을 가리켰다.

“이 녀석들을 돌보려면 보조가 필요한데 소엽이라면 괜찮겠어.”

“혹시 나 없는 사이에 수작을 부리려는 것은 아니오?”

“그렇게 못 믿겠다면 데리고 가게나.”

백무향은 잠시 고민하다가 소엽에게 의사를 물었다.

“네가 결정해 봐.”

“남겠습니다.”

“정말?”

"공자님을 모시고 싶지만 제 무공이 미흡해 환희마궁과의
싸움 대 오히려 짐만 될 것 같습니다. 여기서 귀선님을 모시
며 의술을 배우고 있겠습니다."

백무향은 힐끗 반사귀선을 보고는 소엽에게 나직이 주의
를 주었다.

"저 노인네 조심해. 알았지?"

소엽은 소리없는 미소를 지으며 고개를 끄덕였다.

짐승들은 사람에 비해 훨씬 민감하다. 백무향이 앞서 걸음
을 옮기자 짐승들은 경각심을 높이며 좌우로 갈라졌다.

백무향은 반사귀선과 나란히 걷다가 갑자기 걸음을 멈추
었다. 반사귀선이 의아한 표정을 짓자 백무향이 진지한 표정
으로 물었다.

"노형, 솔직히 말해보시오."

"무얼 말인가?"

"내가 대체 누구요?"

"……."

"내가 만일 전대의 마정쌍제 중 한 사람이라면 대체 누구
인 것 같소? 뇌천검제요, 아니면 풍운마제요?"

반사귀선은 고개를 반대편으로 넘기며 자연스럽게 그의
시선을 피했다.

"자네 입으로 과거는 중요하지 않다고 했을 텐데?"

"그냥 궁금해서 알고 싶을 뿐이오. 노형은 죽은 사람도 살

린다는 천하제일의 신의가 아니오? 이미 여러 번 나를 진맥했으니 간파했으리라 믿소.”

“솔직히… 나도 잘 판단이 서질 않네. 내 진맥으로 현재 노제의 몸 상태는 온전한 청년일세. 이러한데 어찌 이백 년 전의 사람이라고 말할 수 있겠는가?”

백무향은 미덥지 않은 표정으로 미간을 찌푸렸다.

“어째 믿음이 가지 않는군. 태옥교가 내게 이상한 약을 먹이려 한 것은 내 기억을 지우려는 의도였소. 그렇다면 태옥교는 내가 과거의 마정쌍제 중 한 사람임을 확신한 것이라고 볼 수 있소. 설마 태옥교의 의술이 노형보다 뛰어나단 말이오?”

예리한 지적에 반사귀선은 연신 헛기침을 해댔다.

“허어, 그것참.”

“노형, 난 단지 혼자 미친놈 되기 싫어서 그런 거요. 어디 한번 속 시원하게 말해보시오.”

백무향의 진지한 모습에 반사귀선은 한참을 숙고하다가 입을 열었다.

“무향 노제, 백년을 살아온 나이기에 어떤 두려움도 없지만 솔직히 자네는 두렵네. 자네가 이백 년 전의 마정쌍제 중 한 사람일 가능성을 나도 부인할 수 없기에 자네한테 함부로 대하지 못하는 것일세. 다만 나도 확신할 수가 없어 정확하게 단정 짓지 못하는 게 현재의 내 심정일세.”

“흐음, 그렇다면 가능성은 절반으로 봅시다. 내 기억이 되살아나면 확실히 알 수 있겠지.”

백무향은 다시 걸음을 옮기며 스쳐 가는 어조로 물었다.

“한데 말이오, 만일 내가 마정쌍제 중 한 사람이라면 과연 누구였던 것 같소?”

“나를 계속 곤란하게 만드는군.”

“그냥 노형의 의견을 묻는 것일 뿐이오.”

“그렇다면 편한 마음으로 대답해도 되겠군.”

“하하, 물론이오. 설사 틀렸다 해도 내가 노형을 어찌하겠소?”

백무향이 의연한 모습을 보이자 반사귀선의 안색이 한결 풀어졌다.

“내 판단으로 뇌천검제가 아닐까 하네.”

백무향은 다소 실망스런 표정으로 되어 물었다.

“뇌천검제? 혹시… 풍운마제가 아니란 말이오?”

“자네의 신분을 입증할 수 있는 물증은 뇌천검과 자네가 구사하는 무공뿐일세. 한데 자네는 뇌천검을 뽑을 수 있는 뇌천진기와 화염폭풍을 발출할 수 있는 폭염마공을 한 몸에 지녔네.”

“그래서 내가 헷갈리는 것이 아니오?”

“자네의 체내에 흐르는 내가진기만으로 판단하면 뇌천검제일 가능성이 더 높지. 열양진기는 영약이나 특수한 수련을 통해 얼마든지 지닐 수 있지만 뇌천진기는 하늘에서 떨어지는 벼락을 체내에 흡수해야만 지닐 수 있네. 그것을 후대에 터득하기란 불가능에 가까워. 과연 이 문제를 어떻게 설명할 수 있겠는가?”

백무향은 뇌천검을 들어 살피면서 나직이 중얼거렸다.

“내가 풍운마제였으면 더 좋았을 텐데……. 이제 사해문 태상문주 자리도 그만두어야겠군. 오로지 풍운마제에게 충성을 바치는 저들을 우롱할 수는 없잖아?”

그는 반사귀선의 뒤를 따라 진세에 의해 형성된 운무 속을 묵묵히 걸었다. 그러다 문득 떠오르는 의문에 눈썹을 치켜 올렸다.

“한데 말이오, 소수마후를 비롯해 율지환과 혈훼가 나를 보고 마왕지상이라 하였소. 그들의 말에 의하면 과거 파천마황과 풍운마제도 마왕지상이라 하더군. 그렇다면 내가 풍운마제가 되어야 맞지 않겠소?”

반사귀선은 어색한 미소를 지었다.

“자네 좋을 대로 생각하게. 어차피 중요한 것은 현재의 자네이니까.”

백무향을 떠나보낸 반사귀선은 오래도록 운무 속에 머물러 있었다. 운무로 덮인 희뿌연 하늘을 바라보는 그의 시선이 짙은 어둠처럼 칙칙했다.

그는 고뇌 어린 한숨을 내쉬며 힘없이 중얼거렸다.

“후우, 한 손바닥으로 하늘을 가릴 수 없으련만…….”

3

태백궁 옥봉각.

천하 각처의 정보 수집소에서 날아든 전서통문은 두툼한 문서철로 묶여 수시로 옥봉각에 올려진다. 워낙 많은 지역에서 보나지기에 웬만한 사람은 문서철을 보아도 강호 정세의 흐름을 파악하기란 쉽지 않다. 하지만 태옥교는 워낙 뛰어난 두뇌를 지녔기에 단편적인 정보만으로 타 세력의 의도와 움직임을 정확히 간파할 수 있었다.

서탁 위의 문서철을 모두 검토한 태옥교는 의자에 편히 기대앉으며 눈두덩을 손으로 문질렀다. 워낙 집중을 해서 전서통문을 검토해 왔기에 그녀는 항상 피로에 젖어야 했다.

잠시 휴식을 취한 그녀는 창문을 활짝 열고 맑은 공기를 깊이 들이마셨다. 겨울의 차가운 공기가 옷깃 사이로 파고들면서 정신이 번쩍 들었다.

몇 번 심호흡을 한 그녀는 창문을 닫고 돌아섰다. 시비들이 언제 올려놓았는지 서탁에는 홍색과 청색 표지로 분류된 새로운 문서철이 잔뜩 쌓여져 있었다.

태옥교는 순간적으로 짜증이 일었지만 자신의 막중한 책무를 상기하며 감정을 추슬렀다.

그녀는 차와 과자로 요기를 하면서 홍색 표지를 덧댄 문서철을 집어 들었다. 표지가 붉은 문서철의 전서통문은 하나같이 긴급을 요하는 정보와 보고서였다.

문서철을 넘기던 태옥교가 문득 아미를 치켜뜨며 자세를 바로 했다.

"혈사성이 백병철기보(百兵鐵器堡)를 접수했다고?"

그녀는 빼곡하게 기재된 암호문을 반복해 읽고는 깊은 생각에 빠졌다.

'백병철기보는 오랜 세월 중도를 유지해 온 무림세가다. 흑백도 모두가 그들 가문에서 제작된 병기를 필요로 하기에 그들을 억압하지 않았다. 워낙 자존심이 강한 자들이라 종속된 상태에서는 병기를 제작하지 않으니까. 한데 그것을 잘 아는 현사군이 왜 무리를 하면서까지 백병철기보를 무단 점거한 것일까?'

한참을 고심하던 그녀는 천장까지 가득한 서가를 뒤져 몇 권의 책을 끄집어냈다.

책에는 백병철기보가 보유하고 있거나 제작했던 병기의 목록이 기재돼 있었다. 손에 집히는 대로 몇 권의 책을 넘기던 그녀가 눈빛을 반짝이며 입술을 깨물었다.

"그래, 이게 목적이었을 거야!"

그녀는 병기 목록 중 하나를 손으로 짚으며 시선을 고정시켰다.

예사천궁(羿射天弓)!

이름 그대로 풀이하면 예가 쏘았던 하늘의 활을 말한다.

예는 아득한 전설 시대의 영웅 후예(侯羿)를 이름하는데 그는 무수한 괴수와 신수를 활로 사냥한 신궁이었다.

당시 하늘에 한꺼번에 열 개의 태양이 떠올라 세상이 불바다가 되었다. 후예는 세상 사람들의 고통을 덜어주기 위해 하늘을 향해 화살을 쏘았다. 그는 단 한 대의 화살로 아홉 개의 태양을 떨어뜨려 세상을 구했다.

그 수법이 바로 전설적인 궁술 예사구일(羿射九日)이다.

물론 백병철기보에 소장돼 있는 예사천궁이 수천 년 전의 영웅 후예가 남긴 활일 수는 없다. 그러나 천하의 신병으로 인정을 받았기에 감히 후예의 이름을 붙인 예사천궁으로 불릴 수 있는 것이다.

태옥교는 비로소 최근에 일어난 일련의 사건들을 간파할 수 있었다.

"혈사성이 앞서 백병철기보에 사람을 보내 무언가를 은밀하게 교섭한 적이 있었다. 현사군은 예사천궁을 원했던 거였어. 하지만 누군가를 확실히 죽이기 위해서는 예사천궁만으로 부족하지. 예사천궁에 걸어서 쏠 화살이 반드시 필요하다. 최근 흥금 무고에 소장돼 있던 세 발의 파옥전(破玉箭)이 분실된 것도 같은 맥락일 수 있어."

파옥전은 전대의 장인 귀곡신수(鬼哭神手)가 제작한 최강의 화살이다. 파옥전은 활시위를 떠나면 백 장을 날아가 철석도 꿰뚫을 만큼 막강한 위력을 지닌 것으로 알려져 있다.

태옥교는 자신의 가슴을 감싸며 천천히 실내를 배회했다.

"예사천궁과 파옥전! 천하의 신병으로 불리는 그 둘이 합쳐지면 그야말로 천하무적이다. 금강불괴지신이라도 목숨을 보존할 수 없지. 현사군이 굳이 무리를 하면서까지 백병철기보를 접수한 이유는 자신이 예사천궁을 노리고 있다는 의심을 피하기 위함이었어."

초인적인 두뇌를 지닌 그녀는 현사군의 계획을 정확하게 파악할 수 있었다.

"현사군은 혈사성주를 격패시킨 백무향을 절대 용서할 수 없을 것이다. 하지만 이미 도황의 패왕도법이 진본이 아님을 알아챘을 테니 백무향과의 무모한 대결을 피하려 하겠지. 결국 기습이나 계략을 통해 백무향을 죽여야 하는데 그런 척살을 위해서는 예사천궁이 반드시 필요했을 거야. 보다 확실한 척살을 위해서 어렵사리 파옥전까지 입수했을 테고."

전서통문을 통해 한 올의 실마리를 찾아낸 태옥교는 회심의 미소를 지었다.

"현사군이 사해문 수뇌 급들을 납치할 계획을 세웠다는 보고를 듣고 의아해했는데 이제야 그 전모를 알 것 같군."

순식간에 계책을 세운 그녀는 급히 봉황각을 나섰다.

"아영, 긴급회의를 소집하겠다. 즉시 무상께 전해라."

절대금역인 태백무고로 들어선 태옥교는 병기 진열대 사이를 걸었다. 진열된 병기는 천 명의 정예를 무장시킬 수 있는 강력한 보갑과 신병들이었다.

병기고 안쪽에 이른 그녀는 기관을 작동시켜 벽에 설치된 금고를 열었다. 금고 안쪽에는 은빛으로 번들거리는 호신 보의가 놓여져 있었다.

바로 천잠 보의였다. 이는 천잠이라는 누에의 실로 짠 호신 보의로 도검은 물론이고 불까지 막아내는 무림의 보물이다. 천잠 보의에는 여덟 조각의 거북 가죽이 덧대 붙여져 있어 팔대사혈까지 보호할 수 있도록 배려되었다.

천갑신의(天甲神衣).

이 호신 보의는 예사천궁과 더불어 신마십대병기에 해당되는 병기다. 과거 파천마황과 천하삼성이 생사결전을 벌였을 때 삼성 중 천지성녀(天地聖女)가 입었기에 파천마황의 극마지기를 막아낼 수 있었다.

태무건은 천하삼성의 절기를 계승했지만 평생토록 천갑신의를 걸치지 않고 보관해 두었다.

태옥교는 천갑신의를 안아 들고는 눈을 가늘게 떴다.

'현사군, 결국 당신이 최초의 탈락자가 되겠군.'

의사청에서는 태백궁 수뇌들이 참석한 전략회의가 진행되고 있었다.

회의를 마친 태옥교는 수뇌들에게 개별적 행동 지침이 기재된 봉서를 건넸다. 수뇌들의 표정은 결연하면서도 신중했다. 수뇌들 모두가 나간 의사청에는 태옥교와 벽력도왕 사도풍만이 남았다.

사도풍은 풍성한 수염을 내리쓸었다.

“허헛, 이제야 대공녀의 깊은 복안을 알게 되었네. 태백궁의 저력을 천하가 새삼 인식하게 될 것이야. 함께 출전하지 못하는 것이 너무 아쉽군.”

“내부의 적은 오직 무상께서만 해결하실 수 있습니다.”

“여부가 있겠는가? 게다가 태백연공실에서 폐관 수련 중인 궁주를 호위해야 할 노부가 아닌가? 대공녀가 권해도 난 궁을 비울 수가 없네.”

태옥교는 공손하게 예를 올렸다.

“무상께서는 진정 본 궁의 수호신이십니다. 그럼 다녀오겠습니다.”

자리에서 일어선 사도풍이 그녀의 어깨를 다독였다.

“옥체를 보중하게. 대공녀의 안위가 곧 무림정기일세.”

“예, 무상.”

자신이 처소인 옥봉각으로 들어선 태옥교는 간편한 경장으로 갈아입었다. 연검이 숨겨진 허리띠를 두른 그녀는 창문가로 다가섰다.

“잠혼.”

짤막한 호출이 끝나기 무섭게 검은 그림자가 바닥에서 솟아올랐다. 두 눈을 제외하면 검은색 일색으로 둘러진 비밀 호위 잠혼.

태옥교는 정감 어린 미소를 지으며 가볍게 그의 손을 쥐었다.

"현사군을 끝장낼 시간이 왔어요. 다소 위험스러운 대결이 되겠지만… 결국 그는 내 손에 죽게 될 겁니다."

"……."

"가요."

태옥교가 훌쩍 창문을 통해 몸을 날리자 잠혼은 그녀의 그림자가 되어 함께 이동했다. 태옥교는 천갑신의가 넣어진 바랑을 힘껏 쥐었다.

'백무향, 당신을 이마제마(以魔制魔)로 선택하겠어요!'

마녀의 최후

호북성 서단에 위치한 명환산(冥還山)은 깊은 계곡과 벼랑으로 인해 무수한 전설이 서린 곳이다. 해마다 워낙 죽는 사람들이 많아 유명계의 입구로 불리기도 하는 곳이 바로 명환산이다.

콰르르릉……!

용 울음소리와 함께 희뿌연 물안개를 피워내는 명환소는 유계(幽界)의 연못처럼 짙푸르다. 명환소로 떨어져 내리는 폭포수는 무려 삼십 장에 달해 마치 하늘에서 물줄기가 쏟아지는 듯 장엄하다.

폭포의 물기둥 뒤로 비밀스러운 수동이 숨겨져 있는데 거울에도 얼지 않는 물줄기 때문에 여태 모습을 드러낸 적이 없었다.

수동을 따라 진입하면 상상도 못할 만큼 거대한 광장에 이르게 된다. 천장의 높이가 무려 이십 장에 달해 이곳이 외부와 차단된 지하 공간이라는 생각은 전혀 들지 않는다.

지하 광장 곳곳으로 하얀 돌로 쌓아 올린 아담한 전각들이 정연하게 세워져 있었다.

광장을 오가는 사람들은 모두 여인으로 하나같이 검은 옷을 걸치고 있었다. 가슴에 색색의 실로 수를 놓았는데 계급과 신분은 색실로 수놓아진 문양으로 구분된다.

오행마단 중 하나인 환희마궁.

오행 중 흑수에 해당되는 환희마궁의 비밀스런 본거지가 바로 이곳이었다. 환희마궁은 본래 총단 외에 두 곳의 지부를 두고 있었는데 지난번 백무향에 의해 침공을 당하면서 총단을 명환산으로 옮기게 되었다.

"소수마공!"

날카로운 외침과 함께 희뿌연 강기가 질풍처럼 뻗어나갔다. 희뿌연 강기는 중년의 나이답지 않게 머리가 하얗게 센 백발미부를 그대로 강타했다.

퍼엉—!

일진 폭음과 함께 허연 얼음 조각이 흩어지며 차디찬 냉기를 뿜어냈다.

"사부님……?"

희뿌연 강기를 발출한 여인은 두려움에 젖어 눈을 커다랗게 떴다. 세상의 모든 사내를 유혹할 매력이 깃든 여인. 얇은 나삼을 통해 은은히 비치는 속살만으로도 관능적인 농염함이 느껴진다.

바로 천색요골의 여인 소견이었다.

그녀는 바닥에 깔린 얼음 부스러기를 밟으며 조심스럽게 다가섰다.

"괜찮으세요, 사부님?"

그녀의 소수마공에 적중된 백발미부는 환희마궁의 궁주인 소수마후였다. 허연 빙기에 덮인 그녀는 눈썹 하나 까딱하지 못했다.

잠시 후 허연 빙기가 거미줄처럼 갈라지면서 부서져 내렸다. 이어 몸에서 김이 모락모락 피어오르더니 움직임이 회복되었다.

"소… 송구하옵니다, 사부님."

소견이 한쪽 무릎을 꿇자 소수마후는 가는 미소를 지었다.

"역시 천색요골의 재녀답게 성취가 빠르구나. 벌써 칠성조예에 이르렀어."

"모두 사부님 덕분입니다."

"그래, 내 본신공력을 네게 주입시켜 주었기에 까다로운 소수마공을 터득할 수 있었던 게지. 하지만 빠른 성취는 너의 노력과 자질 덕분이다.”

소견을 일으켜 세운 소수마후는 나란히 걸음을 옮겼다.

“네가 채양보음을 통해 사내의 정기를 흡수했다면 엄청난 공력을 형성했을 테지만 네가 원하지 않기에 굳이 강요하지 않았다.”

“죄송해요, 사부님.”

“괜찮다. 사실 채양보음은 사술이기에 성취는 빨라도 정순함에는 뒤질 수밖에 없다. 이 사부가 네게 공력을 주입시켜 주는 것이 정당한 수련이라 할 수 있지.”

소수마후는 작은 호숫가에 세워진 정자로 올라섰다.

“내 공력이 현저하게 저하되었으니 향후 네가 나를 대신해 환희마궁을 이끌어야 한다. 너라면 반드시 오행마단을 통합해 오행천을 부활시킬 수 있을 것이다.”

소견은 자신에게 주어진 막중한 사명에 가슴이 무거워졌다.

“제가 과연 사부님의 뜻을 이룰 수 있을까요?”

“물론이다. 넌 천색요골의 재녀가 아니더냐? 사실 너의 진정한 능력은 소수마공과 같은 무공이 아니라 색환박심마공(色幻薄心魔功)이다. 너의 교태와 미소 한 번으로 세상을 굴복시킬 수 있을 테니까.”

소수마후는 차를 한 잔 따르고는 천천히 섭선을 저었다.

“네가 색환박심마공을 대성하는 날 오행마단은 본 궁에 의해 통합될 것이다.”

소견이 조심스럽게 물었다.

“사부님, 무향의 목숨을 보장하겠다는 약속은 지켜주실 거죠?”

“그래. 하지만 본 궁과 적이 되지 않아야 너와의 약속이 유효하다. 네가 놈을 잘 설득해 본 궁의 패업을 돕게 한다면 너희 둘은 가장 위대한 한 쌍이 될 수 있어.”

“노력해 보겠습니다.”

소견은 난간을 짚고 서며 소리없는 한숨을 내쉬었다.

‘무향, 보고 싶어…….’

돌이켜보면 백무향과 함께 계림 이강에 이르는 여정이 가장 행복한 순간이었다. 중원으로 향하던 행보는 화급을 다투지 않았기에 그들은 유람을 하듯 여유를 갖고 이동할 수 있었다.

정식으로 혼례를 올린 것은 아니지만 그녀는 백무향을 정인으로 생각하였다. 자신과 살을 섞고도 죽지 않은 유일한 사내이기에 백무향에 대한 그녀의 애정이 보다 각별할 수 있었다.

그러던 중 생각지도 않게 환희마궁으로 끌려왔지만 그녀는 한시도 그를 잊어본 적이 없었다.

정말 원치 않았지만 소수마후의 제자가 된 것도 백무향을 만나기 위해서였다. 그녀가 절기를 대성하면 환희마궁의 궁주 직을 계승할 것이고 백무향과의 만남도 성사될 것이라 믿고 있었다.

그녀의 수련이 부진하면 소수마후는 간간이 백무향에 대한 소식을 알려주었다.

백무향이 사해문의 태상문주가 되었고 혈사성주를 격패시킨 전공으로 무림 영웅이 되었음을 일러주며 그녀의 연공을 자극했다. 결국 그녀는 그를 만나야 한다는 일념으로 무공 수련에 매진하였고 놀라운 성취를 볼 수 있게 된 것이다.

소수마후는 향긋한 차를 음미하며 힐끗 소견을 보았다. 그리움에 젖어 있는 소견의 모습이 서글퍼 보인다. 소수마후는 찻잔을 내리며 눈을 가늘게 떴다.

'소견의 가장 큰 약점은 여린 심성이다. 보다 독하고 강하게 키워야 한다. 그래야 백무향에게 종속되지 않고 오히려 그자를 조종할 수 있어.'

그녀는 손가락에 낀 오행마환을 매만지며 소견의 지도 방법에 대해 골똘히 생각에 잠겼다. 한데 이때였다.

콰아앙!

엄청난 폭음과 함께 지하 광장 전체가 진동했다. 천장에서 매큼한 돌가루가 쏟아졌고 고드름처럼 매달린 종유석이 창날이 되어 떨어져 내렸다.

소수마후의 표정이 심각하게 굳어졌다.

“설마… 축융화탄?”

소견이 그녀 옆으로 바싹 다가섰다.

“사부님, 대체 어찌 된 상황입니까? 이 폭음은 뭐죠?”

소수마후가 입을 열기도 전에 환희사화령 중 매화령이 내려서며 부복했다.

“궁주님, 지옥마부가 침공해 왔습니다.”

“축융마곡이 아니고?”

“지옥마부입니다. 지옥마존이 삼마공을 비롯한 전 귀졸들을 이끌고 쳐들어오는 바람에 이미 이관까지 뚫렸습니다. 애써 설치해 놓은 독진(毒陣)은 축융화탄에 모두 파괴되었습니다.”

“지옥마존이 직접 나섰단 말이냐?”

소수마후의 얼굴에 짙은 그늘이 드리워졌다. 그녀는 잠시 눈을 감은 채 심각한 갈등에 빠져들었다.

소견이 본능적인 분노에 젖어 아뢰었다.

“사부님, 제가 출전하겠습니다. 감히 본 궁을 침공한 지옥마부의 귀신들을 모조리 죽이겠습니다.”

스르르 눈을 뜬 소수마후는 대견스런 눈빛으로 소견을 바라보았다.

“소견아, 네가 확실히 본 궁의 제자가 되었구나. 이 사부는 이제 마음을 놓을 수 있겠다.”

“사부님께서 목숨 같은 본신공력을 아낌없이 전수해 주시

지 않았습니까? 제자는 성심을 다해 사부님의 은혜에 보답하
겠습니다.”

“오냐, 너의 그 마음 변치 말아라.”

소수마후는 소견을 가볍게 포옹하며 등을 다독였다.

“이 사부의 바람은 본 궁에 의해 오행천이 대통합을 이루
는 것이다. 넌 환희마궁의 궁주로서 막중한 사명을 꼭 달성해
야 한다.”

“명심하겠습니다, 사부님.”

“그래, 널 믿겠다. 구천에서 가서라도 지켜볼 것이야.”

“사부님……?”

불길한 예감에 소견이 깜짝 놀라 눈을 커다랗게 떴다.

소수마후는 의연한 미소를 지으며 격공탄지를 발출했다.
마혈과 혼혈이 찍힌 소견이 맥없이 쓰러졌다.

소수마후는 오행마환을 뽑아 소견의 손가락에 끼워주었
다.

“소견, 널 환희마궁 제삼대 궁주로 임명하겠다.”

부복해 있던 매화령이 급히 고개를 조아렸다.

“궁주님, 상대는 지옥마존입니다. 궁주님의 공력이 급격히
저하되셨기에 오행마환 없이는 대적하기가 어렵습니다.”

“알고 있다. 하지만 놈이 축융화탄을 지녔다면 본 궁의 전
력으로 저들을 감당하기는 불가능하다.”

소수마후는 무형진기를 발출해 소견을 허공으로 띄웠다.

“매화령, 넌 환희백엽(歡喜百葉)을 이끌고 탈출해라. 옥천 지부에 상주해 있는 난화령과 합류하면 능히 본 궁을 재건할 수 있을 것이다.”

“아니 되옵니다, 궁주님. 저와 제자들이 목숨을 걸고 지옥마부의 귀신들을 막겠습니다. 궁주님께서 소궁주와 함께 피신하십시오.”

“지옥마존과 삼마공을 네가 무슨 수로 막겠느냐? 그저 개죽음일 뿐이며 결국은 놈들의 추적을 피할 수 없다.”

소수마후는 매화령에게 소견을 안겨주었다.

“소견은 백일 이내에 본 궁의 절기를 대성하게 될 것이다. 그때 비로소 환희마궁이 본격적으로 출전할 수 있다. 넌 반드시 소견을 탈출시켜야 한다.”

“궁즈님…….”

“행운이 따른다면 지옥마존의 목을 벨 수도 있으니 너무 절망하지 마라.”

소수마후는 혼절해 있는 소견의 볼을 어루만지며 결연한 표정을 지었다.

“소견아, 네가 이 사부의 염원을 이루어주리라 믿겠다.”

그녀는 한줄기 검은 빛으로 화해 지하 광장 입구로 날아갔다.

“매화령은 즉시 백엽을 이끌고 퇴각해라. 이건 명령이다!”

콰아앙—!

가공할 굉음과 함께 넓은 통로를 가로막은 방책이 통째로 날아갔다. 코를 찌르는 화약 냄새가 자욱한 가운데 머리에 탈바가지를 쓴 자들이 괴성과 함께 뛰어들었다.

바로 지옥마부의 제자들인 우두귀졸, 마두귀졸, 귀면사령들과 귀장들이었다.

지옥삼마공 중 잔혼참마와 귀황철마가 주변의 전각을 때려 부수며 수하들을 독려했다.

"카카카, 모두 죽여라!"

"환희마궁을 접수하면 계집은 모두 너희 것이다!"

환희마궁 제자들이 뛰쳐나오면서 넓은 지하 광장에서 대규모 혼전이 벌어졌다.

지옥마존은 뒷짐을 진 채 느긋하게 혼전장을 쓸어보았다.

"어째 시시하구나."

그를 수행하던 혈심마흉이 허리를 굽실거리며 손을 비볐다.

"여부가 있겠습니까, 지존. 환희마궁 따위가 어찌 본 부의 적수가 될 수 있겠습니까?"

"그런 주제에 감히 본좌의 제안을 거부하고 본 부의 귀장을 살해했단 말이지? 소수마후 그년을 제압하면 단단히 쓴맛을 보여주겠다."

"지존, 젊고 싱싱한 계집도 많소이다. 약조대로 소수마후는 축융장왕(祝融匠王)에게 양도해야 하오이다.”

지옥마존은 얼굴 근육을 씰룩거리다가 징그러운 웃음을 흘렸다.

“장강에 배 지나간다고 흔적이 남더냐? 일단 소수 계집을 제압해 실컷 즐긴 후 보내주면 된다.”

그는 허리춤의 주머니에서 붉은색이 감도는 화탄을 꺼내 들었다.

축융화탄(祝融火彈)!

과거 오행천의 오대마신 중 화기의 달인인 축융마신이 축융마곡을 창건한 후 개발한 무서운 화탄으로 그 위력은 상상을 초월한다. 만일 그가 진작 축융화탄을 제조했다면 천하대전의 승자는 오행천이 되었을 것이다.

“크훗, 과연 축융화탄의 위력은 강력해. 이 화탄이 없었다면 요녀들의 독진을 격파하지 못했을 것이다.”

양대마단 수백 명이 격돌하는 혼전은 지옥마부의 우세가 확연했다. 지옥마부가 전력을 동원한 반면 환희마궁은 국화령과 죽화령이 이끄는 이백여 제자들이 전부였다. 더군다나 환희마궁의 정예들이라 할 수 있는 백엽이 나서지 않고 있는 상황이라 더욱 불리했다.

삼마공 중 잔혼참마와 귀황철마는 각기 국화령과 죽화령을 상대로 일전을 벌이고 있었다.

양대마단을 대표하는 수뇌 급답게 그들의 격돌은 엄청났

다. 마공이 충돌할 때마다 회오리바람이 사위를 휩쓸었고 병기에서 뿜어진 강기가 주변을 강타했다.

이때 차가운 기합성과 함께 희뿌연 강기가 허공에서 내리꽂혔다.

"허억, 소수마공?"

"피해라!"

잔혼참마와 귀황철마는 대경실색하며 급히 뒤로 물러섰다.

허공에서 깃털처럼 날렵하게 내려서던 소수마후는 손에 쥔 반검을 높이 쳐들었다.

"꺼져라, 귀신 나부랭이들!"

파천마검의 검극에서 핏빛의 검기가 뿜어지며 십 장이나 뻗어나갔다. 단 일 검으로 지옥마부 귀졸 십수 명이 쪼개지면서 장내의 혼전이 순식간에 종결되었다.

소수마후가 내려서자 환희마궁의 제자들이 무릎을 꿇으며 예를 올렸다.

"궁주님을 뵈옵니다!"

소수마후가 친히 나서자 비로소 지옥마존이 어슬렁어슬렁 걸음을 옮겼다. 보기에는 아주 느린 발걸음인데 서너 걸음을 옮기기도 전에 소수마후 앞에 이르렀다.

소수마후는 차디찬 한기를 풀풀 뿜어냈다.

"지옥마존, 네가 감히 본 궁을 침공하다니 죽고 싶어 환장한 것이냐?"

지옥가존은 그녀를 쏠어보며 능글맞게 응수했다.

"크훗, 오랜만이군, 마후. 어째 만날 때마다 더 젊어지는 것 같아. 그동안 사내놈들 정혈을 엄청 흡수했나 보군."

"추잡한 놈. 네놈은 볼 때마다 더 구역질이 난다. 대체 무슨 의도로 본 궁을 침공한 것이냐?"

"침공이 아니라 통합이다. 우리 양대 마단이 결합되면 그 여세를 몰아 오행마단을 일통시킬 수 있다. 오행천의 위대한 부활이 실현되는 것이지."

소수마후는 파천마검을 허리춤에 꽂았다.

"흥, 통합을 원한다면 의당 지옥마부가 본 궁에 귀속되어야 하지 않겠느냐?"

"마후, 서서 오줌 누는 사람이 어떻게 앉아서 오줌 누는 사람의 명을 받을 수 있겠느냐? 이는 순리에도 어긋난다. 본좌는 너를 제압해 축융장왕에게 넘길 생각이다. 축융장왕은 너만 넘겨주면 기꺼이 본좌에게 협력하기로 약속했다."

소수마후는 나직이 탄식을 토했다.

"어리석은 축융장왕! 차라리 내게 직접 찾아와 충성을 맹세했어야 했어."

지옥마존은 누런 이를 드러냈다.

"크흐흐, 네년이 언제 축융장왕을 사내 취급 하기라도 했느냐? 본좌는 물론이고 축융장왕조차 흉물스런 짐승처럼 무시하지 않았더냐? 네가 본좌의 제안대로 환희마궁의 일부를 개방했다면 이런 일은 없었을 것이다. 본좌가 큰마음을 먹고 마황지검까지 선물했는데 네년은 감히 본좌의 수하까지 죽였다. 이는 네년의 오만 때문이니 본좌를 탓하지 마라.”

“지옥마존, 네 스스로 죽기를 청하니 기꺼이 접수해 주겠다. 지옥마부는 오늘로서 본 궁에 흡수될 것이다.”

“양대 마단이 통합되는 것은 확실하다. 다만 본 부가 흡수되는 것이 아니라 네가 본좌를 섬기는 것이다.”

소수마후가 파천마검을 뽑아 들었다.

“오냐, 강한 자가 지배하는 것이 무림의 법칙이다. 나를 꺾을 수 있다면 기꺼이 본 궁을 내주겠다.”

지옥마존은 칼날 한쪽이 톱날처럼 생긴 기형도를 뽑아 들었다.

“마후, 파천마검도 회수하겠다. 네년이 지녀봤자 장식품에 불과할 테니까.”

“흥, 그전에 네놈의 목을 회수하겠다.”

“크훗, 기대가 되는군.”

지옥마존은 기괴한 웃음을 터뜨리며 느릿하게 걸음을 옮겼다. 과거 지옥마신의 절학 중 하나인 유령마보(幽靈魔步). 파천마황의 천마환영보에서 비롯된 절기답게 그 움직임이 지극히 기괴했다.

소수마후는 바싹 경각심을 높이며 솟구쳐 올랐다.

“차앗!”

핏빛의 반검을 내리긋자 엄청난 검기가 허공을 갈랐다. 유령마보에 의한 지옥마존의 분신이 대번에 쪼개졌다. 흠칫 놀란 지옥가존이 급히 치솟아오르며 기형도를 내려쳤다.

“지옥황류사(地獄荒流死)!”

쐐애액―!

수십 가닥의 도기가 풀어헤쳐진 머리카락처럼 확산되며 소수마후를 휘감아왔다. 일반적인 상식을 벗어난 기괴한 도법이었다.

차차창―!

도검이 교차하는 순간 수십 번의 금속성이 터져 나오며 붉고 누런 기운이 폭사되었다.

“카하핫, 받아랏!”

지옥마존은 일초의 격돌을 통해 우위를 확신하고는 연속적으로 지옥황유도법(地獄荒幽刀法)을 전개했다.

소수마후는 전설적인 마황지검을 쥐고 있었지만 구겁파천검법을 터득하지 못했기에 그 위력을 제대로 발휘할 수 없었다. 게다가 소견에게 막대한 본신공력을 주입시켜 주느라 예전 공력의 절반 수준에 불과할 정도였다. 지옥마존과의 정면 대결은 절대적으로 불리할 수밖에 없었다.

차차창―!

도검이 수차례로 교차되면서 소수마후는 무수한 자상을

입고 말았다. 깊은 상처는 아니지만 계속된 부상으로 점차 기력이 소진되었다.

지옥마존은 그녀를 희롱하듯 지옥마도를 휘둘렀다.

"크흐훗, 네년의 옷을 모두 베어줄까? 축융장왕은 그저 네가 죽지만 않으면 된다고 했다."

소수마후는 파천마검으로는 도저히 승산이 없자 은밀하게 소수마공을 운집했다. 극음의 소수마공이라면 충분히 지옥마존을 죽일 자신이 있었다.

지옥마존은 몇 합 이내에 제압할 확신이 서자 한껏 여유를 부렸다.

"소수마후, 네년의 그 당당한 기세가 다 어디 간 것이냐? 당장 무릎을 꿇고 환희마궁을 바치면 너를 추악한 축융장왕에게 넘기지 않겠다."

소수마후는 빙글 회전하며 벼락같이 왼손을 뻗어냈다.

"네놈보다 추악한 인간은 없다!"

슈아아악!

희뿌연 소수마공이 급격히 확산되며 칠 장 이내를 뒤덮었다.

"허억! 소수마공?"

지옥마존은 소수마공을 줄곧 경계하고 있었지만 잠깐 방심하는 사이에 기습을 당하고 말았다.

오행마단은 서로 상극의 무공을 지니고 있는데 토극수(土克水)의 원리에 따라 지옥마부의 마공이 환희마궁의 절기를 능가한다. 다만 소수마공은 마황진경에서 비롯된 절기이기에 오행상극과 무관하다.

모든 것을 얼려 버리는 소수마공이 전개되자 양측의 제자들이 모두 물러섰다. 잔혼참마와 귀황철마는 물론이고 소수마공의 위력를 누구보다 잘 아는 국화령과 죽화령도 최대한 멀리 피신하며 호신강기를 발출해 몸을 보호했다.

한데 모두가 피신하는 와중에 혈심마흉이 과감하게 희뿌연 강기 속으로 뛰어들었다.

"지존, 어서 피하시오!"

혈심마흉은 한 자 반에 달하는 기다란 철통을 내뻗었다.

화르르륵―!

폭음이 터지며 엄청난 불길이 뿜어졌다. 분수처럼 뿜어진 불길은 급속히 확산되며 소수마공에 의한 희뿌연 운무를 순식간에 태워 버렸다.

폭멸적화통(爆滅赤火筒).

축융마곡의 비밀 병기 중 하나로 무려 십 장까지 뻗어나가는 불길은 무쇠도 녹일 만큼 강력하다. 지옥마존이 과감하게 환희마궁과의 일전을 추진할 수 있었던 것도 축융화탄과 폭멸적화통을 입수했기 때문이다.

"흐으윽!"

믿었건 소수마공이 무산되고 오히려 엄청난 불길에 휩싸이게 된 소수마후는 그만 절망하고 말았다. 도저히 승산없는 싸움임을 인정할 수밖에 없었다.

'총단을 희생하는 한이 있더라도 지옥마존을 죽여야 소견이 안전할 수 있다!'

마음을 독하게 먹는 그녀는 혼신의 공력을 실어 파천마검을 내던졌다.

"죽어랏!"

마황지검은 한줄기 핏빛 광선으로 화했다. 파천마황의 마력이 깃든 마검이기에 오행마단의 모든 절기를 파괴할 위력을 지녔다.

"허억?"

지옥마존은 황천마공으로 호신강기를 발휘해 몸을 보호하면서 어지럽게 지옥마도를 휘둘렀다.

차앙—!

날카로운 금속성과 함께 지옥마도가 박살 났다. 동시에 핏빛 광채가 지옥마존의 옆구리로 깊숙이 박혔다.

"커억!"

검붉은 피를 내뿜은 지옥마존은 고통스런 비명과 함께 오장 밖으로 나가동그라졌다. 만일 지옥마도로 파천마검의 방향을 바꾸지 못했다면 심장이 관통되었을 것이다.

혈심마흉이 급히 지옥마존을 부축해 안았다.

"지존, 지존!"

지옥마존은 울컥 피를 토하며 무서운 살기를 뿜어냈다.

“죽여라! 모조리 죽여!”

“존명!”

혈심마흉은 거칠게 소매를 휘둘렀다.

“지존의 명이다— 모조리 죽여라!”

잔혼참마와 귀환철마가 마장과 귀졸들을 이끌며 대공세를 펼쳤다.

폭멸적화통의 불꽃에 휩싸인 소수마후는 극음의 소수마공 덕분에 재로 화하는 참사는 모면했지만 이미 오장육부가 모두 훼손되었다. 진기가 소멸되면서 주안술이 깨지며 그녀의 고운 용모가 삽시간에 쭈글쭈글한 노파로 변했다.

“궁주님!”

“흑흑, 궁주님……!”

국화령과 죽화령은 소수마후를 부축해 앉으며 비통한 눈물을 뿌렸다.

소수마후는 자신의 참담한 몰골을 인식했지만 여전히 당당함을 잃지 않았다. 그녀는 허리를 펴고 단정히 앉은 채 지시를 내렸다.

“우리의 복수는 소견이 해줄 것이다. 국, 죽, 너희는 최후까지 환희마궁의 제자답게 싸워라. 환희마궁의 제자는 절대 굴복하지 않는다.”

그녀의 엄한 지시에 국화령과 죽화령은 예를 올리고는 몸을 일으켰다.

“궁주님의 존체를 더는 지켜 드릴 수 없음을 용서하십시오.”

“삼가 명을 받들겠습니다.”

두 화령은 환희마궁의 제자들을 헤치며 달려드는 잔혼참마와 귀환철마를 직시했다. 궁주가 죽음을 각오하고 결전을 벌였듯 그녀들도 두 마공과의 동귀어진을 결심했다.

한데 이때였다. 지하마부의 수하들 일부가 썩은 흙담처럼 삽시간에 널브러졌다.

“이 귀신 나부랭이들아, 비키지 못해!”

한 사람이 지옥마부의 귀졸들과 마령들을 마치 개처럼 걷어차며 들어서고 있었다. 하나같이 거칠고 사나운 귀졸들이었지만 한 번 발길질에 날아갔고 따귀 한 방에 피를 토하며 나가동그라졌다.

귀령들 대다수가 그를 알아보고는 입을 딱 벌렸다.

“허… 허억, 그 괴물이다!”

“저… 저놈이 어떻게 여기를?”

그러했다. 지옥마부의 진형을 무너뜨리며 들어선 청년은 다름 아닌 백무향이었다.

황산을 떠나 사해문 은시 분타에 당도한 백무향은 명환산 일대에 비밀스런 단체가 존재한다는 보고를 듣고 수색에 나섰다.

환희마궁은 폭포수 뒤에 위치해 있기에 그 거처를 정확히 확인하기란 거의 불가능하다. 한데 지옥마부의 귀졸들이 명환폭포를 지키고 있는 것이 포착되었다. 덕분에 백무향은 폭포수를 뚫고 통로를 찾아 들어설 수 있었던 것이다.

난데없는 백무향의 등장에 양대 마단의 제자들이 급히 갈라섰다.

두 마단 제자들의 표정이 곤혹스럽게 일그러졌다. 그들에게 있어 백무향은 공동의 적이었다. 그의 엄청난 무공을 잘 알고 있기에 만일 그가 어느 한쪽을 편들게 되면 전세가 돌변할 것이다.

지옥마존은 혈심마흉의 부축을 받으며 백무향을 직시했다.

"마흉, 저놈이 일전에 본 부를 침입해 태무건과 함께 탈출한 백무향이란 괴물이냐?"

"그런 것 같습니다."

"오, 오냐! 그렇지 않아도 놈을 찾아 찢어 죽이려 했는데 제 발로 찾아왔구나."

"지존, 부상이 심하십니다. 일단 잔혼과 귀황에게 맡겨주십시오."

지옥마존은 백무향의 무공 조예에 대해 익히 들었기에 순순히 혈심마흉의 조언에 따랐다.

"잔혼, 귀황! 놈을 죽여라!"

"예, 지존!"

두 마공은 귀두도와 철퇴를 뽑아 들고 백무향을 향해 다가섰다.

"네놈이 바로 본 부의 제일악적 백무향이냐?"

"생각보다 어린놈이군."

백무향은 그들의 흉악한 모습에 눈살을 찌푸렸다.

"이것들이 정말 인간이야? 차라리 귀신 탈바가지를 쓰고 다니는 게 낫겠다."

그는 소견을 구하러 왔기에 지옥마부와의 대결은 전혀 생각지 않았다.

"니들은 어서 꺼져. 공연히 코피 터지지 말고."

쌍마는 과장된 웃음을 터뜨렸다.

"카하핫, 이건 완전히 미친놈이군."

"감히 우리한테 꺼지라고?"

백무향은 쌍마를 등진 채 환희마궁 제자들 쪽으로 걸음을 옮겼다.

"비겁하게 뒤통수치기 없기다?"

나름대로 경고를 했지만 쌍마는 전혀 귀담아듣지 않았다.

"우린 그런 거 모른다!"

"뒈져라, 어린놈!"

귀두도가 백무향의 목으로 날아들고 철퇴가 내리꽂혔다.

백무향의 검미가 꿈틀거렸다.

"새끼들, 뒤통수치기 없다고 했잖아!"

그가 발을 놀리자 삽시간에 그의 신형이 어지러운 환영을 일으켰다. 제각기 다른 동작의 분신이 피어오르며 쌍마 쪽으로 날아들었다.

빠― 빠빡―!

환영이 난무하는 와중에 쌍마는 연속적으로 얻어터지며 비명을 토해냈다.

"커억!"

"크으윽!"

아이들 다루듯 쌍마를 두들겨 팬 백무향이 천마환영보를 해소하고 바닥으로 내려섰다.

"이 흉측한 놈들아, 너희들 몸에 손대는 것도 더러워. 뒈지기 전에 모두 꺼져, 알았냐?"

쌍마는 손 한 번 제대로 써보지 못하고 얻어맞은 현실을 제대로 인식할 수가 없었다. 그들은 서로를 바라보며 눈만 끔뻑거렸다.

한편 백무향의 신묘한 보법을 직시하던 소수마후는 눈을 부릅뜨며 진저리를 쳤다.

'마, 갑소사! 분명 천마환영보다. 대체 놈이 어떻게 마황진경의 절기를……?'

지옥마존 역시 백무향의 보법을 대번에 알아보았다.

"말도 안 돼! 놈이 천마환영보를 구사하다니?"

혈심마흉의 표정이 징그럽게 일그러졌다.

"지존, 방금 저자가 구사한 기괴한 보법이 천마환영보란 말씀이시오?"

"그래, 천마환영보가 확실하다. 놈이 마황진경을 수련한 것이 틀림없다."

"그렇다면 놈이 이미 황금성이나 벽라마원과 한통속이 되었다고 볼 수 있소이다."

지옥마존은 옆구리에 박힌 파천마검을 움켜쥐었다.

"으으, 저놈을 죽여야 하는데… 장차 우리에게 엄청난 위협이 될 놈이다."

"고정하십시오, 지존. 지금 검을 뽑게 되면 출혈을 감당할 수 없소이다."

혈심마흉은 장내로 시선을 돌렸다.

"잔혼과 귀황은 한 번 분노하면 물불을 가리지 않소이다. 둘의 합격술은 무적이니 지켜보십시오."

그의 예상은 틀리지 않았다. 잔혼참마의 머리카락이 철사처럼 곤두섰다.

"으득, 네놈을 썰어 죽이겠다!"

귀환철마는 역겨운 냄새를 발하는 누런 연기를 뿜어냈다.

"크으으, 네놈이 감히 우리를 농락해?"

짐승의 포효성과 같은 괴성이 터지며 쌍마가 벼락처럼 백무향의 등 뒤로 날아들었다.

백무향은 짜증스런 표정을 지으며 소매를 휘저었다.

"거 귀찮게 만드는군."

퍼— 펑!

강기에 적중된 쌍마가 주춤 물러섰다. 그러나 상승마공을 터득한 그들도 호락호락하지 않았다. 그들은 괴성을 지으며 재차 덤벼들었다.

귀두도가 귀신 울음소리 같은 파공성을 일으켰고 철퇴가 우렛소리를 발하며 사위를 진동시켰다.

"호으, 제법인걸?"

백무향은 감히 경시하지 못하고 뇌천검을 뽑아 들었다.

"천뢰광류섬!"

화려한 번갯불이 피어오르며 세 자루의 병기가 충돌했다. 귀청을 찢는 금속성이 꼬리를 물었고 경풍과 강기가 빠른 속도로 교차되었다.

파파팟!

쌍마는 뇌천검의 검기에 수차례 부상을 입었지만 인상 한 번 찡그리지 않았다. 한 번 분노하면 눈앞에 보이는 것이 없고 부상조차 느끼지 않는 것이 그들의 무서움이었다.

백무향은 쌍마의 저돌적인 공세에 다소 위축이 되었다.

'뭐 이런 괴물들이 다 있어?'

잔혼참마는 도끼로 나무를 패듯이 귀두도를 내리찍었다.

"죽인다—!"

귀황철마는 마친 미친 사람처럼 마구잡이로 철퇴를 휘둘렀다.

"덤벼— 어서 덤비란 말이다, 쥐새끼 같은 놈!"

백무향도 은근히 부아가 치밀었다.

‘이놈들 봐라? 확실하게 밟아줘야겠군. 자칫 놈들 모두가 달려들면 곤란해.’

단단히 작심을 한 그는 천마환영보를 펼쳤다. 무수한 분신이 전개되자 목표를 잃은 쌍마의 공세가 다소 주춤했다. 일순 백무향은 검극에 공력을 배가시켰다.

“파황벽뇌섬!”

가장 파괴적인 위력을 지닌 뇌천검법 제십초였다.

수백 개의 천둥이 동시에 울리듯 지하 광장 전체가 진동했다. 이어 푸른 번갯불이 폭우처럼 쏟아져 내렸다. 화려하면서도 장엄한 공세에 모두들 경악하고 말았다.

잇단 폭음과 함께 고통스런 비명 소리가 울려 퍼졌다.

“크악!”

“흐으윽!”

피투성이로 변한 쌍마가 바닥을 데굴데굴 굴렀다. 귀두도와 철퇴는 물론이고 병기를 쥐었던 그들의 한쪽 팔마저 박살이 나고 말았다.

지옥마존은 마른침을 꿀꺽 삼켰다.

지옥삼마공은 십대옥주를 제외하면 자신의 수하 중 최강의 고수라 할 수 있었다. 그런 그들이 합공을 펼치고도 참담한 패배를 당했다면 자신이 온전한 상태라도 승리를 장담할 수 없었다.

‘으음… 이렇듯 절대고수였단 말인가?’

혈심마흉은 빠르게 상황을 간파하고는 진언을 올렸다.

"지존, 일단 퇴각해야 합니다. 환희마궁의 계집들이 놈과 합세한다면 자칫 양패구상을 면키 어렵소이다."

지옥마존 역시 이미 싸울 의욕을 잃었기에 그의 제의를 수용했다.

"알았다. 퇴각한다."

"예, 지존."

혈심마흉은 지옥마존을 부축해 앞서 몸을 날렸다.

"전원 퇴각해라!"

그러자 마장들이 쌍마를 들쳐 업었고 마령들은 배후를 경계하면서 귀졸들을 퇴각시켰다. 그들은 죽은 동료들은 내버려 둔 채 빠른 속도로 환희마궁을 벗어났다.

"새끼들, 진작 그럴 것이지."

백무향은 오만한 미소를 지어 보이고는 소수마후를 향해 성큼성큼 다가섰다. 쌍화령이 급히 당주 급들을 대동해 그를 막아섰다.

"멈춰라!"

백무향은 그녀들을 둘러보며 권태롭게 내뱉었다.

"조무래기들은 비켜. 니들 상전과 할 얘기가 있으니까."

그러자 환희마궁 제자들 등 뒤에서 소수마후의 건조한 음성이 들려왔다.

"경계 태세를 해제한다. 당주들은 부상자들을 치료하고 퇴각 준비를 해라!"

쌍화령을 제외한 제자들이 일제히 좌우로 흩어졌다.

백무향은 심한 화상을 입은 소수마후를 내려다보고는 쓴 입맛을 다셨다.

"거 몰골이 말이 아니군? 혼내주고 싶은 마음이 싹 사라졌어."

그는 가부좌를 틀고 있는 소수마후와 마주 앉았다.

"소견은 어디에 숨겼어? 소견만 내주면 조용히 떠나겠다."

"백무향, 세상에 계집은 많다. 왜 그렇듯 소견에게 집착하는 것이냐?"

"그걸 말이라고 해? 소견은 내 색시야. 세상에 어느 사내놈이 색시를 빼앗기고 가만히 있겠냐고."

"소견은… 잘 있다."

"그건 다행이군."

소수마후는 지그시 눈을 감았다.

"소견은 내 의발전인이 되었다. 게다가 이미 궁주 직을 계승했으니 본 궁의 제삼대 궁주이다. 본 궁을 위해서, 그리고 그 아이를 위해서라도 너무 속박하지 마라."

"그럼 소견이 마녀가 되었단 말이야?"

"너 역시 마(魔)에 가까운데 굳이 마정을 가를 필요가 있겠느냐?"

"틀렸어. 내가 마정쌍제 중 한 사람이면 뇌천검제일 가능성이 높아.”

“……?”

소수마후는 가늘게 눈을 뜨며 그를 직시했다.

“왜 그렇게 확신하는 것이냐?”

“반사귀선이 그렇게 말했으니 믿어야 하지 않겠어?”

“그럴 수는 없다. 넌 분명 마왕지상을 지녔다. 절대 뇌천검제일 수 없어.”

“됐어. 지금 중요한 것은 소견 문제야.”

백무향은 지하 광장을 둘러보며 말을 이었다.

“일단 소견을 만나겠다. 네 말대로 진짜 환희마궁의 제자가 되었는지 확인해야겠어. 강요에 의해서가 아니라 자의에 의해 환희마궁의 궁주 직에 올랐다면 나도 인정하겠다. 오히려 소견을 도와줄 수도 있어.”

“유감스럽게도 소견은 지금 여기에 없다.”

“뭐야?”

“널 속이려는 게 아니다. 지옥마부의 귀신들이 침공해 와서 소견을 보호하기 위해 일부 제자들을 대동해 피신시켰다.”

백무향은 자리를 털고 일어섰다.

“상황이 종료되었으니 돌아오라고 하면 되겠군. 어려운 일도 아니잖아?”

“백두향, 지금 소견은 마지막 수련 단계를 앞두고 있다. 심리적인 충격과 갈등을 겪게 되면 여태까지의 모든 노력이 물거품이 된다.”

“또 나를 속이려고?”

“아니다, 무향.”

소수마후는 울컥 한 모금의 피를 토해내고는 힘겹게 말을 이었다.

“나는… 오장육부가 타버려 곧 죽게 된다. 이런 내가 왜 거짓말을 하겠느냐? 백일 이내에 소견은 절기를 대성하게 된다. 수련을 마치게 되면 소견이 널 찾아갈 것이다. 네가 소견을 진심으로 사랑한다면… 그 아이를 도와다오. 그 아이를 도와 오행마단의 통합과 오행천의 부활을 성사시켜 다오.”

백무향은 짜증스런 표정으로 툴툴거렸다.

“젠장, 황금성도 그렇고 벽라마원도 그렇고 죄다 오행마단의 통합을 노리는군. 그까짓 오행천의 부활이 대수야? 세상을 지배한다는 게 무슨 의미가 있지?”

“모든 사람마다 각자 사는 방식이 있게 마련이다. 오행마단의 통합과 오행천의 부활은 내 평생의 숙원이었다. 불행히도 내 대에서 이루지 못했지만 난 소견을 믿는다… 백무향, 소견을 위해서라도 연공을 방해하지 말아다오. 수련을 마치면 널 찾아가도록 일러놓겠다.”

소수마후의 간곡한 어조에 백무향은 쓴 입맛을 다셨다.

“알았어. 오늘은 그냥 돌아가겠다. 하지만 백일 후 반드시 소견을 내게 보내야 돼. 만일 소견이 찾아오지 않으면 날 또 속인 것으로 알고 환희마궁을 박살 낼 거야. 알았어?"

그는 신경질적으로 소매를 떨치고는 홱 돌아섰다.

"제기, 내가 여자한테는 마음이 약해서 탈이야. 하기는 무공까지 상실되고 호호백발이 된 할망구를 어쩌겠어?"

그가 구시렁거리면서 지하 광장 입구로 멀어지자 소수마후는 안도의 한숨을 내쉬었다. 그녀가 다시 핏덩이를 쏟아내자 쌍화령이 좌우에서 부복했다.

"궁주님!"

"흑흑, 궁주님."

소수마후는 차분한 어조로 그녀들에게 지시를 내렸다.

"너희는 어서 옥천 지부로 가서 합류해라. 소견이 색환박심마공을 터득하면 천하가 그 아이 발아래 굴복하게 될 것이다. 내가 죽게 되면 염을 하지 말고 이 모습 그대로 소견에게 보이도록 해라. 그 아이의 가슴에 분노가 새겨져야 진정한 오행대마후로 변모하게 될 것이다."

내장 조각이 섞인 핏덩이가 다시 쏟아졌다. 그런 와중에도 소수마후는 허리를 꼿꼿이 편 채 자세를 유지했다. 비록 마녀라 하여도 그녀의 최후는 당당했다.

절묘한 안배

1

"거참, 일이 되게 꼬이는군."

백무향은 죽엽청을 한 잔 입에 털어 넣고는 고개를 흔들었
다.

소견을 구한 후 반사곡으로 돌아가 소엽과 함께 새외로 떠
나는 것이 그의 계획이었다. 잠시 동안이지만 영외인 구만산
자락에서 지낸 적이 있기에 행선지도 남방으로 정해두었다.
두 여자를 대동한다면 낯선 객지라도 지내는 데 크게 외롭지
않을 것 같았다. 하기는 과거를 기억하지 못하는 그에게 있어
서는 중원도 객지로 생각될 뿐이었다.

백무향은 초어 찜 요리를 우물거리며 생각을 굴렸다.

소수마후가 자신을 속이지 않았다면 소견의 수련이 백일 정도면 끝날 것이고 재회를 하게 될 것이다. 만일 소견이 오행마단의 통합을 지원해 달라고 요청하면 거부하기가 어려울 것 같았다.

문제는 벽라마원과의 대결이었다. 혈훼가 주문을 외워 사령독고를 발작시키면 자신은 꼼짝없이 제압될 수밖에 없는 일이었다.

'눈알 시퍼런 계집은 정말 만나기 싫은데…….'

그는 품속에 깊이 보관해 두고 있는 삭월절혼독을 떠올리며 미간을 찌푸렸다.

'어떻게 이 독약을 먹이지? 일단 먹이기만 하면 서로의 목숨을 위협할 수 있으니 비기는 셈인데 말이야.'

한참을 고민하던 백무향이 머리가 뜨거워지자 흔들어 상념을 떨쳐 냈다.

"모르겠다. 정 안 되면 눈알 시퍼런 계집과 동귀어진하면 돼. 내가 목숨에 연연하며 사는 그런 사람은 아니었잖아?"

그는 심사숙고나 깊은 고민과 거리가 먼 사람이었다. 직감에 의존하고 임기응변으로 사태를 해결하는 것이 그의 방식이었다.

이때 상인 복장을 한 중년인이 다가서며 술병을 탁자 위에 공손히 내려놓았다.

"뵙게 되어 영광입니다, 뇌천공자."

백무향은 정중히 예를 올리는 중년인을 물끄러미 바라보았다.

"날 아시오?"

"물론입니다."

"당신 누구요?"

"태벅궁 의창(宜昌) 분소장으로 있는 장계(張界)라 하오이다."

백무향은 떨떠름한 표정으로 술을 한 잔 들이켰다.

"내가 이곳에 있는 줄은 어떻게 알았소?"

장계는 시종 공손한 태도를 취했다.

"대공녀께서 호북성 서부 지역 열 개 분소에 특별 전서통문을 보내셨습니다. 뇌천공자께서 행차할 가능성이 높으니 각별히 준비하라는 교시였습니다. 공자께서 특별히 울금향을 즐겨 드시니 어렵더라도 울금향을 준비해 두라는 말씀도 있었습니다."

백무향은 태옥교의 통찰력에 새삼 감탄했다.

'정말 똑똑한 계집이야. 내가 소견을 구하러 은시로 찾아갈 것을 예상하고 있었군. 주변에 졸개들을 쫙 깔아두었을 테니 날 찾아내기는 어렵지 않았겠지.'

그는 분소장 장계가 가져온 울금향 때문에 회가 동했다. 울금향은 워낙 귀한 술이라 어지간한 규모의 성시가 아니면 백금을 주고도 구할 수 없는 술이기 때문이다.

술을 개봉한 백무향은 울금향만의 독특한 향기에 절로 기
분이 나른해졌다.

"좋군. 정말 좋아."

천천히 음미하면서 한 잔의 울금향을 마신 그는 흡족한 표
정을 짓고는 장계에게 자리를 권했다.

"앉으시오."

"고맙습니다."

장계는 정중히 예를 올리고는 맞은편에 앉았다.

백무향은 빈말이라도 그에게 울금향 한 잔을 권하지 않았
다. 행여 그가 권주를 마다하지 않으면 아까운 술 한 잔을 잃
을 수 있다는 속 좁은 우려 때문이었다.

"나한테 귀한 울금향 한 병을 선물하려고 찾아온 것은 아
닐 테고… 달리 할 말이 있소?"

"물론입니다. 대공녀께서 뇌천공자를 뵙게 되면 반드시 말
씀을 전하라 하셨습니다."

"말해보시오."

"혈사성에 의해 조만간 사해문 총단이 큰 타격을 받을 것
이라 하였습니다. 급히 귀환하시되 곧바로 혈사성을 찾아가
시면 극히 위험하니 반드시 총단부터 들르기를 청하셨습니
다. 자세한 내막과 드릴 물건은 공자께서 사해문 총단에 당도
하시면 받게 되실 겁니다."

백무향은 언뜻 이해가 되지 않았다.

“혈사성 놈들이 다시 침공할 것이라는 풍문은 나도 들었소. 한데 왜 혈사성을 직접 찾아가면 안 된다는 거요? 그리고 나한테 줄 물건이라니?”

“저는 통문에 따라 말씀만 전할 뿐입니다.”

자리에서 일어선 장계는 공손하게 예를 올리고는 물러갔다.

백무향은 울금향의 향기에 취하며 태옥교를 떠올렸다.

‘정말 예쁘고 똑똑한 계집인데 말이야…….’

그녀와는 세 번 만났을 뿐이지만 그녀에 대한 호감과 인상이 아주 깊었다. 계수의 별장에서 그녀가 자신을 유혹하려 한 것은 오히려 그에게 있어 엄청난 행운일 수 있었다. 만일 그녀에게 아무런 사심이 없었다면 자신이 엄청난 오해를 한 것이다.

‘젠장, 역시 그냥 품었어야 했어. 눈물을 흘리면서까지 결백을 주장했는데 왜 옥교를 마다했을까?’

지금 생각하면 자신이 당시 왜 그녀를 매몰차게 대했는지 이해가 되지 않았다. 그녀가 자신에게 어떤 약을 먹이려 했다는 증거는 어디에도 없었다. 모든 것은 그저 그의 직감과 추측일 뿐이었다.

그는 손에 쥔 술잔을 보며 피식 실소를 지었다.

‘훗, 나한테 그런 수모를 당하고도 아직 날 걱정해 주고 있군. 이렇듯 순정을 지닌 여인이라면 마다할 이유가 없잖아?’

울금향 한 병을 말끔히 비운 그는 계단을 내려갔다.

"얼마요?"

계산대에서 주판알을 튕기고 있던 주인이 손을 비비며 굽실거렸다.

"아이고, 감사합니다요, 공자."

"돈을 받지도 않고 뭐가 감사하다고는 거요?"

"계산은 장 대인께서 모두 치르셨습니다. 원하신다면 얼마든지 더 드실 수 있습니다."

"됐소."

백무향은 퉁명스럽게 한마디 던지고는 객잔을 나섰다.

한 끼 식사 값이야 대단치 않지만 공연히 부담이 되었다. 그러면서 수천 리 밖에서도 자신의 일거수일투족을 환히 꿰뚫고 있는 태옥교의 존재가 조금은 두려웠다.

'역시 만만한 계집은 아니야. 내게 보이는 호의가 왠지 진심은 아닌 것 같아.'

옷깃으로 파고드는 싸늘한 겨울바람에 그는 바람막이를 바싹 두르며 말 잔등에 올라탔다.

'하여간 총단으로 가보면 어떤 상황인지 알게 되겠지.'

2

다각다각—!

의창을 떠나온 백무향은 동북방을 향해 빠르게 말을 몰았다. 바람막이를 뒤집어썼지만 날카로운 바람에 코끝이 시렸다.

'이번만 사해문을 지켜준 후 태상문주 직을 벗어야겠어. 반사귀선 말대로 내가 뇌천검제일 가능성이 높다면 사해문에 몸을 담을 수는 없다. 고집스러울 만큼 풍운마제에게 목을 매는 저들을 우롱하는 처사이니까.'

그는 명예나 권위에는 관심이 없었다. 사해문 수만 명의 제자들을 호령할 수 있는 태상문주의 권좌도 그에게는 짚으로 짠 의자만도 못했다. 이기적일 수 있지만 그는 자유로운 삶을 추구하는 사람이었다.

'내가 과거의 뇌천검제였다면 이미 세상의 정의를 위해 많은 일을 했겠군. 내가 어떻게 죽지 않고 여태 살아 있는지 몰라도 이제 날 위해 살 자격은 있는 셈이잖아?'

그는 스스로를 위로하며 강호의 분란을 애써 외면했다.

'웬단하면 소견에게도 환희마궁의 궁주 직을 버리라고 권해야겠어. 소견이 아니더라도 오행마단을 통합하려는 마두들이 많은데 왜 뛰어들어 생고생을 하려는 거야?'

준마는 빽빽하게 자란 전나무 숲 사이를 헤집으며 힘차게 말발굽을 놀렸다.

일순 백무향의 검미가 예리하게 치켜 올라갔다. 범상치 않은 기운을 피부로 느낀 것이다.

‘웬 놈이지? 설마 황금성이나 벽라마원?’

그는 중원으로 들어선 이후 줄곧 쫓기면서 살아야 했다. 한동안 하류잡배들까지 그가 지닌 뇌천검을 노렸지만 지금은 뜸한 상태다. 대신 오행마단의 마인들이 그를 표적으로 삼았다.

그는 상당 시간 벽라마원에 갇혀 있었던 지난날을 떠올리자 절로 부아가 치밀었다. 저들이 감히 자신을 억압했다는 사실에 분노했고, 한때나마 자신이 혈훼에게 굴복했다는 사실이 수치스러웠다.

‘이제는 어림없다. 어느 누구든 날 건드리면 가만두지 않겠다!’

그는 바싹 경각심을 높이며 이목을 곤두세웠다. 일순 간드러진 웃음소리가 사방에서 들려왔다.

“케헤헤, 어디를 급히 가는 겐가, 늙은 친구? 설마 황천길을 서두르는 것은 아니겠지?”

음성을 변조했는지 어린아이인지 늙은이인지 구분이 되지 않았다.

백무향은 고삐를 당겨 달리는 말의 속도를 늦추었다.

“어느 놈이냐? 쥐새끼처럼 숨어 있지 말고 당장 낯짝을 보여라!”

다소 장난기 어린 음성이 측면에서 들려왔다.

“어마, 쥐새끼가 뭐야? 당신 주둥이가 너무 고약하군.”

백무향이 고개를 왼쪽으로 돌리자 이번에는 오른쪽에서 예의 음성이 들려왔다.

"케헤헤, 내가 누구인지 알아맞힐 수 있겠어? 두 번씩이나 만났는데도 모른다면 당신은 정말 멍청이야."

백무향은 가볍게 미간을 찌푸렸다.

'십방전성이로군. 백 년 내공이 없이는 구사할 수 없는 상승절기이지. 한데 목소리가 조금은 익숙하군. 의도적으로 변조를 했지만 다소 앳되게 느껴지는데?'

문득 그는 두 번이나 만났다는 말에서 상대의 정체를 짐작할 수 있었다. 말을 멈춰 세운 그가 냉소를 터뜨렸다.

"흥, 당장 나오지 못해, 까까머리 도사 중놈아!"

그러자 맑은 웃음소리와 함께 바닥에서 솟아오르듯 내려섰다.

"하하핫, 아주 멍청이는 아니로군?"

허공을 딛고 내려선 인물은 아주 특이한 복색의 소유자였다. 머리를 빡빡 밀고 계파를 찍었으니 불문의 제자가 분명하지만 옷은 도사들이 입는 학창의였다. 학창의 위로 황색 가사를 둘렀고 등에는 고검을 찼다. 외양만 본다면 승려인지 도사인지 구분이 어려웠다.

바로 도불쌍절의 제자인 무을 도승.

백무향은 절로 웃음이 나오는 그의 괴상한 복색에 피식 실소를 지었다.

“훗, 네가 웬일로 날 찾아온 것이냐?”

“당신 찾아다니느라고 황산서부터 호북성 은시까지 뒤지지 않은 곳이 없었어.”

“네가 왜 날 만나려 했는지 몰라도 말투가 아주 고약하게 변했구나? 아예 대놓고 반말이냐?”

“아미타불, 무량수불. 백무향 시주, 당신이 마정쌍제의 현신이 아니라면 날 대선배로 대해야 한다. 난 무림 최고 배분인 도불쌍절의 제자인 만큼 그만한 자격이 있어.”

백무향은 자신 앞에서 배분을 논하는 그가 가소롭기만 했다.

“미친 녀석, 난 네 사부보다 백 년은 더 살아온 대대선배다. 당장 무릎 꿇고 예를 올리지 못하겠느냐?”

무을의 표정이 싸늘하게 굳어졌다.

“이 사기꾼! 감히 누구를 속이려는 것이냐? 인간이 어떻게 이백 살이 넘게 살 수 있겠어? 과거의 쌍제임을 빙자해 세상을 속이려는 당신을 내가 단죄할 것이다.”

“무을, 너 지금 나한테 의도적으로 시비를 거는 거냐?”

“물론이다.”

“그 이유가 뭐야?”

무을은 그를 직시하며 주먹을 불끈 쥐었다.

“내 색시가 될 여자는 오직 대공녀뿐이다. 한데 대공녀는 세상의 영웅이 아니면 시집을 가지 않겠다고 했다.”

“그래서?”

“대공녀는 그런 영웅 중에서 당신을 꼽았다. 가당찮게 당신이 내 연적인 된 것이다.”

백무향은 어처구니가 없어 헛웃음을 흘렸다.

“이 녀석아, 명색이 출가한 놈이 무슨 장가냐? 그리고 난 태옥교에게 장가갈 생각도 없는데 무슨 연적이야?”

“당신이 장가갈 생각이 있든 없든 간에 대공녀가 당신을 당세의 영웅으로 인정했다면 연적이 분명해. 이 문제를 해결하기 위해서는 결투뿐이다.”

“결투?”

백무향은 말 잔등에서 훌쩍 뛰어내렸다.

“좋아. 굳이 청하는데 마다할 내가 아니지. 그렇지 않아도 네놈의 버르장머리를 고쳐 줄 생각이었다.”

“헤헷, 내 버르장머리를 고치겠다고? 강호의 선배도 몰라보는 너의 버르장머리를 내가 고쳐 주겠다.”

“건방진 자식, 만일 네가 패하면 어찌하겠냐?”

“내가 패한다고?”

무을은 배를 움켜쥐며 허리를 꺾었다.

“헤헤헷, 누가 감히 날 이겨?”

백무향은 그의 과도한 오만에 부아가 치밀었다.

“이 자식, 정말 하늘 높은 줄 모르는구나?”

“내가 장담하건대 누구도 내 삼초지적이 못 돼. 하지만 당

신은 스스로 마정쌍제의 현신이라 자부하니 십초지적으로 생
각하겠다. 만일 내 십 초를 받아낼 수 있다면 패배를 자인하
겠다."

"오냐, 십 초이든 백 초이든 네 마음대로 해라. 대신 패하
게 되면 넌 내 종이 되어야 한다. 알았냐?"

백무향의 당당한 태도에 무을의 기세가 다소 수그러들었
다.

"종… 이라고? 그냥 동생으로 하면 안 될까?"

"이 자식아, 너같이 시건방진 놈을 어떻게 동생으로 삼아?
내 종으로 삼아 매일같이 두들겨 줄 것이다."

"조, 좋아. 어차피 내가 이길 테니까."

무을은 합장하며 반야신공을 운기했다.

"내가 이기면 당신은 어쩔 거야?"

"네가 태옥교 가져."

"그냥 당연한 일이고!"

"오냐, 내가 패하면 널 할아버지로 모시겠다."

"헤헷, 정말이지?"

무을은 허리를 크게 틀며 쌍장을 내뻗었다.

"받아라, 손자야!"

은은한 파공성이 들리는 와중에 자색 기운이 운무처럼 뿜
어졌다. 요란한 기운이 없기에 그저 조용히 확산되는 안개처
럼 보였다.

일순 자색 운무에 휩싸인 백무향은 가슴이 철렁 내려앉았다.

'위험하다!'

그는 급히 진기를 분출해 폭염강기를 형성했다. 그의 몸 주변으로 피어오른 불꽃 강기가 자색의 운무와 충돌했다.

콰아아앙!

엄청난 폭음과 함께 무수한 불꽃이 폭죽처럼 비산되었다.

단 일 초의 격돌에 주변의 수목들이 뿌리째 뽑혀 날아가며 십 장 넓이의 공터가 형성되었다.

무을은 구덩이 주변으로 피어오르는 불꽃을 보고는 잔뜩 미간을 찌푸렸다.

"틀림없군. 풍운마제의 폭염마공이 분명해. 지난번 반야바라밀다신공을 막아낸 게 우연이 아니었어."

그의 두 눈에 은은한 살기가 감돌았다.

"좋아. 이제부터 진짜 시작이다!"

허공 가득 주먹 그림자를 형성한 그는 연속적으로 권공을 발출했다.

"금강나한권!"

권공은 한줄기 한줄기가 지극히 강력했다. 적중된 아름드리 거돈이 대번에 허리를 꺾었고, 바닥을 강타하면 일 장 깊이의 구덩이가 패었다.

백무향이 천마환영보를 펼쳐 권공을 피해내자 무을의 인

상이 구겨졌다.

"그건 또 웬 해괴한 사술이냐?"

허공을 차고 떠오른 무을은 손가락을 오그렸다가 힘차게 튕겼다. 소림의 유명한 절학 중 하나인 탄지신통이었다. 귀청을 찢는 파공성과 함께 날아드는 지풍은 탄지검처럼 빠르고 위력적이었다.

소림의 권장술과 외문기공은 천하제일이다. 소림의 칠십이종절기는 하나같이 뛰어나 한 가지만 대성해도 능히 일류 고수 반열에 오를 수 있다. 그런 절기를 무을은 수십 가지나 터득했기에 그가 쏟아내는 수법은 하나하나가 막강할 수밖에 없었다.

그러나 백무향의 폭염마공 또한 초극의 절기인데다 극양의 기운까지 담겨져 있어 웬만한 내가기공을 모두 파훼한다.

콰— 콰콰—!

순식간에 칠 초가 교환되었다.

두 사람 모두 절세적인 공력을 지녔기에 전나무 숲 백여 장이 폐허로 변해 버렸다. 비록 목숨을 건 사투는 아니었지만 각자의 자존심과 명예가 걸린 승부이기에 양보란 있을 수 없었다.

칠 초가 지나도 승기를 잡지 못한 무을은 점차 초조해졌다.

'젠장, 두 사부 말대로 일 년은 더 수련했어야 했어. 오행 마단의 마두들 외에 이런 괴물 같은 놈이 있을 줄이야!'

백무향 또한 폭포수처럼 쏟아지는 소림의 절학을 막아내느라 상당한 진기가 소진되었다.

'뭐 이런 녀석이 다 있어? 오행마단의 마두들도 이놈보다는 못하겠다.'

무을은 단단히 작심을 하고는 고검을 뽑아 들었다.

"헹, 제법 재간은 있군. 그러나 내 검까지 막지는 못할 것이다."

백무향은 상대를 무시할 수 없기에 뇌천검을 뽑았다.

"이제 삼 초 남았다, 꼬마야."

"닥쳐. 듣는 꼬마 기분 나쁘니까 꼬마라고 부르지 마!"

무을은 바닥을 박차고 솟구치며 현란한 검화를 뿌려냈다.

"태극만천하(太極滿天下)!"

츄리리릭―!

수백, 수천의 검화가 제각기 호선을 그리며 내리꽂혔다. 무당 최고의 검법인 태극혜검의 정화답게 오묘한 변화가 담긴 초식이었다.

백무향은 마치 빛의 폭발을 보는 것 같았다. 제각기 현란한 호선을 그리며 날아드는 수백, 수천의 검화는 보는 것만으로 어지러웠다. 가히 환검 최고의 경지였다.

가까스로 정신을 차린 그는 한쪽 발을 축으로 회전했다.

"건곤반탄섬(乾坤返彈閃)!"

뇌천십이검 중 가장 위력적인 방어 초식. 번갯불과 같은 검기는 허공에 그물 같은 검막을 형성한다. 한 번 펼쳐지면 어떤 내가강기나 병기술도 차단하기에 가장 완벽한 방어 수법이라 할 수 있다.

차차창―!

단 한 번 두 자루 검이 교차되었지만 금속성이 수백 번이나 울려 퍼졌다. 무을이 발출한 검화가 백무향의 검막을 연속적으로 강타한 것이다.

일초 검식을 교환한 두 사람은 오 장 거리를 둔 채 잠시 숨을 골랐다.

"제… 법하는군. 태극만천하까지 막아낼 줄이야."

백무향은 쏟아지는 검화를 막아내느라 약간의 내상을 입었지만 애써 표정을 관리했다.

"도사도 아니고 중도 아닌 놈치고는 너도 제법이다. 이제 이 초 남았다."

"이 초까지도 필요없다. 이번에는 기필코 당신을 쓰러뜨릴 테니까."

고검을 꽂은 무을은 양손을 머리 위로 쳐들었다.

"태상노군이시여, 힘을 주소서!"

슈아아아……!

그의 장심에서 태극진기가 피어오르며 커다란 원반형 강기를 형성했다. 태극 도형 형태로 형성된 원반강기가 빠른 속도로 회전했다.

백무향은 개세절학을 직감하며 극한의 폭염마공을 끌어올렸다. 장심에서 이글거리는 불꽃이 피어오르며 눈부신 발광체를 형성했다. 과거 풍운마제의 독문절기였던 폭염열화주.

무을은 크게 허리를 틀며 태천강기로 형성된 원반을 내던졌다.

"받아랏!"

백무향 역시 폭염열화주를 발출했다.

시공을 달리한 초극 절기의 격돌.

백 년에 한 번 있을까 말까 한 두 절대고수의 격돌을 관전하는 사람이 없다는 것이 유감일 정도였다. 이글거리는 폭염열화주와 푸른 서광을 발하는 태청강기가 허공에서 충돌했다.

꽈아아앙!

그야말로 하늘과 땅이 뒤바뀌는 굉음이었다. 대지는 지진이라도 일어난 듯 몸부림을 쳤고 반경 이십 장 이내는 화염과 내가강기에 의해 새까맣게 변했다.

바닥이 깊이 파이며 거대한 분화구가 형성되었다. 하늘까지 치솟은 누런 흙먼지로 인해 시야를 확보하는 데에는 상당한 시간이 흘러야 했다. 이윽고 흙먼지가 내려앉으며 장내의 모습이 드러났다.

흙먼지를 뒤집어쓴 두 사람 모두 온전한 모습이 아니었다.

백무향은 머리끈이 끊어져 긴 머리카락을 휘날리고 있었

다. 장심은 예리한 칼로 그은 채 갈기갈기 찢겼고 곳곳으로
붉은 피가 배어 나왔다. 웬만한 도검에도 다치지 않는 그의
굳건한 신체를 감안한다면 상당한 부상이었다.

무을의 상태는 더 심각했다.

불에 그슬린 듯 새까맣게 타버린 가사와 학창의에서 아직
도 불꽃이 피어오르고 있었다. 내상까지 입은 듯 입가에는 가
는 핏줄기가 흘러내렸다.

무을은 두 손을 덜덜 떨며 눈을 부릅떴다.

"크으, 이… 이럴 수는 없어! 태청강기까지 막아내다니?"

백무향의 표정이 싸늘하게 굳어졌다.

"이 자식, 단순한 비무가 아니라 날 죽일 생각이었냐?"

그가 성큼성큼 다가서자 무을은 주춤 뒤로 물러섰다.

"그… 그럴 생각은 없었어."

"오냐, 이제 일 초만 남았다. 어서 공격해라."

일순 무을의 두 눈에 간특함이 흘렀다. 급히 뒤로 미끄러진
그는 유화적인 표정을 지었다.

"헤헷, 백 형. 나머지 일 초는 훗날 겨루도록 합시다."

"뭐야?"

"솔직히 내가 서둘러 하산하느라 최고의 절기를 연성하지
못했소. 이런 대결은 무의미하니 다음에 제대로 겨룹시다."

백무향은 그의 교활함에 부아가 치밀었다.

"어린 새끼가 벌써부터 잔머리를 굴려? 어서 마저 출수해

라. 약속대로 네놈을 종으로 삼아 실컷 두들겨 팰 테니까.”

“헹, 아직 승부가 나지 않았는데 벌써 승자처럼 행세하는 거요?”

“그러니까 어서 출수해!”

무을은 실실 웃음을 흘리며 둥실 떠올랐다.

“헤헷, 내가 수련을 마친 후 마저 싸웁시다. 그때도 패한다면 정말 당신을 주인님으로 모시겠소.”

“임마, 거기 서!”

백무향이 달려들자 무을은 허공을 박차며 선학처럼 솟아올랐다. 도문 최고의 경공술인 승극도허. 아득한 오십 장 높이까지 치솟은 무을은 절정의 비행술을 펼쳐 하늘 저편으로 사라져 갔다.

맥이 빠진 백무향은 바닥으로 내려섰다.

물론 도운답공비를 전개하면 어느 정도 추격이 가능하겠지만 목숨을 걸고 무을을 쫓을 이유가 없었다. 그저 비무를 벌이다 불리해서 달아난 비열한 놈으로 취급하면 그뿐이었다.

“교활한 도사중놈! 다음에 만나면 네놈이 내 십 초를 받아야 할 것이다.”

말은 그렇게 했지만 그 역시 온전한 몸이 아니었다. 무을과 재대결할 경우 그가 반드시 이긴다는 보장도 없었다.

그가 길게 휘파람을 불자 멀리 피신해 있던 준마가 달려왔

다. 말 잔등에 올라앉은 백무향은 자신의 몰골을 보며 짜증스
럽게 투덜거렸다.

"젠장, 돈도 얼마 없는데 옷까지 새로 사 입어야 하잖아?"

3

낙척산 사해문 총단.

간밤에 내린 눈으로 세상이 온통 눈으로 덮여 있었다. 볼품
없는 낙척산 자락도 하얗게 물들어 멀리서 보면 본래 수려한
산세처럼 모습을 바꾸었다.

그러나 본래의 추한 모습마저 감싸주는 수북한 눈도 을씨
년스런 죽음의 분위기까지 감춰주지는 못했다.

사해문 총단은 사나운 폭풍이 할퀴고 간 듯 참담한 폐허로
변해 있었다. 마당에서 놀이를 하는 아이들의 천진스런 웃음
소리도 들려오지 않았고 개울가에 둘러앉아 빨래를 하며 떠
들어대는 아낙들의 수다도 전혀 들리지 않았다.

움막과 초옥은 모두 무너졌고 불에 타버려 새까만 숯이 되
어 있었다. 동료들에 의해 치워졌는지 시신은 보이지 않았지
만 당시의 참상을 충분히 짐작케 해주었다.

"서문취! 어디에 있는 것이냐?"

총단으로 내려선 백무향은 주변을 향해 크게 외쳤다.

"난 태상문주다— 살아 있으면 누구든 나오너라!"

공력이 실린 외침에 지반이 울리며 나뭇가지에 쌓인 눈이 우수수 떨어져 내렸다.

백무향이 몇 번 더 외쳤을 때였다.

사방에서 눈을 헤치며 다가서는 인기척이 들려왔다. 허름한 복장에 초췌한 모습의 남녀노소들은 바로 사해문의 제자들이었다. 대부분 부상을 당했는지 피가 엉겨 붙은 천으로 팔다리를 싸매고 있었다.

백무향은 그나마 살아남은 제자들이 있다는 게 반가웠다.

"오, 모두 죽지는 않았구나."

사해문 제자들은 태상문주를 대하자 설움과 감동에 겨운 눈물을 쏟아냈다.

"크으으, 태상님!"

"마침내 돌아오셨군요."

"흑흑, 태상님께서 무사하시어 다행입니다!"

사해문 제자들은 비통함에 젖어 무릎을 꿇었다.

백무향은 부복배례를 금한다는 영을 내렸지만 지금은 그런 것을 문제 삼을 상황이 아니었다.

"어찌 된 일인지 누가 말해보아라."

그가 주변 몇 사람을 일으켜 세우자 제자들은 태상이 개정한 문규를 떠올리고는 하나둘 몸을 일으켰다.

팔이 베어져 외팔이가 된 호문당주가 아뢰었다.

"총단이 이런 참화를 당한 것은 혈사성 놈들의 침공 때문이었습니다, 태상님.”

“알고 있다. 나도 소식을 듣고 최대한 빨리 달려왔는데 한 발 늦었구나.”

백무향은 제자들을 둘러보다가 미간을 찌푸렸다.

“대체 수뇌 급들은 어떻게 된 것이냐? 풍운사로와 문주는 왜 안 보여? 그리고 태상호법인 서문취는 어디 간 것이냐?”

“원통하게도 문주님과 풍운사로를 비롯해 이백여 명에 달하는 제자들이 혈사성으로 압송되었습니다. 현사군이 현명칠사 중 넷이나 대동하였고 혈사성 최정예들인 혈사백팔위를 동원했기에 저희로서는 역부족이었습니다.”

백무향의 표정이 싸늘하게 굳어졌다.

“죄다 끌려갔다고? 서문취도 말이냐?”

“아닙니다. 태상호법은 최후까지 싸우다가 현사군의 칼에 맞아 쓰러지셨습니다.”

가슴이 덜컥 내려앉은 백무향은 눈을 부릅떴다.

“뭐, 뭐야? 그럼 죽었단 얘기냐?”

“다행히 목숨은 건졌습니다. 다만⋯⋯.”

“됐어. 살아만 있으면 돼. 반사귀선의 멱살을 잡아끌어서라도 회복시킬 수 있으니까.”

백무향은 주변의 제자들을 향해 호기롭게 외쳤다.

“너희들 이런 참화를 처음 당한 것도 아니잖아? 눈물 짤 힘 있으면 기운 내서 어서 총단을 복구해. 조만간 확실하게 복수를 해주겠다!"

제자들을 독려한 그는 호문당주를 앞세워 산속 토굴로 향했다. 토굴은 워낙 협소해 허리를 잔뜩 굽혀져 겨우 들어갈 수 있을 정도였다.

마른풀로 짠 자리 위에 한 여인이 누워 있었다. 얼굴 한쪽을 천으로 동여맸고 몸 여러 곳에도 금창약을 바른 붕대가 둘러져 있었다. 다름 아닌 서문취였다.

"취……."

중상을 입은 서문취의 참담한 몰골에 백무향은 가슴이 칼로 베인 듯 아팠다.

호문당주가 상처의 고름을 닦아주며 당시의 상황을 보고했다.

"태상호법이 목숨을 걸고 분투한 덕분에 저희들이 무사할 수 있었습니다. 태상호법은 몸 열다섯 곳에 부상을 당하면서도 현사군과 격전을 치렀습니다. 결국… 한쪽 눈마저 잃고 말았지요."

백무향이 서문취 옆에 앉았다.

"내가 돌볼 테니 나가 봐."

"예, 태상님."

호문당주가 토굴을 나가자 백무향은 물에 적신 수건으로 서문취의 얼굴과 손을 닦아주었다.

"취, 나다. 어서 정신 차려."

제대로 된 치료를 받지 못해 혼수상태에 빠져 있는 서문취였지만 그의 음성을 듣자 발바닥 침이라도 맞은 듯 부르르 떨었다.

백무향은 그녀의 뇌정혈에 장심을 대고 진기를 주입시켜 주었다. 뜨거운 진기가 스며들면서 손상된 경락이 조금씩 회복되었고 이어 부상으로 인해 막혔던 혈도가 타통되면서 서문취가 혼수상태에서 깨어났다.

"으음……!"

그녀가 아픈 신음을 토하며 스르르 눈을 뜨자 백무향은 그녀의 뇌정혈에서 손을 떼었다.

"이제 정신이 좀 드냐?"

서문취는 눈을 커다랗게 뜨며 시선을 돌렸다. 흐릿했던 그녀의 눈망울에 백무향의 모습이 선명하게 새겨졌다.

"아, 태상님……."

서문취는 주르륵 눈물을 흘리며 힘겹게 손을 들어올렸다.

"그래, 나다. 살아 있어 정말 다행이구나."

백무향은 그녀의 손을 쥐며 부드럽게 위로해 주었다.

"내가 돌아왔으니 이제 아무 걱정 마. 몸조리만 잘하면 곧 회복될 수 있으니까."

"흑흑… 태상님. 왜… 왜 이제 오셨어요?"

백무향은 도의적인 책임에 가슴이 뜨끔했지만 자신을 변명하기에 급급했다.

“그런 소리 마. 내가 뭐 한가하게 놀고 있다가 온 줄 알아?
그동안 오행마단에 벽라마원에 붙잡혀 있다가 겨우 탈출한
거라고.”

“흑, 원통합니다. 너무도 원통합니다.”

“그러, 네 심정 이해해. 최선을 다해 싸웠지만 이런 꼴이
되었으니 원통하기도 하겠지. 하지만 인과응보라는 말이 있
잖아? 감히 사해문을 이 지경으로 만든 혈사성 놈들 역시 혹
독한 보복을 받게 될 거야.”

서문취는 붕대로 감겨진 한쪽 눈 부위를 감싸며 고개를 돌
렸다.

“복수를 한다 해도… 소녀의 눈은 돌아오지 않습니다.”

“괜찮아. 다행히 눈은 두 개가 있잖아? 눈 하나 없다고 해
도 살아가는 데 큰 지장은 없어.”

“흑, 흉한 애꾸의 모습으로 어떻게 태상님을 모실 수 있겠
습니까?”

여인에게 있어 용모는 목숨만큼 중요하다. 얼굴 한쪽이 크
게 훼손되고 눈까지 잃었기에 서문취의 서러움은 더욱 깊을
수밖에 없었다.

백무향은 서문취의 눈물을 닦아주며 말했다.

“그런 문제라면 조금도 걱정할 것 없어. 네가 애꾸가 되었
다고 저버릴 만큼 냉정한 내가 아니잖아? 설사 장님이 되었다
해도 널 지켜줄 거야. 예전에 말한 대로 내 여자 정도는 책임

질 줄 아는 놈이거든.”

서문취는 감동에 겨워 어깨를 들먹거렸다.

“태상님……”

“내 말 알아들었으면 부상을 회복하는 데에만 신경 써. 알았지?”

“예, 명심하겠습니다.”

백무향은 그녀의 볼을 토닥이며 장난기 어린 웃음을 지었다.

“하하, 그래야 착한 아이지.”

이때 토굴 밖에서 호문당주의 음성이 들려왔다.

“태상님, 급히 드릴 말씀이 있습니다.”

“알았다.”

백무향은 서문취의 손을 힘껏 쥐어주고는 토굴 밖으로 나섰다.

“무슨 일이냐?”

“태백궁에서 사절이 찾아왔습니다.”

“태백궁? 그럼 태옥교가 보낸 자들이겠군.”

“그렇습니다. 어찌할까요?”

“물자라도 잔뜩 갖고 왔느냐?”

“그… 그렇지는 않습니다.”

백무향은 분연히 소매를 떨치며 목소리를 높였다.

“괘씸한 계집! 본 문의 총단이 참화를 입은 줄 알았을 텐데 빈손으로 사절을 보내?"

그는 앞서 걸음을 옮겼다.

"일단 만나본 후 따져야겠다."

임시로 세워진 움막은 협소해 특사를 수행해 온 태백궁 금위무사들은 움막 밖에서 대기해야 했다. 급조한 탁자에서는 매큼한 탄내가 풍겨졌다.

백무향은 통나무 의자에 앉으며 자리를 권했다.

"앉으시오."

찾아온 특사는 이십대 후반의 청년으로 용모는 깨끗했고 눈빛이 맑았다. 그는 정중히 예를 올리며 자신을 소개했다.

"저는 태백궁 옥봉각에 소속된 호밀영주(護密令主)입니다."

"내가 방금 귀환했는데 어떻게 알고 찾아온 거요?"

"사실 수일 전부터 대기해 있었습니다."

"그렇다면 혈사성 놈들에 의해 본 문의 총단이 참화를 입는 광경을 강 건너 불구경하듯 지켜만 보고 있었다는 거요?"

"저와 몇 명의 무사들이 나서봤자 전세를 돌이킬 수 없는 상황이었습니다. 또한 저는 대공녀의 특명을 받아 출궁했기에 다른 일에는 개입할 수 없습니다."

백무향은 내심 괘씸하다 싶어 퉁명스럽게 내뱉었다.

"용건이나 말하시오."

호밀영주는 어깨에 걸치고 있던 바랑을 탁자 위에 내려놓았다.

"대공녀께서 드리는 선물입니다."

"이게 뭐요?"

"저는 모릅니다. 임무를 완수했으니 저는 이만 가보겠습니다."

호밀영주는 예를 올리고는 움막을 나갔다.

바랑을 집어 든 백무향은 의외로 가벼운 무게에 크게 실망했다. 복구에 필요한 금은이나 패물이 아니라 기껏해야 옷이 들어 있다는 생각에 부아가 치밀었다.

"염병, 이따위 게 다 뭐야?"

바랑을 내던지고 움막을 나선 백무향이 호밀영주를 불러 세웠다.

"이봐, 참화를 입은 문파에 왔으면 복구비라도 가져왔어야 할 것 아냐? 당장 당신들 대공녀한테 연통해 은자 만 냥만 보내라고 해!"

호밀영주는 시종 공손함을 잃지 않았다.

"대공녀께서 사해문 총단에 대한 보고를 받으셨다면 이미 조치를 취하셨을 겁니다."

"한데 왜 묵은 보리 한 섬 보내지 않는 거냐고?"

백무향의 닦달에 호밀영주는 난처한 표정을 지었다.

"알겠습니다. 여산으로 긴급 전서통문을 띄우겠습니다."

한데 이때였다. 한 떼의 마차 행렬이 눈을 헤치며 낙척산 자락으로 달려왔다. 마차와 수레마다 양곡이며 피륙, 생활 집기가 가득 쌓여 있었다.

백무향이 제자들을 이끌고 계곡을 나섰다.

값비싼 여우 갖옷을 걸친 상인이 마차에서 내려섰다.

"어느 분이 사해문 태상문주이십니까?"

백무향이 상인에게로 다가섰다.

"나요."

상인은 상대가 의외로 젊기에 의아한 표정으로 물었다.

"정말… 태상문주 되십니까?"

"그렇소. 내가 바로 백무향이오."

상인은 정중히 허리를 굽혀 예를 올리고는 서첩을 내밀었다.

"물자를 수령하셨다는 증서외다. 서명을 부탁드립니다."

백무향은 스무 대에 달하는 마차 행렬을 보고는 고개를 갸웃거렸다.

"어디서 보낸 거요?"

"태백궁 대공녀께서 저희 상단에 긴급 구호물자를 지시하셨습니다. 급한 대로 일차분을 먼저 운송해 왔습니다. 내일부터 사흘 동안 계속 구호물자가 공급될 것입니다."

비로소 백무향의 얼굴에 미소가 감돌았다.

"그래, 이제야 좀 얘기가 되는군."

그는 확인 증서에 서명을 하고는 사해문 제자들을 향해 외쳤다.

"뭣들 해, 어서 물자 내리지 않고! 배고프니 밥부터 지어 먹자!"

수십 개의 대형 막사가 세워지면서 사해문 총단에 활기가 감돌았다.

일차분의 구호물자만으로도 삼백 명에 달하는 총단 제자들의 곤궁함이 모두 해결되었다. 쌀과 보리를 비롯한 잡곡은 열 곳의 막사를 가득 채우고도 남아 명년 봄까지 먹을 수 있을 정도였다.

그 밖에도 솥과 그릇을 비롯해 생활 집기가 고루 갖춰져 있었고 술과 고기까지 제공되었기에 흡사 잔칫집을 연상케 했다.

충분한 물자가 갖춰졌기에 제자들은 배불리 먹고 복구 작업에 매달렸다. 불에 탄 목재를 쪼개 땔감으로 사용했고 무너진 방책도 조금씩 모양새를 갖추었다.

백무향은 신속하게 이루어지는 복구 작업을 둘러보고는 자신을 위해 세워진 막사로 들어섰다.

바닥에는 양탄자가 깔렸고 침대와 탁자, 서가 등이 갖춰져 있어 당분간 지내기에는 불편함이 없어 보였다. 막사 내를 둘러본 백무향은 기분 좋은 미소를 지었다.

"역시 태옥교로군. 멀리 여산에 있으면서도 내가 무엇을 필요로 할지 정확히 알고 있었어. 정말 똑똑한 계집이야."

그는 태옥교에 대한 불신을 해소했다.

"그래, 이렇듯 사려가 깊은 여인이 무엇 때문에 나한테 이상한 약을 먹이려 했겠어? 아마 내가 오해를 했던 게 분명해."

탁자 위에는 호밀영주가 가져온 바랑이 놓여 있었다.

"대체 뭘 보낸 걸까?"

바랑 안에는 비단 꾸러미가 들어 있었다. 꾸러미를 풀자 은빛의 광채가 은은하게 흘러나왔다. 신비로운 기운이 감도는 은빛의 옷은 바로 천갑신의였다. 사혈 부위에 해당되는 여덟 곳에 거북 가죽이 부착돼 있었다.

백무향은 의아한 눈빛으로 천갑신의를 살폈다.

"옷이잖아? 평범한 옷은 아닌데……?"

그러다 꾸러미 안에서 한 통의 봉서를 발견하고는 서찰을 꺼내 들었다. 태옥교의 섬세한 필체는 감탄이 나올 만큼 수려했다.

사해문 태상께 올립니다.

태상께서 받으신 옷은 천갑신의라는 호신 보의입니다. 태상께서 가벼이 생각하실지 몰라도 천잠사로 짠 천갑신의는 신마십병 중 하나에 해당되는 당세의 보물입니다. 혈사성을 찾아가시기 전에 반드시 옷 속에 착용하시기를 간곡히 청합니다.

자세한 내력을 말씀드리기에 앞서 먼저 깊은 위로를 전합니다.

사해문 총단은 이미 혈사성의 대규모 침공에 의해 커다란 참변을 겪었을 것입니다. 그것을 알면서도 미리 지원군을 보내지 못해 송구스럽습니다. 대신 충분한 구호물자를 받게 되실 테니 신속한 복구로 사해문의 입지를 세우십시오.

그동안 줄곧 당해온 사해문의 곤경은 이번이 마지막이 될 것입니다. 십 년 동안 천하의 흑도를 장악해 온 혈사성은 비참한 종말을 맞을 수밖에 없습니다. 그 주역은 물론 사해문 태상이신 백무향 공자이십니다.

백무향은 태옥교의 놀라운 예지력에 혀를 내둘렀다.

"정말 천재야. 어떻게 이렇듯 정확하게 알아맞힐 수 있는 거지? 낙양성 동문 밖에서 점집을 차리면 사람들이 구름처럼 몰려들겠군."

그는 술을 한 잔 들이켜고는 다시 서찰로 시선을 돌렸다.

소녀가 천갑신의를 보내 드린 이유는 현사군의 비열한 암습 때문입니다. 그동안 수집한 정보를 분석한 결과 현사군은 예사 천궁과 파옥전을 이용해 태상을 살해하려는 계책을 세운 것이 틀림없습니다.

예사천궁에 파옥전을 걸어 쏘면 그 속도가 빛살과 같고 금강불괴지신이라도 파괴됩니다. 소녀의 판단으로 천갑신의조차 뚫릴 것입니다. 그러나 팔대사혈을 보호하는 만년귀갑은 파옥전도 뚫지 못하니 사혈이 관통되는 최악의 상황은 피할 수 있습니다.

태상께서 복수를 위해 혈사성을 찾아가면 혈사성주과 겨루게 될 것입니다.

현사군은 은밀한 곳에 숨어 예사천궁으로 태상을 죽이려 하겠지요. 혈사성주와의 대결은 지극히 위험한 상황이지만 소녀를 믿는다면 의연하게 대결에 응하십시오. 태상의 안전은 소녀가 장담할 수 있습니다.

존엄하신 사해문 태상의 신분이지만 소녀는 백 공자로 칭하고 싶습니다.

백 공자, 지난번 계수의 별장에서 있었던 추태는 잊어주십시오. 소녀가 공자를 연모하는 마음을 주체하지 못하고 감히 공자를 유혹하려 했으니 부끄럽기 짝이 없습니다. 하지만 맹세코 다른 마음은 없었습니다.

소녀를 용서해 주신다면 꼭 한 번 뵙고 싶습니다.

끝으로 행여 무을 도승이 찾아와 도전을 청해도 넓으신 아량으로 상대해 주시기 바랍니다. 무을 도승은 도불쌍절의 전인으로 성격은 다소 경박스럽지만 백도를 지킬 병기로서 손색이 없습니다.

혈사성이 괴멸되면 오행마단과의 무림대전이 예상됩니다. 소녀는 오직 백 공자께 의지할 따름입니다. 그럼 혈사성에서 뵙겠습니다.

옥교 배상.

백무향은 한 번 더 서찰을 읽고는 화로에 던져 태워 버렸다. 탁자에 놓인 천갑신의를 집어 든 그는 잠시 생각에 잠겼다.

태옥교가 천갑신의를 보내면서 경고를 할 정도면 예사천궁이 얼마나 강력한 신병인지 십분 짐작이 되었다. 아마 화살이 쏘아지는 순간 자신은 쓰러지고 말 것이다.

'거북 껍질에 맞으면 다행이겠지만 보의에 적중된다면 내 몸이 꿰뚫릴 각오를 해야겠군.'

하지만 태옥교가 장담을 했다면 크게 두려워할 일은 없었다.

"옥교, 너의 안배를 믿겠다. 만일 재수가 없어 죽게 된다면 원귀가 되어서라도 널 가만두지 않겠다. 네가 아무리 변명해도 날 속인 사기꾼이 분명하니까."

그는 천갑신의의 부드러운 감촉을 느끼며 태옥교의 매혹적인 용모를 떠올렸다.

'날 연모한다 이거지? 그래, 믿어야지. 여인이 그렇듯 날 연모한다고 하면 속는 한이 있더라도 믿어주는 게 예의야.'

제 28 장

빗나간 화살

1

구출대라 하기에는 너무도 초라했다.

구호물자를 운송해 온 스무 대 정도의 마차와 수레가 남겨져 있었는데 백 명의 구출대는 마차와 수레에 나뉘어 올랐다. 숫자도 터무니없이 적은 데다 그들의 무공은 이류급에 불과해 혈사성과의 일전은 상상도 할 수 없을 정도였다.

태상문주의 지시이기에 감히 불복할 수 없었지만 총단 밖으로 그들을 보내는 제자들이나 구출대로 선발된 자들이나 침통하기만 했다. 구출대가 아니라 죽으러 가는 자살대라 하는 편이 정확한 표현일 것이다.

수레와 마차에는 인질로 끌려간 자들을 구출한 후 사용할 의복과 모포, 식량과 약재가 실려 있었다.

마차에 오른 백무향은 호문당주에게 지시를 내렸다.

"오래 걸리지 않을 거다. 춥겠지만 복구 작업을 게을리 하지 마."

"알겠습니다, 태상님. 한데… 정말 이 정도 병력으로 문주님과 풍운사로를 비롯한 제자들을 구출하실 수 있겠습니까?"

"지금 날 못 믿겠다는 거냐, 아니면 내기라도 하자는 거냐?"

"아, 아닙니다."

호문당주는 두 손을 모으며 정중히 허리를 굽혔다.

"태상님의 무사 귀환을 간절히 바랍니다."

백무향은 마치 나들이를 가는 사람처럼 태연하게 응수했다.

"태상호법이나 잘 돌보고 있어. 가급적 거울은 치워 버려. 취가 자신의 얼굴을 보면 크게 상심할 테니까."

낙척산을 내려간 구출대는 눈이 치워진 관도에 이르자 다소 행보를 빨리했다.

멀리 산모퉁이로 사라지는 마차 행렬을 바라보던 총단 제자들은 비로소 긴 한숨과 장탄식을 지었다.

"아이고, 태상님께서 어쩌자고 단지 백 명 정도만으로 혈사성을 상대하시려는 거야?"

"정말 걱정일세. 태상님께서 지난번 혈사성주를 격패시켰다지만 이번에는 놈들이 정당한 대결을 펼치지 않을 텐데 말이야."

"태상님의 배짱과 호기는 천하제일일세. 명색이 구출대라지만 수행한 자들의 면면을 보면 태상님 혼자서 혈사성과 맞서려는 것이 틀림없어."

호문당주는 묵묵히 지켜보다가 몸을 돌렸다.

"태상님의 지시다. 모두 복구 작업을 서둘러라!"

향주 하나가 조심스럽게 청했다.

"당주님, 이럴 수는 없습니다. 모두 함께 출동해야 합니다. 우리뿐만 아니라 가까운 지부와 분타에 비합전서를 띄워 모든 제자들을 혈사성으로 집결시켜야 합니다. 결단이 필요합니다, 당주님."

호문당주는 정색을 지으며 고개를 저었다.

"감히 태상님의 지시를 거역하겠다는 것이냐?"

"당주님……."

"태상님께서 간혹 엉뚱한 면이 있지만 결코 무모한 분은 아니시다. 태백궁에서 사절이 찾아오지 않았더냐? 분명 십전옥봉의 깊은 안배가 있었을 것이다. 우리는 태상님의 지시에 따르면 된다. 문주님과 풍운사로께서 붙잡힌 이상 수천 명의 제자를 동원한다 해도 결과는 마찬가지다."

호문당주는 여전히 불안함을 떨치지 못하는 제자들을 둘러보며 엄한 지시를 내렸다.

"태상님의 하명은 절대적이다. 이를 거부하는 자는 항명죄로 다스릴 것이다. 어서 작업들 해!"

2

감옥이 아니라 짐승들을 가두는 우리였다. 비바람을 막아줄 토담도 없었고 눈이나 햇살을 막아줄 지붕도 없었다.

인질로 끌려온 사해문 이백여 제자의 몰골은 참담했다. 대다수 헐벗은 상태라 차디찬 삭풍을 견디기 위해 서로 부둥켜안은 채 기나긴 겨울밤을 보내야 했다.

노천 감옥은 혈사성 성곽에서 내려다보이는 성벽에 임시로 설치돼 있었다. 혈사성 무사들에게 있어 사해문 제자들은 인간이 아니라 버러지였다. 감옥을 감시하는 자들은 성벽에 선 채로 감옥의 인질들을 향해 오줌을 갈기기도 했다.

수일 전에 내린 눈으로 인해 감옥 이곳저곳에 잔설이 쌓여 있었다. 갈증이야 눈을 씹으며 해소한다 해도 하루 한 끼의 식사는 턱없이 부족했다. 추위에 굶주림에 벌써 서른 명도 넘는 인질들이 얼어 죽었다.

성곽 위로 한 떼의 무리가 올라섰다.

키가 일 장에 달하는 거대한 체구를 자랑하는 혈사성주 현후곤과 사뇌제일뇌 현사군, 현명칠사 중 셋, 그리고 그들을 수행하는 단주와 영주들 중 혈사성의 수뇌부였다.

현후곤은 감옥을 내려다보며 귀를 후볐다.

"그러니까 이 버러지들을 구하겠다고 놈이 오는 중이란 말이지?"

현사군은 관도가 길게 뻗어 있는 구릉 저편으로 시선을 고정시켰다.

"확실합니다. 놈이 낙천산을 출발했다는 비합전문이 방금 접수됐습니다."

"몇 놈쯤 대동했느냐? 애, 어른 할 것 없이 죄다 끌어 모았겠지?"

"백 명입니다."

현후곤은 숫자를 잘못 듣고는 깜짝 놀랐다.

"뭐야, 백만 명? 사해문 놈들의 머릿수가 많다고 들었지만 그 정도란 말이냐? 그 정도면 무림계 전체의 숫자가 아니더냐?"

"백만 아니라 단지 백 명입니다."

"백 명… 고작 백 명뿐이라고?"

현사군은 팔짱을 낀 채 싸늘한 미소를 머금었다.

"사해문 놈들 중 고수라 할 만한 자들은 사해문주 풍천고검과 풍운사로 정도입니다. 그들이 죄다 잡혀왔으니 백무향 혼자서 무엇을 할 수 있겠습니까? 놈은 아마도 아버님과의 단독 대결을 요청할 것입니다."

현후곤은 고개를 좌우로 움직여 우득우득 소리를 냈다.

"오냐, 지난번 패배를 설욕해야지."

그는 가래를 끌어올려 감옥을 향해 내뱉었다.

"퉤엣!"

어처구니없게도 가래침에 적중된 사해문 인질 하나가 머리가 으스러져 즉사했다.

현후곤은 풀무질을 하는 것처럼 거친 숨을 내뿜었다.

"그동안 패왕도법을 충분히 보완했으니 내가 패할 일은 없을 것이다."

현사군은 막 구릉을 넘어오는 마차 행렬을 직시하며 눈을 가늘게 떴다.

"몇 합만 즐기십시오. 제가 놈의 심장에 파옥전을 꽂겠습니다."

사해문 인질들은 또 하나의 죽음에도 무심했다. 현후곤의 가래침에 적중돼 동료가 즉사했지만 크게 슬퍼하지도 않았다. 시간의 차이가 있을 뿐이지 어차피 그들 모두는 죽게 될 것임을 인지하고 있었던 것이다.

일말의 희망도 없는 최악의 상황이지만 그들은 의연함을 잃지 않기 위해 서로를 독려했다.

굴욕과 절망 때문에 자결하는 것은 문규로 금지되어 있기에 함부로 죽을 수도 없었다. 숨이 붙어 있는 한 최후까지 살아남아야 하는 것이 사해문의 이백 년 전통이었다.

이때 철창문이 열리며 혈사성 무사 몇이 들어섰다.

“나와라!”

그들은 손에 잡히는 대로 인질들 열 명을 끌어냈다.

풍천고검 노자광과 풍운사로는 부상을 당하고 무공이 제압된 상태라 묵묵히 지켜볼 수밖에 없었다. 그저 고통스럽지 않게 죽기를 바라는 것이 그들이 할 수 있는 최상의 바람이었다.

무사들은 열 명의 인질을 철창 앞에 나란히 무릎 꿇렸다. 인질들은 최후를 예감하고는 사해문 총단이 위치한 방향을 향해 고개를 조아렸다.

“사해문 천세!”

“형제들이여, 구천에서 지켜보겠소!”

성루에서 지켜보던 현후곤이 위엄있게 외쳤다.

“집행하라!”

참수를 담당한 혈사성 무사 하나가 귀두도를 번쩍 쳐들었다. 서걱 하는 소리와 함께 인질의 수급이 허공 높이 솟아올랐다. 목에서 뿜어진 피가 잔설 위에 뿌려지며 더욱 붉은빛을 발했다.

감옥 내에서 이를 지켜보던 인질들은 차마 동료의 죽음을 직시할 수 없어 모두들 눈을 감았다. 애써 죽음의 공포를 무시하려 했지만 절로 흘러내리는 눈물은 막을 수가 없었다.

무사들의 귀두도가 번득일 때마다 인질들이 차례로 목숨을 잃어갔다.

성루에서 굽어보던 현후곤이 쓴 입맛을 다셨다.

"사군아, 저런 버러지들을 모두 죽여야겠느냐? 그냥 본보기로 한두 놈만 죽이면 되잖아?"

현사군이 냉담하게 말을 받았다.

"아버님, 혈사성이 불과 십 년 만에 강북 무림의 패권을 잡게 된 연유를 아십니까?"

"그야 네 지략 덕분이 아니더냐? 물론 아비도 힘을 조금 썼지만."

"본 성의 방침은 엄격합니다. 우리는 두 가지 길만 제시해 왔습니다. 복종 아니면 죽음! 처음 몇 곳의 문파와 무림세가가 괴멸된 후 누구도 감히 우리와 맞설 생각을 하지 못했습니다. 한데 태백궁과 맞설 만큼 성장한 상황에서 한갓 사해문 따위가 도전해 왔습니다."

현사군은 멀리 오 리 밖에 이른 마차 행렬로 시선을 돌리며 말을 이었다.

"아버님도 아시다시피 사해문 놈들은 잡초처럼 끈질긴 놈입니다. 죽음을 두려워하지 않고 고문을 가해도 굴복하지 않습니다. 이런 놈들이 굳건하게 결속된다면 천하 최강의 문파로 성장하게 될 것입니다. 이백 년 전, 백도무림이 당시 풍운마제를 마왕으로 몰아세우고 사해문을 무림공적으로 규탄한 것도 저들의 무서운 잠재력 때문이었습니다."

"사해문이 그 정도란 말이냐?"

"사상 최강의 마단이라는 오행천조차 사해문을 굴복시키지 못했습니다. 놈들은 그저 고개를 숙일 뿐 결코 항복하지 않는 자들입니다. 이런 놈들은 오랜 기간에 걸쳐 잡초를 뽑듯이 제거해야 합니다. 몇 놈씩 지속적으로 죽임으로써 놈들의 재건 의지를 말살하고 공포와 두려움을 느끼게 해주어야 합니다."

현후곤은 다소 질린 표정으로 혀를 내둘렀다.

"인석아, 내 아들이지만 정말 네가 두렵다. 네가 냉정하기는 해도 이렇듯 피까지 차갑지는 않았는데 말이야."

현사군은 시리도록 푸른 하늘로 시선을 들어올렸다.

"맞습니다. 제 피가 이렇듯 차가워진 것은 세상에서 가장 교활하그 도도한 계집 때문입니다. 천하를 피로 씻는다 해도 제 가슴속의 분노는 사그라지지 않을 것입니다."

"알겠다, 아들아. 사해문 버러지들을 어서 처리하고 여산으로 가자꾸나."

현후곤은 멋쩍은 표정으로 지으며 목소리를 낮추었다.

"그리고 말이다… 요녀를 아비한테 주겠다는 약조는 꼭 지켜야 한다."

쐐애액!

귀두도가 번득이며 일곱 번째 인질이 목숨을 잃었다.

참수장에는 피비린내가 진동했다. 앞서 동료들을 보낸 세

인질은 입술을 꼭 깨물고 있었다. 죽음을 기다리는 것은 세상에서 가장 끔찍한 고통이며 공포였다. 차라리 첫 번째로 목숨을 잃었다면 살이 떨리고 심장이 터질 듯한 두려움은 없었을 것이다.

이때쯤 백무향이 이끌고 온 마차 행렬은 삼백 장 밖에서 멈춰 서 있었다.

마차에서 내려선 백무향은 제자들에게 지시를 내렸다.

"너희들은 여기 대기해 있다가 혈사성 놈들이 달아나면 속히 제자들을 구해라. 하지만 내게 불상사가 생기면 절대 나서지 말고 곧바로 귀환해라. 당분간 강북 무림을 떠나는 게 좋겠다."

향주 하나가 분연히 외쳤다.

"태상님, 저희는 죽음이 두렵지 않습니다! 최악의 경우 태상님과 함께할 것입니다!"

"글쎄 용기는 좋은데 그건 개죽음이야. 나중에 힘을 키웠다가 멋지게 복수를 해라. 그게 현명한 방법이다."

백무향은 단신으로 혈사성을 향해 달려갔다.

그러다 철창 감옥 앞에서 자행되는 참수형에 그는 눈을 번쩍 떴다. 끌려 나온 열 명의 인질 중 남아 있는 자는 이제 두 명에 불과했다. 혈사성 무사가 막 아홉 번째 인질의 목을 벨 순간이었다.

"멈춰라!"

　백무향이 득달같이 달려가며 외쳤지만 혈사성 무사는 가차없이 인질의 목을 베었다. 상전의 명만 받드는 것이 혈사성 무사들의 방침이었다.

　눈앞에서 사해문 제자의 목이 달아나는 광경을 본 백무향의 두 눈에 불똥이 튀었다.

　"이, 이놈들! 감히 본 문 제자들을 니들 마음대로 죽여?"

　혈사성 무사가 열 번째 인질을 향해 귀두도를 겨누었다.

　현사군 부자는 느긋한 모습으로 이를 지켜보고 있었다. 백무향에게 심리적인 충격과 혼란을 가하겠다는 것이 현사군의 의도였던 것이다.

　백무향이 빠른 속도로 날아들고 있었지만 거리는 아직 삼십 장 정도. 어떤 무공을 펼친다 해도 참수형을 저지하기는 불가능하다는 게 모두의 공통된 생각이었다.

　열 번째 인질의 목을 향해 귀두도가 떨어져 내렸다.

　순간 백무향은 뇌천검을 뽑으며 절정의 뇌천진기를 주입시켰다.

　"멈추라고 했지!"

　번― 쩍―!

　새파란 섬전에 검극에 뿜어졌다. 섬전은 활시위를 떠난 화살처럼 날아들며 참수를 집행하던 혈사성 무사의 가슴을 그대로 관통했다.

　"크아악!"

가슴이 뚫린 무사는 처절한 비명을 발하며 칠 장 밖으로 나가동그라졌다.

누구도 예상치 못한 신기에 혈사성 수뇌 급들의 표정이 심각하게 굳어졌다. 무려 삼십 장 밖에서 펼쳐 낸 무공으로 살상을 한다는 것은 듣도 보도 못한 절기였던 것이다.

현사군은 대번에 백무향의 무공 내력을 간파했다.

"뇌천십이식 중 벽천탄비섬(劈天彈飛閃)은 검기를 발출해 삼십 장 밖의 적을 죽일 수 있는 초식이라 하였습니다. 그저 전설로만 생각했는데 과연 사실이었군요. 아버님은 놈과 겨룰 때 각별히 조심하셔야 합니다."

현후곤은 자신의 가슴을 힘차게 두드렸다.

"걱정할 것 없다. 어차피 놈의 죽음은 결정되지 않았더냐?"

성곽을 박차고 몸을 날린 그는 크게 선회하며 백무향을 향해 날아갔다. 거대한 덩치답게 않게 날렵한 신법이었다.

백무향은 유일하게 살아남은 인질의 포박을 끌러주었다.

"움직일 힘은 있느냐?"

청년은 감격에 젖어 주르륵 눈물을 흘렸다.

"예, 태상님."

"구출대가 대기해 있으니 어서 뛰어가라. 나머지 제자들도 모두 구할 것이다."

"구해주신 은혜 백골난망입니다, 태상님."

청년은 정중히 예를 올리고는 멀리 대기해 있는 마차 행렬를 향해 절뚝절뚝 달려갔다.

이 순간 허공에서 내려서던 현후곤이 청년을 향해 언월도를 내려쳤다.

"어림없다!"

촤아악—!

지표면을 타고 뻗어나간 도기는 그대로 청년을 쪼개 버렸다.

그 모습에 백무향은 피가 싸늘하게 식는 듯했다. 차디찬 분노가 혈관을 타고 맹렬히 회전했다.

"이 잔악한 놈! 몸도 성치 않는 자를 꼭 죽여야 했느냐?"

"본 성의 포로를 누구 마음대로 풀어주려는 것이냐?"

"현후곤, 비겁하게 내가 없는 틈을 타서 기습한 주제에 어디서 큰소리냐?"

현후곤은 언월도를 어깨에 걸쳤다.

"네가 없었던 게 아니라 본 성의 공격이 두려워 달아났던 게지? 이제라도 늦지 않았다. 네놈이 뇌천검을 바치고 충성을 맹세한다면 너는 물론이고 저기 붙잡혀 있는 놈들 모두를 풀어주겠다."

백무향이 감옥으로 시선을 돌리자 노자광과 풍운사로가 철장을 부여 쥔 채 외쳤다.

"태상, 어서 피하십시오!"

“저희 말고도 사해문 제자들은 많소이다! 그들을 규합해 일전을 벌일 수 있소이다. 어찌 호랑이 굴에 단신으로 오신 것이오!”

“태상, 제발 존체를 보중하십시오!”

그들의 애절한 외침에 백무향이 태연하게 웃음 지었다.

“하하, 건재한 모습을 보니 다행이군. 추운데 고생이 많소. 잠시만 기다리면 따뜻한 술을 한잔할 수 있을 것이오.”

그는 노자광과 풍운사로의 애걸을 귀전으로 흘리고는 현후곤과 마주 섰다.

“이번에는 확실하게 결판을 내자고.”

“내가 할 소리다.”

“비겁하게 도망치기 없기다. 물론 끼어드는 놈도 없어야 하고. 특히 네 아들놈을 조심시켜.”

백무향의 지적에 현후곤은 내심 뜨끔해졌다.

‘이, 이놈이 이미 간파하고 있는 건가?

그는 은근히 자존심이 상해 성루 위의 현사명을 향해 전음을 보냈다.

“사군아, 아비 혼자 상대하겠다. 넌 나서지 마라.”

현사군도 백무향의 말을 들었기에 직감적으로 상황을 헤아릴 수 있었다.

‘맞아, 놈의 귀환에 맞춰 태백궁에서 사절이 찾아왔고 대규모의 구호물자가 제공되었다. 태옥교라면 내가 백병철기

보를 접수해 예사천궁을 차지했음을 알고 있을 것이다. 당연히 놈에게도 귀띔을 해주었겠지.'

그는 빠르게 생각을 굴리고는 전음으로 화답했다.

"아버님은 놈과의 대결에만 전념하십시오."

현후곤은 어깨에 걸쳤던 언월도를 비스듬히 비켜 들었다.

"백무향, 지난번에는 잠시 방심했을 뿐이다. 오늘 진정한 패왕도법을 보여주겠다."

백무향은 뇌천검을 뽑아 들고 기수식을 취했다.

"솔직히 기대는 하지 않는다. 그 실력이 어디 가겠어?"

지독한 모욕에 현후곤의 얼굴이 벌겋게 달아올랐다.

"크으, 이 찢어 죽일 놈!"

괴성과 함께 달려든 현후곤은 초장부터 절초를 퍼부었다.

"잠형폭(潛形暴)— 패강멸(覇罡滅)!"

콰아아아!

도기와 더불어 몰아치는 폭풍이 엄청났다. 백무향 역시 뇌천검법을 펼쳐 이에 맞섰다.

두 절세고수는 첫 번째 대결과 마찬가지로 탐색전도 없는 격돌을 펼쳤다. 전혀 예의를 갖추지 않는 대결 방식은 시정잡배와 다를 바 없었지만 그들이 펼쳐 내는 절기는 절대고수로서 손색이 없는 파괴력을 담고 있었다.

차차창—!

도검이 충돌하는 금속성이 잇달아 울려 퍼졌다.

대지는 검기와 도기에 패이고 하늘의 구름마저 쪼개진다. 사나운 폭풍이 사위를 휩쓰는 와중에 벼락과 번갯불이 작렬한다.

백무향은 현후곤의 패왕도법이 지난번 대결보다 확연하게 달라졌음을 피부로 느낄 수 있었다. 예전의 도법은 극강의 패력 일변도였는데 지금은 현란한 변화까지 겸비되었다.

그러나 그의 뇌천검법 역시 일취월장한 상태였다.

본의 아니게 벽라마원 벽옥정에 감금되는 바람에 그의 무공이 한 차원 높아질 수 있었다. 더군다나 고금 최강의 마공절기가 수록된 마황진경을 접하면서 무공에 대한 그의 안목이 새로운 경지에 이르게 되었다.

"야뢰비류섬!"

허공으로 비월하며 연속적으로 검기를 뿌려낸 그는 천근추 수법으로 떨어져 내리며 강력한 검강을 전개했다.

"파황벽뇌섬!"

파괴적인 위력의 검초가 해일처럼 현후곤을 덮쳤다.

현후곤은 순간적으로 정신이 아득해졌다. 상대의 변화무쌍한 환검과 겨루고 있다가 갑작스럽게 강공이 펼쳐지자 미처 대응하기가 난감했다.

한데 이때였다. 세상의 빛이 순간적으로 소멸되며 칠흑 같은 어둠으로 바뀌었다.

고오오오!

어디서부터 들려오는지 알 수 없는 괴음이 백무향의 귀를 강타했다.

'파옥전이다!'

본능적으로 위기를 감지한 그는 뇌천검법을 회수하고는 폭염마공을 운기해 두터운 호신강기를 펼쳤다. 그의 몸 주변으로 이글거리는 불꽃이 피어올랐다. 그러나 화살을 감지하기도 전에 한줄기 섬광이 그의 심장으로 파고들었다.

퍼억!

순간적으로 심장이 파열되는 고통에 백무향은 오 장 밖으로 나가동그라졌다.

한 대의 화살이 심장에 박혀 있었다. 화살이 날아든 기세가 얼마나 강력했는지 백무향은 바닥에 쓰러져 상태에서도 삼 장을 더 미끄러지고 말았다.

백무향은 가슴에 꽂힌 화살을 움켜쥔 채 사지를 부들부들 떨었다. 숨이 막힌 듯 눈알이 돌아가 흰자위가 드러났고 입에서는 거품이 흘러나왔다.

철창 감옥 안에서 지켜보던 노자광과 풍운사로는 절망감에 젖어 털썩 무릎을 꿇었다.

"오오, 이럴 수가! 파옥전이다!"

"크으, 태상!"

"비열한 놈들! 단신으로 찾아온 태상을 암습하다니!"

백무향을 물끄러미 바라보던 현후곤이 신경질적으로 바닥

을 내려쳤다.

"젠장, 왜 끼어드는 것이냐?"

현사군이 성루 위에서 몸을 날려 부친 옆으로 내려섰다. 손에는 한 자루 활을 쥐었는데 전체가 시꺼멓고 금빛 문양이 새겨져 있었다. 활시위는 금빛으로 보기에도 팽팽했다. 바로 전설적인 신병 예사천궁이었다. 현사군은 등에 전통을 매고 있는데 두 발의 파옥전이 담겨 있었다.

현사군은 공손하게 고개를 숙였다.

"송구합니다, 아버님. 제 손으로 놈을 죽이고 싶었을 뿐입니다. 아버님께서 친히 상대하기에는 부족한 자가 아닙니까?"

자신의 자존심을 한껏 세워주는 말에 현후곤은 노기를 해소했다.

"카하핫, 하긴 그렇지? 나이로 비교해도 너무 차이가 나고 말이다. 네 말대로 아비가 직접 상대할 놈은 못 되지."

그는 언월도를 어깨에 걸치고는 시선을 돌렸다.

"죽었을까?"

현사군이 단정적으로 말했다.

"물론입니다. 예사천궁에 파옥전을 걸어 쏘았으니 금강지체라도 죽을 수밖에 없습니다. 만일 살아난다면……!"

갑자기 그가 입을 다물었다. 실로 믿을 수 없는 괴변이 눈앞에서 벌어진 것이다.

죽은 줄로만 알았던 백무향이 스스로 가슴에 박힌 화살을 뽑고는 긴 한숨을 내쉬었다.

"후아… 심장이 멎는 것 같았어."

몇 번 심호흡을 그는 파옥전을 꺾어버리고는 벌떡 일어섰다.

"비열한 새끼, 그따위 활로 날 죽일 수 있을 것 같아?"

현후곤은 자신의 눈을 연신 비비고는 백무향과 아들을 번갈아 보았다.

예사천궁은 그저 활시위를 당겼다 놓는 것만으로 무형의 강기를 발출해 철석을 박살 낸다. 그런 활시위에 파옥전을 걸었으니 그 위력은 굳이 의심할 이유가 없었다.

한 가지 의아한 사실은 분명 파옥전에 적중되었지만 화살이 백무향의 몸을 관통하지 않았다는 점이었다. 화살촉 정도만 살짝 박힌 상태였고 화살을 뽑아냈지만 피 한 방울 흘러나오지 않았다. 그렇다면 백무향은 파옥전으로도 뚫을 수 없는 불침지체를 지녔음이 분명한 일이었다.

백두향의 회생에 노자광을 비롯한 사해문 제자들은 하늘의 축복인 양 감격해하였다.

한참 동안 백무향을 직시하던 현사군이 짤막하게 내뱉었다.

"천갑신의!"

백두향은 장삼 앞자락을 헤쳐 보았다.

"오냐, 얼굴만 뺀질뺀질한 놈아! 그나마 거북이 가죽에 꽂혔기에 망정이지 하마터면 죽을 뻔했어!"

현사군의 표정이 싸늘하게 굳어졌다.

"태옥교의 수작이로군. 내가 예사천궁을 지녔음을 알고 네게 천갑신의를 보냈구나."

"그래, 정말 똑똑한 여인이지?"

"어리석은 놈, 태옥교가 정말 똑똑한 계집이었다면 너의 출전을 만류했어야 옳았다. 내게는 아직 두 발의 파옥전이 남아 있고 이번에는 네놈의 머리를 겨냥해 쏠 것이다."

현사군은 뒤로 미끄러졌다.

"아버님은 안심하고 놈과 겨루십시오. 아마도 놈은 예사천궁에 대한 우려 때문에 제대로 검을 휘두르지 못할 것입니다. 어쩌면 제가 활을 쏘기도 전에 아버님의 패왕도법에 쓰러지게 될 것입니다."

현후곤은 입맛을 쩍 다셨다.

"오냐, 가급적 아비의 손으로 놈을 동강 낼 테니 너는 지켜만 보아라."

백무향은 그들의 괘씸한 소행에 부아가 치밀었다.

"이봐, 차라리 너희 부자가 한꺼번에 덤벼라. 이건 너무 치사하잖아?"

"뭐가 치사하다는 것이냐? 너는 본좌와 겨루는 것이고 내 아들은 그저 활을 겨눌 뿐이다. 너는 본좌와의 대결에만 신경

쓰면 된다.”

“방금도 기습적으로 활을 쏘았잖아?”

현후곤이 능청스럽게 말을 받았다.

“크흣, 내 아들이 예사천궁을 얻게 되어 한번 시험해 보았을 뿐이다.”

“젠장, 두 부자가 똑같군.”

“이놈아, 본 성이 왜 혈사성이겠느냐? 목적을 위해 수단과 방법을 가리지 않는 게 바로 사(邪)다.”

백무향은 기가 막힌 듯 건성으로 고개를 끄덕였다.

“인정해. 정말이지 뼛속까지 사악한 작자들이군.”

“카하핫, 이제야 알았다니 너무 멍청하구나!”

현후곤은 광소를 터뜨리고는 언월도를 내려쳤다.

“자, 이제 화끈하게 겨뤄보자!”

도기가 지표를 가르며 날아들자 백무향은 훌쩍 솟구치며 격돌에 대비했다.

하지만 한 번 예사천궁의 위력을 경험했기에 정신을 집중할 수가 없었다. 현사군이 빈 활시위를 당기는 것만으로 가슴이 덜컥 내려앉아 손발이 어지러워졌다.

그의 뇌천검법이 제대로 위력을 발휘하지 못하자 현후곤의 패왕도법은 보다 격렬해졌다. 언월도를 내려칠 때마다 폭풍이 피어오르고 지반이 흔들렸다.

차차창—!

격돌이 십 초를 넘어서면서 백무향은 은근히 짜증이 솟았다. 예사천궁에 대한 위협 때문에 정신을 집중하지 못하는 자신에 대해 화가 났고, 죽음이 두려워 제대로 싸우지 못하는 자신의 졸렬함에 더욱 분개했다.

결국 그는 현사군의 예사천궁을 무시하기로 마음먹었다.

'그래, 쏴볼 테면 쏴봐라. 까짓것, 죽기밖에 더 하겠어?

현실을 의연하게 직시한 그는 좌장을 내뻗었다.

"받아랏!"

화르륵―!

폭염마공이 전개되자 이글거리는 화염이 회오리를 일으키며 현후곤을 휘감았다.

"엇?"

현후곤이 놀라 언월도로 화염을 내려치자 백무향이 바싹 다가서며 쾌검으로 현후곤의 목을 노렸다.

차창―!

갑작스럽게 변화된 초식에 현후곤은 등등한 기세를 잃고 조금씩 뒤로 밀렸다. 타고난 괴력과 패왕도법을 터득한 그였지만 마정쌍제의 절기를 동시에 구사하는 백무향을 감당하기는 역시 무리였다.

대결을 지켜보던 현사군은 조용히 파옥전을 뽑아 들고 예사천궁의 시위에 걸었다.

'살려두기에는 너무 위험한 놈이다.'

그는 힘차게 활시위를 당겼다.

성루 위에서 노릴 때보다 훨씬 거리가 가까웠지만 표적을 백무향의 머리로 고정해야 했기에 신중을 기해야 했다. 예사 천궁에서 발사된 화살은 빛살처럼 빠르기에 표적만 정확히 겨누면 상대를 죽이는 데 예사천궁만 한 병기는 없다.

눈을 가늘게 뜨며 대결 상황을 지켜보던 현사군은 두 사람의 간즈이 다소 멀어지자 활시위를 놓았다.

이 순간 백무향의 고막으로 다급한 전음성이 파고들었다.

"위험해요!"

누구의 음성인지 확인할 겨를도 없었다.

백무향은 마황진경의 절기인 천마환영보를 펼쳐 무수한 분신을 만들어냈다. 수십 개의 분신이 난무하자 현후곤은 시야가 어지러워 정신을 차릴 수가 없었다.

그림자처럼 다가선 백무향은 현후곤의 거대한 덩치를 끌어안고는 한 덩이가 되어 회전했다.

고오오오—!

세상의 빛이 순간적으로 소멸되며 암흑 천지로 화했다. 그 속에서 눈부신 빛을 발하는 파옥전이 긴 궤적을 이끌며 날아들었다.

퍼억.

제대로 겨누기만 하면 실수가 없기에 파옥전은 이번에도 표적을 정확히 꿰뚫었다.

“커억!”

답답한 비명이 터지면서 파옥전에 의해 순간적으로 소멸된 빛이 되살아나며 장내의 상황이 드러났다.

놀랍게도 파옥전은 현후곤의 등판에 꽂혀 있었다.

그와 한 덩이가 되어 회전하던 백무향이 팔을 풀고 물러섰다. 현후곤의 등판을 관통한 파옥전은 심장까지 꿰뚫은 상태였다.

현후곤은 어처구니가 없는 듯 자신의 심장을 꿰뚫고 튀어나온 화살촉을 바라보았다. 비로소 죽음을 인식한 그는 곤혹스런 표정으로 현사군을 돌아보았다.

“아, 아들아……?”

피할 수 없는 운명

1

일 수유의 침묵.

마치 세상이 정지된 듯 아무런 소리도 들려오지 않았다. 엄청난 충격의 현장 앞에 가장 경악한 사람은 현사군이었다. 그는 입을 다물지 못했고 숨도 제대로 쉴 수가 없었다.

심장이 꿰뚫린 현후곤은 꼿꼿하게 옆으로 쓰러졌다.

쿠웅……!

산악이 무너지는 듯 지반이 진동했다. 그것은 혈사성의 견고한 성벽 일부가 와해되는 소리이기도 했다.

"아버님!"

현사군이 피를 뿜듯 외치며 달려왔다. 부친을 부둥켜안은 그는 맥을 짚고 생사부터 확인했다.

절명…….

이미 심장이 뚫렸기에 육신이 영혼을 떠났다. 부릅뜬 두 눈은 여전히 충격에 젖어 있었다. 사도 최강의 문파 혈사성의 성주로서 흑도맹주임을 자부하던 당대의 거인치고는 너무도 허무한 죽음이었다.

그것도 자식의 손에 의해 죽임을 당했기에 누구를 원망할 수도 없는 황당한 죽음이기도 했다.

"크으, 아버님!"

현사군은 부친의 가슴에 얼굴을 묻으며 비통한 눈물을 뿌렸다.

전혀 의도하지 않았지만 그의 손으로 부친을 죽인 셈이었다. 아비를 죽인 패륜아. 이제 그는 평생토록 그런 비난을 면치 못할 것이며 참담한 악몽 속에서 살아야 할 것이다.

부친을 눕힌 그가 벌떡 일어섰다. 백무향을 직시하는 그의 두 눈은 핏발이 곤두섰고 폭발적인 분노가 가득했다.

"으득, 이 교활한 새끼!"

백무향은 냉소를 치며 비아냥댔다.

"기분이 어때, 아비를 죽인 패륜아야. 그러기에 함부로 화살을 쏘면 안 되지. 날 죽일 생각이었으면 당당히 맞서야 옳았다."

현사군은 분노를 주체할 수 없어 몸을 덜덜 떨었다.

“이, 이럴 수는 없다. 네가… 어, 어떻게 예사천궁을 피해 낼 수 있었단 말이냐?”

“그게 궁금하다면 알려주지. 사실 네가 활을 쏘는 순간 누군가 경고를 해주더군.”

“경고라고?”

백무향은 주변으로 시선을 돌렸다.

“그라, 목소리가 아리따운 것으로 미루어 사내는 아니었다.”

두뇌 회전이 빠른 현사군은 순간적으로 상황을 직감했다.

“태옥교! 그… 그 계집이 와 있단 말이냐?”

이때였다. 푸른 하늘 위로 수십 발의 폭죽이 솟아올랐다.

퍼퍼펑—!

요란한 폭음이 터지기 무섭게 사방에서 우렁찬 함성이 울려 퍼졌다.

“와아아아!”

“태백정기— 탕마멸사!”

백색 경장을 입은 수백의 무사들이 혈사성을 에워싼 채 빠른 속도로 달려왔다. 바로 태백궁 사대전의 무사들이었다. 이각사전 중 금천각과 옥봉각을 제외한 사대전의 제자들이 모두 출동했으니 태백궁 전력의 팔 할에 해당되었다.

전혀 예상치 못한 대규모 기습에 혈사성 무사들은 경악과 충격을 금치 못했다. 수천 리나 떨어진 여산 태백궁에 있어야 할 사대전 무사들이 눈앞에 나타날 때까지 전혀 파악하지 못했다는 것은 중대한 실책이 아닐 수 없었다.

백무향 옆으로 하얀 피풍의를 두른 태옥교가 내려섰다. 전투를 위한 경장 차림이었지만 약간의 화장까지 했기에 그녀의 용모가 한결 돋보였다.

그녀는 현사군을 향해 공손히 예를 올렸다.

"유감입니다, 현 공자. 삼가 조의를 표합니다."

현사군은 뇌리 속에서 수백 개의 종이 한꺼번에 울리는 것 같았다. 그 종소리는 혈사성의 종말을 고하는 조종(弔鐘)이었다.

새파랗게 질린 그의 입술이 파르르 떨린다.

"네… 네가… 어떻게 여기까지?"

"현 공자가 본 궁에 심어놓은 첩자는 모두 체포됐습니다. 물론 그들의 암호문을 흉내 낸 가짜 정보를 계속 보냈기에 당신은 전혀 눈치 채지 못한 것이죠."

"이미… 본 성의 첩자까지 파악하고 있었단 말이냐?"

"……."

"그, 그래. 본 성의 성장 과정을 십 년 동안 지켜본 네가 모를 리 없었겠지."

현사군은 한 발 남은 파옥전을 예사천궁에 걸었다.

"결국 네년이 모든 것을 계획했구나. 백무향에게 천갑신의를 건넸고, 내가 두 번째 파옥전을 쏠 때 그것을 사전에 알려

준 것도 바로 너였어.”

태옥교는 백무향에게 눈길을 돌리며 공손히 목례를 취했다.

“소녀는 백 공자께 안전을 약조했습니다. 당연히 위험을 알려 드려야 했습니다.”

현사군은 그녀를 향해 활을 겨누었다.

“오냐, 네년의 잘난 머리는 인정하겠다. 하지만 네년은 결국 내 손에 죽을 수밖에 없다.”

백두향이 태옥교를 막아섰다.

“현사군, 나부터 쏘아야 하지 않겠나?”

그들 직시한 현사군의 두 눈이 갈등으로 흔들렸다.

“그, 그래, 감히 내 아버님을 살해한 네놈부터 죽이겠다!”

그러자 태옥교가 백무향 뒤에서 옆으로 비켜섰다.

“잘 생각해서 쏘아야 할 겁니다, 현 공자. 파옥전은 한 발 뿐입니다. 백 공자는 천갑신의를 입고 있기에 쉽사리 해칠 수 없습니다.”

그녀는 깃털처럼 둥실 떠올랐다.

“현 공자의 시신은 제 손으로 거두고 싶습니다.”

도운답공비를 펼친 그녀는 혈사성 배후에 위치한 망산 쪽으로 날아갔다.

현사군은 잠시 푸른 하늘을 응시하고는 결연한 표정을 지었다. 예사천궁을 비껴 멘 그는 현명칠사 중 네 명에게 돌아섰다.

"그대들은 아버님의 시신을 사왕전으로 모신 후 최후의 일인까지 싸우시오."

청령사가 무거운 어조로 진언을 올렸다.

"소성주, 본 성의 전력 칠 할이 출타한 상황이라 절대 이길 수 없는 싸움이외다. 일단 포위망을 뚫고 하남 지부로 피신하십시오. 출동해 있는 정예들을 규합하면 혈사성을 재건하기는 어렵지 않소이다."

"총단을 버리고 도주하라고?"

"소성주, 의지를 굳건히 하시오."

"청령사, 죽어도 도주하지 않는 것이 본 성의 율법이며, 그런 규정을 만든 사람이 나요."

둥실 떠오른 현사군은 허공을 밟고 섰다.

"태옥교를 죽인 후 돌아오겠소. 난 죽어도 혈사성 내에서 최후를 맞이할 것이오."

허공을 몇 번 밟는 사이 그는 망산을 향해 멀어져 갔다.

현명사사는 길게 한숨을 내쉬고는 현후곤의 시신을 둘러멨다. 그들은 성문으로 들어서며 결전을 지시했다.

"소성주의 지시다! 최후까지 싸워라!"

혈사성 무사들은 성문을 굳게 닫아건 채 성루 위에 늘어섰다. 옥쇄(玉碎). 비장한 죽음을 결정한 것이다.

태백궁 사대전주들은 총공격을 명했다.

"공격하라!"

정사대혈전.

현 무림의 정사를 대변하는 태백궁과 혈사성의 대결은 삼십 년 이래 최대의 격돌이었다. 그러나 혈사성은 성주가 죽는 충격으로 전의를 상실한 데다 예상치 못한 기습으로 전력상 절대 열세였다.

성곽을 사이에 둔 채 양측 무사들이 격돌하는 사이 백무향은 철창을 박살 내고 사해문주와 풍운사로를 비롯한 사해문 제자들을 구출했다.

그를 수행해 온 제자들이 인질들을 마차로 옮겨 옷과 음식을 제공해 주었다.

사해문은 본래 패권 다툼과 무관한 문파이기에 태백궁과 혈사성의 격돌에는 전혀 관여하지 않았다. 그동안 혈사성에 의해 엄청난 수모를 당해 복수라도 해야 했지만 백무향은 그조차 허락하지 않았다.

"어서 돌아가자. 우리가 끼어들 싸움이 아니다."

마차 행렬은 사해문 총단이 위치한 낙척산을 향해 달려가다.

백무향은 준마를 타고 마차 행렬을 따르며 망산을 바라보았다. 생각 같아서는 태옥교와 현사군의 대결을 구경하고 싶었지만 일부러 자리를 옮긴 태옥교의 의도를 헤아려 굳이 쫓아가지 않았다.

"누가 이길지 모르지만 한 명은 분명 죽겠지?"

강호의 일반적인 도리로 본다면 정파인 태옥교가 사파의 현사군을 응징하는 것은 당연한 일이다. 하지만 백무향의 관점에서 본다면 그것이 전혀 당연하지 않았다.

'그래도 정혼한 사이인데 꼭 죽여야 할까?'

그는 신비로운 매력을 지닌 태옥교를 떠올리며 고개를 흔들었다.

'정말이지 생긴 것답지 않게 무서운 계집이야.'

2

망산은 낙양의 북쪽에 위치해 있기에 북망산(北邙山)이라는 이름으로 더 많이 알려져 있다. 그다지 큰 산은 아니지만 예로부터 고관대작들의 무덤이 즐비했기에 죽음의 기운이 짙은 곳이다.

태옥교는 가파른 벼랑가에 서서 발아래 흐르는 북낙하(北洛河)를 내려다보았다. 황하의 지류 중 하나인 북낙하는 아직 본류에 합류하기 전이라 푸른빛을 간직하고 있었다.

그녀로서는 슬프지만 결단을 내릴 수밖에 없는 것이 현 상황이었다.

최근 들어 입수된 정보에 의하면 오행마단의 활발한 움직임이 곳곳에서 포착되었다. 이는 다섯 개 마단이 통합을 위한 분쟁을 벌이고 있음을 의미한다.

오형마단은 서로 상극의 무공을 지니고 있기에 어느 한 마단이 다른 마단을 병합하면 오행마단 전체를 아우르는 대통합을 이룰 수 있다. 오행마단의 대통합은 곧 오행천의 부활이었다.

무림 사상 가장 공포스럽고 강력했던 마단 오행천!

이미 백 년이라는 기나긴 세월이 흘렀지만 오행천의 존재는 당금까지도 가슴 떨리는 공포로 인식되고 있었다.

만일 오행천이 부활하면 수천, 수만이 목숨을 잃는 혈겁을 피할 수 없다. 태백궁이 무림정기를 수호할 유일한 세력이기에 자칫 내부의 적이 될 혈사성은 우선적으로 제거되어야 했다.

태옥교는 나직이 한숨을 쉬었다.

'현사군, 만일 당신이 조금만 날 이해해 주었다면 어찌 이런 비극이 있었겠습니까? 당신 부자는 태백궁과 함께 정사무림을 대표하는 위대한 방파로 천세에 그 영광을 남겼을 것입니다.'

그 순간 허공 저편에서 예리한 파공성이 울려 퍼졌다.

태옥교는 움찔 놀라 몸을 돌렸다.

'예사천궁?'

동시에 하나의 검은 그림자가 바닥에서 솟아오르며 그녀

를 막아섰다. 그녀의 비밀 호위인 잠령이었다.

잠혼은 날아드는 섬광을 향해 쾌도를 발출했다.

퍼엉!

쐐기형 섬광은 쾌도에 의해 쪼개지며 좌우로 스쳐 지나갔다.

현사군이 수림 저편에서 날아들며 재차 예사천궁의 활시위를 당겼다. 단지 활시위를 튕기는 것만으로도 쐐기형 강기가 발출되었다.

잠혼은 절정의 쾌도술을 발휘해 날아드는 쐐기형 강기를 모두 베어버렸다. 그의 쾌도는 쾌속하면서도 정확해 빛살 같은 강기를 베면서도 한 치의 실수도 없었다.

벼랑가로 내려선 현사군이 잠혼의 칼을 직시했다.

"패왕도?"

그러했다. 그녀가 태옥교로부터 모든 비밀을 전해 듣고 수치심에 내던진 패왕도를 잠혼이 지니고 있었던 것이다.

태옥교에 잠혼 뒤에서 모습을 드러냈다.

"그래요. 도황의 정기가 깃든 칼이기에 차마 버릴 수가 없었습니다."

현사군은 눈을 제외하고 온통 검은색 일색인 잠혼을 훑어보고는 안색을 굳혔다.

"무림정기의 화신이라는 태백궁에 실수 따위가 있을 줄은 몰랐군. 내 짐작이 틀리지 않는다면 이놈은 과거 광명신검에

의해 괴멸된 삼회칠문 중 은사회(隱死會)의 살수가 분명하
다.”

　태옥교는 굳이 부정하지 않았다.

　“과연 사도제일뇌답게 뛰어난 안목을 지녔군요. 하지만 은
사회는 괴멸된 것이 아니라 단지 살인 청부를 중단했을 뿐입
니다. 아직도 위험스런 존재로 남아 있지요.”

　“살수 따위를 네 호위로 삼을 정도면 사람 죽이는 솜씨가
보통이 아니겠군. 태옥교, 수년 이래 강호의 무수한 의협들이
의문의 죽음을 당했는데 그것이 이 살수의 소행은 아니더
냐?”

　“가당치 않습니다. 제가 왜 강호의 의협들을 해친단 말입
니까?”

　현사군은 가증스러운 듯 차갑게 내뱉었다.

　“네게 정사마(正邪魔)가 따로 있겠느냐? 태백궁에 위협이
되는 자들은 누구나 너의 적이겠지. 네가 혈사성을 제거하려
는 이유도 그 때문이 아니더냐?”

　“현 공자, 만일 소녀를 용서하시고 함께 오행마단을 상대
하려 했다면 위대한 천사성으로 남았을 것입니다.”

　“태옥교, 지금은 네 본색을 드러내도 좋다. 네 충성스런 개
를 제외하면 우리 둘뿐이니까. 내가 장담하건대 오행마단이
괴멸되면 다음 차례는 역시 천사성이었을 것이다. 넌 결코 영
광을 함께할 계집이 아니니까.”

태옥교는 잠시 그를 응시하다가 고개를 끄덕였다.

"역시 예리하군요. 아마 그럴지도 모릅니다. 하늘의 태양은 둘일 수 없으니까요."

현사군은 파옥전을 활시위에 걸었다. 그의 입가에 싸늘한 미소가 감돌았다.

"오냐, 이제 네 추악한 속셈을 확인했으니 네년을 죽이는데 추호도 망설일 이유가 없겠구나. 솔직히… 아직 너를 연모하는 마음이 내게 조금은 있었다. 하지만 이제는 깨끗이 널 잊을 수 있다. 네가 날 선택한 이유는 단지 날 이용하기 위함임을 확신했으니까."

태옥교는 예사천궁에 걸린 파옥전을 보자 다소 표정이 굳어졌다.

"꼭 그렇지는 않습니다. 현 공자는 제가 처음이자 마지막으로 사랑한 사내입니다."

"훗훗, 영광이군. 하지만 역겹구나. 너같이 추악한 계집이 날 연모했다는 것이 구역질난다."

현사군은 강렬한 살기를 발하며 활시위를 당겼다.

태옥교는 천천히 걸음을 옮겼다.

"현 공자, 냉철하게 생각하십시오. 파옥전을 날려 소녀를 죽일 순 있겠지만 당신 또한 죽게 될 것입니다."

"……?"

현사군은 비로소 잠혼의 존재를 떠올리며 급히 고개를 돌렸다.

잠혼은 그의 등 뒤 삼 장 거리에 서 있었다. 잠혼의 뛰어난 살수 능력을 감안한다면 그가 파옥전을 발사하고 돌아서는 순간 목숨을 잃게 될 것이다.

태옥교는 허리춤의 옥대를 매만지며 차분하게 말했다.

“예사천궁과 파옥전이라면 어느 한 명은 확실하게 죽일 수 있습니다. 하지만 누군가를 죽이고 자신도 죽는다면 무슨 의미가 있겠습니까? 선택 여하에 따라 당신의 생사도 바뀌게 될 겁니다.”

“…….”

심리전에 말려든 현사군은 현 상황을 심각하게 고민하게 되었다. 자신이 쏜 화살에 부친이 죽는 비극을 목격했을 때는 자신도 죽고 싶은 심정이라 백무향이든 태옥교든 어느 한 명을 죽이는 것만 생각했다. 자신의 생사에 대해서는 전혀 생각지 않은 것이다.

그러나 충격과 혼란에서 벗어난 지금은 생각이 달라졌다.

태옥교를 죽이고 자신이 살아난다면 천하의 주인이 바뀔 수도 있는 상황이었다. 광명신검 태무건이 폐관수련에 들어간 이상 태옥교가 태백궁의 절반일 수 있었다. 태옥교를 제거하는 것으로 태백궁을 와해시키고 혈사성이 패권을 잡는 것도 가능한 일이었다.

그렇다면 현 상황에서 살아야 하는 것이 최상의 선택.

그의 손에 쥐어진 예사천궁과 파옥전은 절대병기이기에 누구 하나는 확실히 죽일 수 있다. 문제는 누구를 먼저 죽여야 자신이 안전할 수 있느냐였다.

태옥교와 잠혼.

현사군은 두 표적을 놓고 깊이 고민했다.

태옥교와 잠혼은 선택권이 없었다. 누구든 먼저 움직이면 죽일 수밖에 없기에 현사군의 선택을 기다릴 뿐이었다.

결정의 순간은 그다지 길지 않았지만 태옥교로서는 마치 영원처럼 긴 시간이었다. 그녀로서도 엄청난 모험이기 때문이다.

마침내 결단을 내린 현사군은 신속하게 허리를 틀며 방향을 바꾸었다.

고오오오ㅡ!

그의 손끝을 떠난 파옥전이 한줄기 빛이 되어 잠혼에게로 날아들었다. 잠혼은 절정의 은신술을 펼치며 쾌도를 발출했다. 그러나 그 어떤 쾌도도 예사천궁에서 발사된 화살보다 빠를 수는 없었다.

파옥전은 그의 가슴을 그대로 관통했고 그는 맥없이 나가 동그라졌다.

현사군은 자신의 선택이 틀리지 않았음을 확신했다.

그에게 위협이 되는 존재는 태옥교가 아니라 잠혼이었다. 잠혼을 죽이면 태옥교는 충분히 상대할 자신이 있었다. 비록 파옥전이 없더라도 단지 활시위를 튕기는 것만으로 강기를 발출할 수 있기에 태옥교를 감당하기는 어렵지 않다 여겼다.

한데 잠혼을 향해 쏘고 몸을 트는 순간 한줄기 섬광이 그의 심장으로 파고들었다.

퍼억!

현사군은 눈을 부릅뜬 채 자신의 심장에 꽂힌 섬광을 직시했다.

그의 심장에 꽂힌 섬광은 연검이었다. 태옥교가 어느새 쾌검을 발출해 그의 심장에 연검을 꽂은 것이다. 연검은 요대에 숨겨져 있었기에 현사군은 그녀가 쾌검을 전개할 줄은 미처 예상하지 못했다.

식도를 타고 치솟은 피가 현사군의 입을 통해 흘러나왔다.

"크윽, 네… 네년이……?"

태옥교는 서글픈 미소를 지으며 나직이 말했다.

"내 쾌검술도 잠혼 못지않습니다. 당신은 누구를 선택하든 죽을 수밖에 없었어요. 그것이 당신의 운명이었습니다."

"나… 날 또 속였구나……."

"사군, 당신은 두 번의 기회를 잃었습니다. 첫 번째는 저의 간절한 애원을 저버렸고, 두 번째는 자신의 삶에 집착해 절 죽일 수 있는 기회를 놓친 것입니다."

현사군은 자조적인 웃음을 흘렸다.

"크훗, 그… 그래, 무조건 너부터… 쏴야 했었다……. 끝내 네년의 계책을 이기지 못했구나.”

“사군, 너무 원통해하지 말아요. 혈사성은 제 안배에 의해 세워진 단체입니다. 이제 그것을 제가 거둬들이는 것은 당연한 권리입니다.”

태옥교는 뜨거운 눈물을 쏟으며 그의 심장에 꽂은 연검을 뽑았다.

가늘게 뿜어져 나오는 붉은 피. 현사군은 자신의 피가 이렇듯 붉은 줄 처음 알았다. 가슴을 움켜쥔 그는 비틀비틀 뒷걸음질을 쳤다.

“오… 옥교, 네년은 정녕… 악녀다.”

그의 발이 허공을 디디며 몸이 중심을 잃었다. 가파른 벼랑으로 추락한 그는 유유히 흐르는 북낙하로 굴러 떨어졌다.

첨벙……!

그를 집어삼킨 북낙하는 아무런 일도 없다는 듯 황하를 향해 흘러갔다.

벼랑가에 서서 잠시 애도를 한 그녀는 잠혼에게로 달려갔다. 그의 맥을 짚은 그녀는 가슴의 상처 부위를 살피고는 겨우 안도의 한숨을 내쉬었다.

“아, 다행히 심맥은 다치지 않았어.”

파옥전에 관통된 잠혼이 즉사하지 않았다는 것은 기적이었다. 누구를 먼저 쏠까 갈등하던 현사군이 제대로 겨누지 못한 탓도 있지만, 잠혼은 인간 한계에 이른 수련을 거친 살수

답게 죽음의 순간 본능적으로 사혈이 관통되는 위기를 피해
낸 것이다.

태옥교는 자신의 옷을 찢어 잠혼의 상처를 칭칭 동여매 출
혈을 막아주었다.

"잠혼, 현사군이 당신을 먼저 겨냥할 줄 예상했어요. 당신
때문에 또 한 번 내가 살게 되었군요. 사군의 말대로… 난 정
말 악녀입니다."

그녀는 그를 업고는 예사천궁을 집어 들었다.

"백병철기보에 이 활을 돌려주면 그들 스스로 파옥전을 제
작해 놓을 거야. 훗날 쓸모가 있겠어."

도공답운비를 펼친 그녀는 수림 위로 빠르게 가로질렀다.

굳이 혈사성 공략에 그녀까지 합류할 필요는 없었다. 전력
상 혈사성 괴멸은 필연이었다. 지금은 잠혼을 치료하는 일이
더 시급했다.

잠혼은 그녀에게 있어 단순한 호위가 아니었다. 그녀의 또
하나의 분신이었던 것이다.

3

차차창—!

성주의 거처인 사왕전은 혈사성 내에서도 금역이었지만
지금은 온통 피와 시체로 뒤덮여 있었다. 외성과 내성을 돌파

당한 혈사성 무사들은 사왕전을 등진 채 마지막 혈전을 벌이고 있었다.

그러나 그들의 결사항전 의지는 태백궁 정예들의 공세에 너무도 터무니없이 허물어졌다.

태백궁 정예들은 신병과 보갑으로 무장한 상태였다. 그들의 강력한 신병은 혈사성 무사들의 병기를 동강내버렸고, 그들이 착용한 견고한 보갑은 혈사성 고수들의 권장지공을 팅겨냈다.

강북의 패자로 군림하며 한 시대를 호령해 왔던 혈사성 무사들은 비로소 자신들이 엄청난 착각 속에 살아왔음을 깨닫게 되었다.

가장 치열한 접전은 현명칠사 네 명과 태백궁 사대전주 사이의 대결이었다.

두 단체의 최고 수뇌들답게 그들의 일거수일투족은 풍운변색의 위력을 뿜어냈다. 무공 수위로 논한다면 사대전주가 다소 위였지만 죽음을 각오한 현명사사였기에 쉽사리 승부가 나지 않았다.

하지만 혈사성 무사들 대부분이 핏물 속에 쓰러지고 신병보갑으로 무장한 태백궁 정예들이 사왕전 주변을 에워싸자 현명사사는 허탈감에 빠져들었다. 더군다나 최후의 희망인 현사군마저 귀환하지 않자 운명을 받아 들일 수밖에 없었다.

"크윽!"

"허억!"

현명사사 중 두 사람이 병기에 적중돼 목숨을 잃었다. 오랜 세월 형제처럼 지내온 두 동료가 쓰러지자 청령사와 흑면사는 전의를 상실하고 병기를 거두었다.

생존해 있는 혈사성 제자는 그들 둘뿐.

청령사와 흑면사는 혈사성주의 시신이 안치된 사왕전을 향해 배례를 올렸다.

"성주, 더 이상 지켜 드리지 못해 송구하오이다."

"이제 구천에서 뵙겠소이다."

배례를 마친 두 사람은 서로의 심장을 향해 병기를 내질렀다. 적에게 죽느니 차라리 서로의 손에 목숨을 맡긴 것이다.

혈사성 괴멸.

이로써 십 년 동안 미뤄왔던 정사대전이 종결을 고하게 되었다. 정사대전은 태백궁의 완벽한 승리로 종결 지어졌고, 태옥교의 치밀한 지략이 또 한 번 빛을 발하는 순간이었다.

4

뚝딱뚝딱……!

사해문 총단은 곳곳에서 진행되는 복구 작업으로 어수선했다. 석물과 목재가 산더미처럼 쌓였고 흙을 지어 나르는 제자들은 구슬땀을 흘리면서도 웃음을 잃지 않았다.

혈사성이 괴멸되었다는 대사건이 천하에 알려지면서 구파 일방을 비롯한 무림세가와 강호백파에서 사해문 총단에 엄청난 구호물자를 제공해 왔다.

오래 세월 무림계에서 천시되어 왔던 사해문이 이렇듯 추앙을 받게 된 것은 대공녀 태옥교의 공식적인 포고 때문이었다.

사파의 맹주 격인 혈사성을 **괴멸시키고** 강호정기를 높일 수 있었던 것은 오로지 사해문 덕분이었습니다.

사해문의 태상문주는 단신으로 혈사성을 찾아가 혈사성주를 척살하는 경이적인 무공을 세웠습니다. 또한 사해문 제자들은 결코 굴복하지 않는 기개로써 혈사성 무리들의 간담을 서늘하게 만들었습니다. 태백궁은 그저 사해문의 뒤를 따랐을 뿐입니다.

총단이 참화를 당한 와중에도 굴하지 않고 혈사성 **괴멸에** 앞장서 혁혁한 공로를 세운 사해문 제자들의 의기와 투혼에 진심으로 존경을 표합니다.

다른 사람도 아닌 태백궁 대공녀의 포고였기에 이를 의심하는 사람은 없었다.

당시 혈사성 침공에 결정적인 수훈을 세운 태백궁 제자들이 입을 다물었기에 사해문이 혈사성 괴멸의 제일공신이 된 것은 당연한 결과였다.

　이어 각파에서는 사해문과 우호 증진을 위해 사절을 파견
하고 돈과 물자를 제공하였다. 사해문이 이렇듯 천하인들의
각광을 받기는 아득한 옛날 풍운마제에 의해 창건된 이후 처
음이었다.

　"좋다, 이제 거의 나은 것 같군."
　불쑥 들어서며 내뱉는 백무향이 한마디에 서문취는 화들
짝 놀라 침상에서 내려섰다.
　그녀의 얼굴 한쪽은 눈물로 흥건하게 젖어 있었다. 거울을
통해 애꾸에다 흉하게 일그러진 자신의 얼굴을 들여다보며
눈물을 짓고 있었던 것이다.
　"오셨습니까, 태상님."
　백무향은 침상에 걸터앉으며 거침없이 떠들어댔다.
　"네가 본래 빼어난 미인도 아니었잖아? 외눈박이가 되고
얼굴이 조금 상했다고 세상 다 산 것처럼 통곡할 건 또 뭐
야?"
　"태상님……."
　"물른 네가 처음부터 이런 몰골이었으면 아예 품을 생각도
없었겠지만 이미 품었는데 어떻게 해? 전에도 얘기했지만 네
가 사지 불구자라도 저버리는 일은 없을 테니 다시는 거울 따
위 보지 마."
　지독한 악담이었지만 백무향의 진심을 충분히 헤아린 서

문취는 감격에 겨워 털썩 무릎을 꿇었다.

"흑, 태상님."

그녀가 자신의 발등에 얼굴을 묻자 백무향은 그녀를 안아 옆에 앉혔다.

"난 약속을 지키는 사람이니 의심하지 마. 알았지?"

"예, 태상님."

백무향은 그녀의 어깨에 팔을 두르며 풍만한 가슴을 어루만졌다.

"그리고 보니 널 품어본 지가 제법 된 것 같군."

서문취는 얼굴을 붉히며 옷깃을 여몄다.

"아, 아직 회복되지 않았습니다. 게다가 아직 벌건 대낮입니다."

"상관없어. 그리고 감히 태상호법 처소에 누가 감히 들어오겠어?"

백무향은 그녀를 침상에 눕히며 노골적으로 수작을 부렸다. 한데 그의 장담을 비웃기라도 하듯 문주 노자광이 휘장을 헤치며 막사 안으로 들어섰다.

"태상, 이곳에 계십니까?"

그러다 한 몸으로 뒤엉켜 있는 두 남녀를 보고는 화들짝 놀라 밖으로 달아났다.

"요, 용서하십시오, 태상."

심기가 틀어진 백무향은 쓴 입맛을 다시며 몸을 일으켰다.

"젠장, 늙은이가 정말 눈치도 없군. 가만, 나보다 어리니까 한참 어린애가 맞는 건가?"

임시 막사를 나선 백무향은 애써 시선을 외면하고 있는 노자광을 닦달했다.

"그렇게 주변머리가 없으니까 여태 장가를 못 갔지."

노자광이 민망한 표정으로 연신 헛기침을 하자 백무향은 말머리를 돌렸다.

"한데 무슨 일이오?"

"태백궁의 대공녀가 면담을 요청해 왔소이다."

"태옥교가 직접 왔단 말이오?"

"그렇습니다."

"별일이군. 고귀한 대공녀께서 이런 누추한 문파를 다 찾아오다니."

백무향이 걸음을 옮기자 노자광이 풍운사로를 대동해 뒤를 따랐다.

태옥교는 대문파의 지존과 버금갈 높은 신분이다. 그녀가 타 문파를 방문하는 일은 극히 드물기에 사해문을 찾아왔다는 것은 이례적인 사건이었다.

광장 초입은 천하 각처에서 보내온 자재와 물자가 야적돼 있어 어수선했다.

사해문 당주들의 접대를 받고 있던 무림세가의 사람들은 태백궁 대공녀가 직접 예방을 왔다는 말에 모두 막사를 나와

그녀를 맞이할 차비를 갖추었다. 그들로서는 무림의 공주와
도 같은 태옥교를 직접 대면하는 것만으로도 영광이 아닐 수
없었다.

태옥교는 사대전주를 대동해 광장으로 들어섰다.

"대공녀를 뵙소이다."

"하하, 십전옥봉을 뵙게 되어 영광이외다."

무림세가의 제자들은 앞을 다투어 소속 문파를 밝히며 예
를 올렸다.

태옥교는 호의적인 미소를 지으며 포권으로 답례했다.

"반갑습니다."

무림세가의 제자들이 지나치게 가까이 다가서자 사대전주
가 나서 주의를 주었다.

"물러들 서시오. 대공녀께서는 사해문 태상문주를 예방하
러 오신 것이지 그대들을 접견하러 온 것이 아니오."

사대전주는 천하에 혁혁한 명성을 떨쳐 온 무림원로들이
기에 무림세가의 제자들은 목을 움츠리며 길 좌우로 비켜섰
다.

이때 백무향이 노자광과 서문취, 풍운사로를 대동한 채 광
장으로 들어섰다.

"하하, 어서 오시오. 대공녀가 이렇듯 찾아올 줄 알았으면
가마니라도 구해 바닥에 깔았을 것이오."

태옥교를 이렇듯 스스럼없이 대할 수 있는 사람도 드물 것

이다. 여느 사람이었다면 무례함을 꾸짖는 사대전주의 호통
을 들어야 했겠지만 백무향만큼은 예외였다.

"존엄하신 태상문주를 뵈오이다."

태옥교가 공손하게 예를 올리자 사대전주도 깊이 허리를
숙이며 정중하게 포권을 취했다.

"무림 영웅을 뵙소."

태백궁 최고 수뇌 급 모두가 고개를 숙이자 이를 대한 무림
세가의 사람들은 그만 입을 다물지 못했다.

백무향이 사도 최강의 고수라는 혈사성주를 격파했다는
풍문을 접하고도 의구심을 품은 것이 솔직한 심정이었다. 그
러나 태옥교를 비롯한 사대전주가 인정하고 예를 올렸다면
믿지 않을 수가 없었다.

한편 사해문 제자들은 눈물이 나올 만큼 뿌듯했다. 강호에
서 가장 천시되던 자신들이 이제 당당히 대문파의 제자로서
행세를 할 수 있게 된 것이다.

그들에게 있어 백무향의 존재는 하늘이었다.

백무향이 창건 조사인 풍운마제의 현신이라고는 누구도
인정하지 않았다. 이백 년 전의 사람이 되살아났다는 것은 도
저히 수긍할 수 없었기 때문이다. 하지만 백무향이 풍운마제
의 제자일 가능성에 대해서는 누구도 의심하지 않았다. 사해
문의 명성을 이렇듯 드높인 존재는 풍운마제 이래 그가 처음
이었던 것이다.

백무향은 멋쩍은 표정을 지으며 포권을 쥐었다.

"그만들 합시다. 난 이런 격식은 질색이오."

태옥교는 보석 같은 미소를 지으며 찬사를 아끼지 않았다.

"원치 않더라도 천하인들의 경배를 받으셔야 합니다. 태상문주께서는 당대 최고의 영웅이십니다."

"됐소. 한 번 더 영웅 운운하면 일부러 의협 몇 명을 죽여서라도 악당이 될 것이오."

백무향은 노자광을 돌아보았다.

"귀한 손님들이 찾아오셨는데 대접할 거라도 있소? 차라고 해봤자 나뭇잎처럼 씁쓸한 하급 차밖에 없고, 술이라고는 독하기만 한 죽엽청뿐인데."

"안심하십시오, 태상문주. 무림동도들이 보내온 구호물자 중에 쓸 만한 차와 술이 있소이다."

백무향이 다소 미간을 찌푸렸다.

"노 문주, 이곳은 사해문 총단이 아니오? 평소 우리가 먹고 마시는 것을 대접하는 것이 도리요. 무슨 말인지 아시겠소?"

가벼운 질책에 노자광은 비로소 백무향의 뜻을 헤아렸다.

"알겠소이다, 태상문주."

노자광은 풍운사로를 대동해 태백궁 사대전주를 임시 접견소로 안내했다.

백무향은 태옥교와 나란히 백무향의 처소인 태상각으로 향했다. 그의 거처가 가장 먼저 다시 세워졌지만 아직 칠이

마르지 않았고, 송진 냄새가 독하게 풍겼다.

두 사람은 창문을 활짝 열어놓고 마주 앉았다.

태옥교가 집기조차 제대로 갖춰 있지 않은 실내를 둘러보고는 잔잔한 미소를 지었다.

"직접 와보기를 잘했네요. 태상문주께 필요한 물품을 보내도록 하겠습니다."

"성의는 고맙지만 내게는 별반 필요치 않소. 지금까지 받은 것을 갚으려 해도 시간이 꽤나 걸릴 것이오."

"갚다니요?"

"당연하지 않소? 사해문이 비록 가난한 방파이지만 비렁뱅이는 아니오. 준다고 무조건 받을 수는 없소."

"사해문은 충분히 받을 자격이 있습니다."

"자격……?"

백무향이 살짝 눈썹을 치켜 올리자 태옥교는 창밖으로 시선을 돌렸다.

"세상에 공짜는 없습니다. 제가 사해문에 구호물자를 보낸 것은 정확한 계산에 의한 것이지 단지 호의 때문만은 아닙니다."

"어떤 근거로 계산한 것이오?"

"태상께서는 제게 혈사성을 넘겨주시지 않았습니까?"

"……?"

"혈사성 무리들은 제거되었지만 혈사성은 고스란히 남아

있습니다. 수백 채의 전각과 서른 개 창고에 가득한 양곡과 병기, 패물은 실로 어마어마합니다. 사해문과 저희 태백궁이 차지하기엔 너무 엄청날 정도이지요.”

백무향은 피식 실소를 짓고는 자신이 이마를 두드렸다.

“훗, 내가 오해를 했었군. 다급한 상황이라 구호물자를 덥석 받았지만 자존심이 다소 상한 것이 솔직한 심정이었소. 한데 대공녀 말을 들어보니 내가 부담을 느낄 하등의 이유가 없겠군. 혈사성 놈들에 의해 총단이 참화를 입은 이상 우리 사해문은 분배를 받을 자격이 충분해.”

“물론이지요.”

“난 계산이 어두우니 대공녀가 알아서 분배해 주시오.”

백무향은 장난스럽게 목을 긋는 행동을 취해 보였다.

“행여 뒷주머니를 찼다가는 이거요. 알겠소?”

“제가 계산에 아주 밝습니다. 마음먹고 뒷주머니를 차도 태상께서는 전혀 눈치 채지 못할 겁니다.”

“하하, 역시 십전옥봉은 못 당하겠군.”

백무향이 웃음을 터뜨리자 태옥교가 조심스럽게 물었다.

“그럼 이제 저의 지난 죄를 용서해 주시는 겁니까?”

백무향은 계수 별장에서의 일을 떠올리며 손을 내저었다.

“그 얘기는 그만둡시다. 나 역시 일방적으로 대공녀를 오해한 것 같아 미안했소.”

이때 인기척과 함께 서문취가 들어서자 백무향은 얼른 화제를 바꾸었다.

"현사군은 어찌 되었소?"

"운명했습니다."

태옥교는 숙연한 표정으로 지으며 한숨을 쉬었다.

"아마 평생 잊지 못할 아픔으로 남을 것입니다."

서문취는 두 사람의 잔에 차를 따라주고는 몇 걸음 뒤로 물러섰다.

태옥교가 감사의 표시로 목례를 취해 보이고는 넌지시 물었다.

"태상호법 되시나요?"

서문취는 머리카락을 늘어뜨려 얼굴 한쪽을 가리며 무뚝뚝하게 대답했다.

"그래요. 서문취라고 합니다."

"현사군과 단독 대결을 펼친 여전사라 들었어요. 사해문의 장래가 아주 밝습니다."

"그래도 어디 태백궁의 찬란함에 비하겠습니까."

노골적인 반감이 역력했다. 태옥교가 곤혹스러운 표정을 짓자 백무향이 탁자를 치며 서문취를 꾸짖었다.

"취, 어디서 함부로 주둥이를 놀려? 차 시중은 필요없으니 나가 있어!"

호된 질책에 서문취는 공손히 예를 올리고는 태상각을 나갔다. 백무향이 대신 비호해 주었다.

“워낙 배우지 못한 계집이니 대공녀가 이해하시오.”

그러다 차를 한 모금 들이켠 그의 표정이 황당하게 일그러졌다.

“뭐, 뭐야? 평소 마시던 차를 내오라고 했는데 어째 나뭇잎을 삶은 것 같군.”

태옥교는 차의 향기를 음미하고는 우아하게 차를 한 모금 마셨다.

“오룡차군요.”

“차가 맞기는 하는 거요? 내가 보기에는 취가 심통이 나서 대충 나뭇잎을 삶아 내온 것 같소.”

“아닙니다. 오룡차는 일반 찻잎보다 굵어 마치 나뭇잎을 띄운 것처럼 보일 뿐입니다. 오룡차는 복건 무이산의 차를 최고로 치는데 이것은 중품쯤 되는군요.”

백무향은 그녀의 해박한 지식을 익히 알고 있었지만 또 한 번 감탄하고 말았다.

“대단해. 정말 모르는 것이 없어.”

“과찬이십니다.”

태옥교는 담담히 미소를 짓고는 차를 한 잔 더 따랐다.

“계수 별장에서 태상께서 저와 안 좋게 헤어진 후 한동안 종적을 감추시는 바람에 몹시 걱정했습니다. 별일은 없으셨나요?”

“왜 없었겠소? 사실 그동안 벽라마원에 갇히는 바람에 한

동안 실종이 되었던 것이었소.”

“예에? 벽라마원에요?”

태옥교의 두 눈이 더할 수 없이 부풀어 올랐다. 그녀는 다소 충격에 젖어 멍하니 백무향을 응시했다.

“정녕… 벽라마원과 충돌이 있었단 말입니까?”

“충돌은 무슨… 그저 오뉴월 개 끌려가듯 잡혀갔을 뿐인데. 사실 황금성 놈들에게 쫓기지만 않았어도 그렇듯 쉽게 제압되지는 않았을 거요.”

“맙소사! 황금성의 마인들까지 출동했단 말입니까?”

태옥교는 하얗게 질린 채 손으로 이마를 짚었다. 깊이 숨을 들이켜 겨우 심기를 가라앉힌 그녀는 바싹 긴장한 표정으로 물었다.

“상세하게 말씀해 주십시오. 태상의 말씀 한마디 한마디에 천하의 운명이 걸려 있습니다.”

“뭐, 그렇게 중대한 일은 아니었소.”

백무향은 오룡차로 입을 적시고는 지난 두 달간 겪었던 일들을 장황하게 늘어놓았다.

산화희주였던 혈화지주 모민군과의 어쩔 수 없는 정사, 황금성주인 금강마존 율지환의 추격, 도주하던 중 벽라마원의 원주인 암흑항아 혈훼에게 포박, 사령독고에 중독돼 마황진경 수련을 강요받은 일, 탈출 후 반사귀선과의 대면, 소견을 구하기 위해 환희마궁을 방문, 지옥마부 두 혈공과의 일전,

환희마궁주인 소수마후의 최후, 귀환 도중 무을과의 일
전……

사건이 다소 복잡했기에 그의 얘기가 가끔 엉뚱하게 흐르
기도 했다. 그럴 때마다 태옥교는 한마디씩 던져 상황을 정리
해 주었고 백무향은 기억을 더듬어 겨우 이야기를 마칠 수 있
었다.

태옥교의 얼굴이 발갛게 상기되었다. 엄청난 흥분과 격동
으로 심장이 세차게 뛰었다.

백무향이 보고 겪은 모든 상황은 태백궁의 정보원 수백 명
이 십 년 동안 수집해 왔던 모든 정보를 합친 것보다 많은 진
실을 밝혀주었다. 만일 그 가치를 황금으로 환산할 수 있다면
태백궁의 모든 재화를 내주어도 부족할 것이다.

태옥교는 잠시 눈을 감으며 백무향의 모든 얘기를 뇌리에
새겼다. 머릿속에서 다시 한 번 전체 상황을 정리한 그녀가
몸을 일으켰다.

"태상께서는 얼마나 엄청난 사건을 경험했는지 미처 인식
하지 못할 겁니다. 너무도 중대한 정보를 일러주셨습니다. 어
떻게 감사를 드려야 할지 모르겠습니다."

그녀가 한쪽 무릎을 꿇으며 최상의 예를 표하자 백무향이
짜증스런 표정으로 손을 내저었다.

"어서 앉으시오. 난 격식 따위를 아주 싫어하는 사람이니
아예 호칭도 바꾸시오. 사실 대공녀가 지어준 뇌천공자라는

별호가 아주 마음에 들어. 태상이란 호칭은 정말 듣기 싫소.”

“사해문의 태상문주께 어찌 달리 호칭할 수 있겠습니까? 이는 사해문을 능멸하고 태상을 무시하는 결례입니다.”

“솔직히 난 억지로 태상문주가 된 것이오. 그동안 사해문을 지독하게 괴롭히던 혈사성도 괴멸되었으니 이제 태상문주직도 버릴 생각이오.”

백무향은 한 모금의 차로 입을 적시고는 빠르게 말을 이었다.

“사실 반사곡에서 귀선 노형을 만나고부터 생각이 바뀌었소. 귀선은 내가 만일 마정쌍제 중 한 사람의 현신이라면 뇌천검제에 가깝다고 했소. 그렇다면 난 절대 사해문의 태상이 되면 안 되오. 사해문 제자들은 뇌천검제를 원수로 생각하고 있는데 내 어찌 저들을 농락할 수 있겠소?”

태옥교는 신중하게 고민하다가 정중히 청했다.

“잠시만 더 사해문을 맡아주실 수는 없습니까? 백 공자께서 지금 태상 직을 내던진다면 사해문의 결속은 크게 와해될 것입니다.”

“혈사성 놈들한테 죄다 죽을 뻔한 수뇌들을 구해주었소. 이로써 내가 과거의 풍운마제에게 해를 입힌 보상은 한 셈이오. 난 더 이상 패권 다툼에 개입하고 싶지 않소.”

“백 공자의 정혼녀인 소견 낭자를 구하기 위해서라도 태상 직을 유지하셔야 합니다. 오행마단은 차라리 환희마궁을 주축으로 통합을 이루는 편이 낫습니다.”

백무향은 정색을 하며 고개를 저었다.

“그리 놔두지는 않겠소. 오행천을 통합하면 분명 마도천하를 이루려 할 텐데 그리되면 소견은 빼도 박도 못하고 대마녀로 지탄을 받게 될 것이오. 난 소견이 대공녀와 싸우는 것도 원치 않소.”

태옥교는 너무도 생각할 것이 많아 더는 권하지 않았다. 자리에서 일어선 그녀가 먼저 작별을 고했다.

“중대한 정보를 제공해 주셔서 정말 고맙습니다. 아무래도 백 공자는 오행마단과 깊은 연관이 있는 것 같습니다. 짧은 시간에 오행마단 중 네 곳을 두루 경험하기란 불가능에 가깝죠. 저들이 백 공자를 필요로 하는 만큼 백도무림 또한 백 공자의 존재가 절실합니다.”

“나한테 많은 기대는 하지 마시오.”

백무향은 협탁 위에 놓인 꾸러미를 그에게 건넸다.

“가져가시오.”

태옥교는 그것이 천갑신의임을 대번에 알 수 있었다.

“제가 드린 선물입니다.”

“앞으로 오행마단과 싸우려면 옷 속에 입어두는 편이 좋을 거요. 아니면 당신의 그림자 호위한테 주던가.”

“저는 받을 수 없습니다.”

“받아야 하오. 대공녀의 지나친 호의가 오히려 날 더 부담스럽게 만드니까."

백무향의 완곡한 모습에 태옥교는 어쩔 수 없이 천갑신의
를 받아 들었다.

"그럼 소중히 사용하겠습니다."

태옥교 일행은 수행해 왔던 무사들을 이끌고 낙척산을 떠
났다. 그 호물자를 운송해 온 무림세가의 사람들도 거듭 우호
를 확인하고는 돌아갔다.

자신의 처소로 돌아온 백무향은 대뜸 서문취를 호출했다.

"먼 길을 떠나야 하니 짐 싸."

"어디를 가시려 하십니까?"

"내가 그런 것까지 너한테 일일이 보고를 해야 돼?"

"아, 아닙니다."

백무향은 넌지시 그녀의 마음을 떠보았다.

"혹시 동행할 마음 있으면 네 짐을 함께 꾸려도 돼."

서문취의 표정이 환해졌다.

"아, 태상님."

"넌 이만 나가 보고 문주와 풍운사로를 들여라."

"알겠습니다."

잠시 후 노자광과 풍운사로가 태상각으로 들어섰다.

"앉으시오."

그들에게 자리를 권한 백무향이 일방적으로 통보했다.

“태상문주 직을 그만두겠소. 태상문주가 없으니 태상호법도 필요없을 테니 서문취는 내가 데려가겠소.”

느닷없는 통보에 노자광과 풍운사로는 혹시 자신들이 잘못 들었나 싶어 멀뚱멀뚱 서로를 바라보았다.

백무향은 소탈한 웃음을 터뜨렸다.

“하하, 별 이의가 없는 것을 보니 나도 마음 편하게 떠날 수 있겠군. 그래도 잠시나마 한솥밥 먹은 정리는 잊지 않겠소.”

그가 몸을 일으키자 노자광과 풍운사로는 일제히 바닥에 부복했다.

“태상!”

“차라리 저희들을 죽여주소서!”

백무향은 의아한 눈빛으로 그들을 둘러보았다.

“왜 날보고 당신들을 죽여달라는 거요?”

노자광이 침통한 모습을 대답했다.

“속하와 풍운사로가 총단을 지키지 못하고 끌려가 갖은 수모를 겪었으니 이는 사해문의 명예를 더럽힌 굴욕이외다. 차라리 태상께서 직접 본 문을 이끌어주십시오.”

“노 문주, 사해문이 내가 몸담을 문파라도 되는 거요?”

“태상…….”

“당신들은 여전히 내가 마정쌍제 중 누군가의 현신이라는 사실을 믿지 않아. 그저 풍운마제의 제자 정도로 생각하겠지. 하지만 미친 소리 같지만 난 절대 풍운마제의 제자가 아니오.

그동안 알아본 결과 내가 뇌천검제의 현신일 가능성이 높소. 내 신분이 그렇다면 절대 사해문의 태상문주가 될 수 없소. 그것이 이유이니 더는 거론하지 마시오.”

백무향이 이백 년 전의 과거를 들먹이며 사퇴를 고수하자 노자광과 풍운사로는 뭐라 반박할 수가 없었다.

그의 말대로 그들 누구도 백무향이 마정쌍제의 현신이라고는 생각지 않고 있었다. 그건 세상의 이치상 도저히 불가능하기 때문이다. 한데 그가 뇌천검제임을 확신하며 태상문주직을 내던지자 어떻게 대처해야 할지 판단이 서지 않았다.

노자광이 깊은 고민 끝에 입을 열었다.

“태상, 만일 태상께서 뇌천검제가 아니라 풍운마제의 현신이라면 다시 본 문으로 돌아오실 겁니까?”

“글쎄, 내가 뇌천검제임을 확신하다 보니 아직 거기까지 생각해 보진 않았소. 하지만 내가 풍운마제 당사자라면 과거에 내가 창건했던 사해문을 나 몰라라 할 수는 없지 않겠소?”

“그러시다면 태상의 과거 내력이 확인될 때까지 태상문주로 남아주십시오. 태상께서 진짜로 뇌천검제의 현신이라면 그때 물러나셔도 늦지 않습니다.”

백무향은 뇌천검을 등에 메며 단호하게 말했다.

“사해문은 이제 자립할 환경이 조성되었소. 내가 설사 풍운마제의 현신이라 해도 사해문 태상으로 돌아올 생각은 없으니 더는 만류하지 마시오.”

“태상……”

“그러나 지켜보기는 할 것이오. 이백 년을 유지해 온 문파가 과연 전통을 지킬 수 있을지, 아니면 그 운세가 다해 와해될지는 당신들 하기에 달려 있소.”

백무향은 평소답지 않게 엄한 표정으로 자신의 심정을 토로하고는 태상각을 나섰다.

노자광과 풍운사로는 여전히 부복한 채 자리를 지켰다.

태상문주의 전격적인 사퇴는 사해문에 있어 엄청난 충격이었다. 혈사성 괴멸에 사해문이 제일공신으로 평가된 것도 백무향 덕분일 뿐 그들은 아무런 공도 세우지 못한 것이 사실이었다. 하기에 백무향의 이탈은 사해문의 부흥에 있어 치명적일 수밖에 없었다.

그러나 백무향이 뇌천검제의 현신을 자처하는 이상 절대 그를 붙잡을 순 없다. 뇌천검제는 그들의 창건 조사인 풍운마제의 원수가 아니던가.

오랜만에 노자광이 긴 한숨을 내쉬며 입을 열었다.

“태상은 떠나셨지만 우리는 태상의 말씀을 깊이 명시해야 하오. 단지 생존만이 능사가 아니라 어떻게 살아가느냐가 더 소중함을 깨달아야 할 것이오. 이제부터 우리 사해문은 뼈를 깎고 살을 저미는 아픔을 겪어서라도 과거의 영광을 재현해야 하오.”

풍운사로 중 대로(大老)가 힘찬 음성으로 동조했다.

"둔주의 말씀이 옳소. 우리는 여태 과거에만 얽매어 풍운성제의 후계자만을 기다리고 있었소. 스스로 개선하고 노력할 생각은 하지 않고 과거의 영광에만 심취해 있었던 것이 사실이오. 이제라도 우리는 스스로 지킬 힘을 길러야 하오. 풍운성제의 높으신 뜻은 외부에서 내려오는 것이 아니라 내부에서 만들어야 하는 것이오."

"그렇소, 대로."

몸을 일으킨 노자광은 풍운사로와 함께 태상각을 나섰다. 백무향과 서문취는 이미 산을 내려간 후였다.

노자광은 두 손을 모으며 하늘을 올려보았다.

"타상께서는 분명 풍운성제의 현신이십니다. 저희들의 우매함을 깨우쳐 주시기 위해 잠시 강림하신 것이지요. 저희는 그저 감격할 따름입니다."

그가 정중히 절을 올리자 풍운사로도 함께 부복배례했다.

"삼가 개파조사 풍운성제님의 뜻을 받들겠나이다."

다각다각……!

두 필의 말이 낙수를 따라 달려가고 있었다.

백무향을 수행하게 된 서문취는 감격과 흥분으로 얼굴이 상기돼 있었다. 그가 자신을 저버리지 않겠다고 말했지만 솔직히 관신반의했었다. 한데 함께 길을 떠나게 되자 눈물이 흐를 만큼 감동을 받았다.

백무향은 그녀의 심정은 아랑곳없이 실없는 소리를 했다.

"갈 길은 먼데 혼자 가기는 너무 심심하잖아? 밤에도 잠자리가 허전할 테고 말이야."

서문취가 조심스럽게 물었다.

"행선지가 어디세요?"

"세상 밖이야. 일단 혈훼의 추적권에서 벗어나야 돼. 재수없게 그 마녀를 만나게 되면 벽라마원으로 끌려가게 될 테니까."

"정한 곳은 있으세요?"

"물론 있지."

백무향은 채찍을 들어 남쪽 하늘을 가리켰다.

"십만대산!"

악령의 부활

1

혈사성은 와해되었지만 그들이 십 년에 걸쳐 세웠던 성곽과 전각은 고스란히 남아 있었다. 처절한 혈투의 현장은 말끔히 청소되었고 불타고 파손되었던 시설은 보수되면서 새로운 모습으로 탄생되었다.

태백별궁(太白別宮)!

태옥교는 여산으로 귀환하지 않고 사대전 중 사백여 제자를 상주시켜 태백별궁을 창설하는 데 주력했다. 이는 여산 외에 지부를 두지 않고 제자를 일천 명으로 제한하겠다는 광명신검의 공언을 위배한 행위였지만 누구도 태옥교의 결정에 이의를 제기하지 못했다.

십 년 이래 강북 무림은 급속도로 성장한 혈사성에 의해 참담한 굴욕을 당해야 했었다. 전통의 소림과 무당까지 혈사성과의 정면 승부를 회피할 정도였던 것이다.

그런 혈사성을 격파하고 백도천하를 이룩한 태옥교에게 누가 감히 광명신검의 공언을 거론할 수 있겠는가.

태옥교는 사파의 반발을 의식해 혈사성주 현후곤의 장사를 후히 치러주었다. 또한 현사군의 묘소 앞에서는 소복을 입고 사흘 동안 애도하며 과거의 정인이었음을 인정하였다.

이런 일련의 유화책 덕분에 혈사성 잔당들의 반발을 크게 약화시킬 수 있었다.

이 모든 것이 태옥교의 치밀한 계산이었지만 이를 간파한 사람은 없었다. 어쩔 수 없이 현사군과 대결해야 했던 비극의 여인을 그저 동정과 안타까움으로 바라볼 뿐이었다.

장례를 마치고 태백별궁으로 귀환한 태옥교는 소복을 벗고 본래의 옷으로 갈아입었다.

그녀는 과거 현후곤이 사용했던 사왕전을 십전각(十全閣)으로 새로 명명해 자신의 처소로 삼았다. 방대한 강북 지부를 한눈에 내려다볼 수 있는 십전각은 군왕의 처소처럼 화려하고 웅장했다.

태옥교는 누각에 올라 태백별궁을 내려다보며 회심의 미소를 지었다.

‘이건 내 힘으로 이룬 산물이다. 아버님은 위대한 태백궁을 탄성시켰고 난 이 태백별궁을 만들었다. 강남의 본궁과 강북의 별궁은 독자적으로 성장해 결국 천하는 태백궁이 지배하게 될 것이다.'

그녀는 지그시 눈을 감은 채 세상을 품듯이 양팔을 벌렸다. 어렸을 적부터 철저한 자기 관리를 통해 추진해 왔던 태백궁 천하가 이제 최후의 단계만 남겨놓고 있었다.

한데 그때 사방에서 들려오는 웃음소리가 그녀의 고막을 강타했다.

"헤헤헷, 정말 실망이오. 고작 손바닥만한 혈사성을 움켜쥐고 세상을 지배한 듯 감격해한단 말이오?"

속내를 들킨 태옥교의 두 눈에 은은한 살기가 감돌았다. 그러다 이내 감정을 가슴 깊이 감추며 두 손을 모았다.

"오셨군요, 무을 도승."

"쳇, 너무 빨리 알아맞히면 재미가 없지 않소?"

투정 섞인 말과 함께 무을 도승이 누각 난간 위로 걸터앉았다. 그는 호리병의 술을 홀짝 들이켜고는 불만에 차서 내뱉었다.

"태백궁 사대전이 나서서 혈사성을 괴멸시킨 줄은 세상이 다 아는데 왜 구태여 백무향 같은 악당을 무림 영웅으로 만든 것이오?"

"사해문 태상문주를 왜 악당이라 하십니까?"

"사해문은 백도가 아니지 않소? 그들은 박쥐와 같은 회색

일 뿐이오. 그런 자들의 태상인 백무향 역시 내력을 알 수 없는 회색이니 당연히 악당이 아니겠소? 그가 의인이거나 협사였다면 자신의 내력에 대해 보다 분명하게 밝혀야 했소.”

태옥교는 잔잔히 미소를 머금으며 난간에 기대 섰다.

“도불쌍절의 제자로서 뇌천공자와의 비무에서 패했으니 몹시 자존심이 상했겠지요. 그렇다고 혈사성주를 죽인 뇌천공자를 비하해서는 안 됩니다. 그가 열협은 아닌 것은 분명하지만 결코 악당도 아닙니다.”

“누가 패했다는 거요? 십 초를 겨루기로 했는데 마지막 일 초가 남았으니 아직 승부가 난 것은 아니오.”

“그런가요? 소녀의 짐작이 틀리지 않는다면 아마 최후의 일 초 대결은 절대 이루어지지 않을 겁니다.”

무을은 곱지 않은 시선으로 그녀를 쏘아보았다.

“혹시… 대공녀가 그자를 좋아하는 것은 아니오?”

“뇌천공자는 천하가 인정하는 무림 영웅이 아닙니까? 제가 연모하기에도 과분한 분이세요.”

“설마… 그자와 벌써 깊은 관계를 맺었단 말이오?”

태옥교는 부인도 시인도 하지 않았다.

“마음이 중요하지 남녀가 살을 섞는 게 그렇게 중요한 건가요?”

“당연하지 않소? 대공녀가 만일 방탕한 계집이었다면 내가 이렇듯 몸 달아하겠소? 아무리 예쁜 용모를 지녔어도 음탕한 계집은 질색이오. 여자는 모름지기 정숙해야 돼."

"도불쌍절께서는 세속의 격식을 초월하셨는데 그 제자는 아직 미숙하군요. 정숙해야 되는 것은 여자만이 아닌데 말입니다. 승려이자 도사이기도 한 무을 도승께서 과연 정숙함에 대해 거론할 자격이라도 있나요?"

그녀의 예리한 지적에 무을은 공연히 헛기침을 했다.

"허, 허엄. 내가… 몸은 몰라도 마음은 정숙하오."

"소녀는 몸과 마음이 다 정숙합니다."

태옥교의 단호한 어조에 무을은 장난기를 지우며 합장을 했다.

"빈도의 무례를 용서하시오. 대공녀의 정숙함을 추호도 의심하지 않소."

그가 사과하자 비로소 태옥교는 안색을 펴며 그를 탁자로 안내했다.

"앉으세요."

자리를 권한 그녀가 차를 따라 그에게 건넸다.

"뇌천공자를 혼내주겠다고 나선 도승이 소녀를 찾아온 것으로 미루어 부탁이 있나 보군요."

"부탁은 무슨."

무을은 정색을 지으며 차를 한 모금 마셨다. 하지만 그는 워낙 단순한 성격이라 자신의 감정을 오래 숨기지 못했다.

"사실… 한 가지 궁금한 게 있어서 찾아왔소."

“말씀해 보세요.”

“대체 백무향은 어떤 자요? 세상에 떠도는 풍문대로 이미 이백 전에 죽어 해골이 된 마정쌍제의 현신이라는 말이 가능하기나 하오?”

태옥교는 소리없는 미소를 지었다.

“세상에서 가장 어려운 질문이군요. 소녀가 맞다고 하면 미친 계집이 될 것이고 만일 아니라고 하면 진실을 외면하는 어리석은 계집이 될 것입니다.”

무을은 눈을 휘둥그레 떴다.

“지금 진실이라고 했소? 그렇다면 그자가 사기꾼이 아니란 말이오?”

“판단은 무을 도승께서 하세요. 하늘과 땅이 생겨난 이래 처음 있는 일이기에 소녀도 솔직히 혼란스럽습니다.”

“아미타불… 무량수불!”

무을은 눈알을 데굴데굴 굴리며 입술을 곱씹었다.

아무리 생각해도 이해가 되지 않는 듯 그는 혼자서 중얼거리다가 연신 고개를 흔들었다. 그러다 자신의 까까머리를 감싸 쥐고는 씩씩거렸다.

“말도 안 돼! 난 절대 믿을 수 없어!”

태옥교는 그의 감정 변화를 즐기며 차를 한 모금 마셨다.

“편하게 생각하세요. 그가 전대의 쌍제 중 한 사람이면 어떻고 아니면 또 어떻습니까? 사실이라면 세상의 오묘한 섭리

이고 만일 거짓으로 판명되면 그저 한바탕 웃음거리로 끝날
것입니다."

"대공녀야 그렇게 말할 수 있지만 빈도는 그렇지 않소."

"뭐가 그렇지 않다는 거죠?"

"난 사문의 명예를 걸고 그자와의 비무를 마무리 지어야
하오. 한데 그가 정말 뇌천검제나 풍운마제의 현신이라면 무
슨 수로 그자를 이길 수 있단 말이오?"

태옥교는 그의 의중을 손금 보듯 환히 꿰뚫고 있었기에 자
신의 의도대로 움직일 수 있었다.

"꼭 그렇지는 않습니다."

"아니라고? 그렇다면 내가 이길 수도 있단 말이오?"

"물론입니다. 도불쌍절은 천하삼성 이후 최강의 고수가 아
니셨습니까? 그분들의 절기가 이백 년 전의 절기보다 못할 이
유가 없습니다."

"하지만 그자는 뇌천검법과 폭염마공을 동시에 구사하기
에 정말 막강하오. 진짜 이백 년 전의 인물이라면 공력 또한
인간 한계를 넘어섰을 것이오."

무을이 한껏 기세가 꺾인 모습을 보이자 태옥교가 부드럽
게 그를 위로했다.

"도승 역시 불문과 도문의 최고 절기를 자유자재로 구사하
지 않습니까? 게다가 도불쌍절의 공력을 이어받아 가공할 내
공까지 보유하고 있습니다. 뇌천공자가 비록 이백 살이 훨씬

넘는 나이라 해도 그 나이만큼의 내공을 지니고 있지는 않습니다. 그의 젊은 모습을 감안하면 아마 시간이 정지된 상태로 이백 년의 세월을 보낸 것이 틀림없습니다.”

“그게… 가능하단 말이오?”

“확실한 것은 하나도 없습니다. 뇌천공자는 전무후무한 존재라 그 사례가 없으니까요.”

자리에서 일어선 무을은 주먹으로 자신의 손바닥을 탁탁 치며 누각을 거닐었다.

“그러니까 이백 년 동안 살아온 것이 아니라 그 세월 동안 잠들었다가 깨어났다, 이거 아니오? 그렇다면 인간 한계를 넘어서는 공력은 내 판단 착오로군.”

“뇌천진기와 폭염마공을 동시에 지녔다는 것이 경이롭지만 그 또한 불가능한 일은 아닙니다. 전설의 양심신공을 터득했거나 마교의 대법에 의해 몸의 반쪽에서 피가 거꾸로 흐를 경우 상극의 내공을 지닐 수 있지요.”

“그래, 달리 생각하니 겁낼 이유가 없잖아? 나도 도문과 불문의 절기를 터득했는데 뇌천검법과 폭염마공을 두려워할 이유가 없지.”

다시 자리에 앉은 무을이 술을 마시듯 거푸 석 잔의 차를 들이켰다.

“솔직히 내가 두 사부의 유지를 어기고 너무 빨리 하산하는 바람에 최강의 절예를 수련하지 못했소.”

“아, 그러셨군요.”

“한데 그 절기를 터득하기가 쉽지 않소. 두 사부가 살아 있을 때에는 구결도 해석해 주고 자세를 교정해 주어서 비교적 쉽게 절기를 터득할 수 있었는데 말이오.”

무을은 잠시 갈등하다가 슬며시 태옥교의 의중을 떠보았다.

“대공녀는 총명하니 혹시 나를 지도해 줄 수 있겠소?”

태옥교는 맑은 눈빛으로 그를 응시했다.

“도승을 도와드릴 수는 있지만 제가 도불쌍절의 절기를 도둑질하면 어쩌시렵니까?”

“하하, 무림제왕의 따님께서 설마 남의 절기를 훔치겠소?”

“소녀 역시 무림세가의 계집이라 무공에 대한 욕심이 많습니다. 너무 믿지 마십시오.”

“두 사부는 천하 모든 사람과 겨뤄도 좋지만 무절(武絶)과는 싸우지 말라고 하셨소. 무절은 남의 절기를 훔치는 데 귀신이라 겨루기만 하면 남의 절기를 흉내 낸다 하였소. 하지만 대공녀가 그럴 사람이라고는 생각지 않소. 천하삼성의 후계자인 광명신검의 절기도 엄청난데 구태여 내 절기를 훔치겠소?”

무을은 공손히 합장을 하며 정식으로 요청했다.

“지도를 부탁드리겠소, 대공녀.”

태옥교는 한동안 생각에 잠겼다가 조용히 입을 열었다.

“태백별궁 내에 쓸 만한 수련 장소가 있습니다. 태백무고에 비할 바는 못 되지만 외부의 방해를 받지 않는 곳이지요. 한데 남녀가 유별한데 그런 밀폐된 곳에서 함께 수련을 하기가……."

무을은 정색을 지으며 급히 불호와 도호를 외웠다.

"아미타불, 무량수불. 출가인의 몸으로 어찌 흑심을 품을 수 있겠소? 게다가 수련 시간 내내 함께 있는 것도 아니지 않소?"

태옥교는 의미심장한 미소를 지으며 그의 제의를 수락했다.

"알겠습니다. 미흡하나마 도승의 수련을 돕겠어요."

무을은 기쁨에 자신의 감정을 주체하지 못하고 양 볼을 붉게 물들였다.

"고, 고맙소. 빈도는 맹세코 딴마음 품지 않고… 오, 오로지 수련에만 전념할 것이오."

2

사파의 비술 중에 제령환혼대법(制靈還魂大法)이라는 것이 있다.

이 대법은 죽음의 순간에 혼령을 몸에서 떠나지 못하게 만드는 마교적인 사술이다. 최고의 경지에 이르면 무려 열흘 동안 혼령을 묶어둘 수 있으며 그 와중에 영약을 복용하거나 신의를 만나면 회생이 가능하다.

현사군은 태옥교의 쾌검에 심장 부위가 관통되는 치명상을 입었다. 워낙 심한 부상이라 이내 목숨이 끊어져야 정상이었다.

그러나 그는 숨이 넘어가기 직전 비장의 제령환혼대법을 펼쳐 혼령을 묶어두었다. 육체를 벗어나려던 혼령은 대법에 의해 떠나지 못하고 거의 호흡이 끊어진 그의 육신과 연결돼 있었다.

호흡이 정지되는 바람에 육신은 움직일 수 없었지만 혼령이 남아 있기에 그의 의식은 희미하나마 깨어 있었다.

낙수에 잠겨 떠내려가면서 그는 너무도 고통스러워 차라리 대법을 해소해 죽고 싶었다.

제령환혼대법은 자연의 법칙을 거역하고 혼령을 육신에 붙들어두기에 극심한 고통이 수반된다. 그 고통은 너무 지독해 대다수가 대법을 해소한 채 죽음을 맞이한다.

현사군 역시 점점 심해지는 고통을 이기지 못하고 회생의 희망을 버리려 하였다. 하지만 너무도 원통했다.

자신의 손으로 부친을 쏘아 죽이게 만든 백무향과 치밀한 계략으로 자신의 모든 기반을 앗아간 태옥교. 그들 둘을 죽이지 않고서는 눈을 감을 수 없었다. 곱게 죽이는 것은 복수라 할 수도 없다. 세상에서 가장 고통스런 방법으로 그들을 죽여 자신의 비통한 원한을 해소하지 않으면 죽어도 눈을 감지 못할 것 같았다.

일박서산(日薄西山)······.

태양이 서산에 걸려 핏빛처럼 붉은 노을이 세상을 물들였다. 하늘도 붉고 땅도 붉고 강물도 붉다. 유유히 흐르는 낙수는 그의 원한을 대변하는 듯 시뻘겋다.

석양 무렵 갑자기 서쪽 하늘에서 하나의 별이 눈부신 빛을 발했다.

불길함으로 가득한 붉은 별!

이렇듯 붉고 강렬한 별이 하늘에 나타났다는 것은 어떤 징조를 의미했다. 붉은 별에서 뿜어진 광채가 어느 한 지점으로 화살처럼 쏘아진다.

낙수에 잠겨 흘러가던 현사군은 아득한 절망 속에서 한줄기 희망을 보았다. 붉은 별에서 뿜어진 광채가 자신과 연결돼 있음을 직감적으로 느낀 것이다.

잠시 후 물소리가 들려왔다. 수레바퀴가 물에 잠겨 돌아가는 듯한 소리.

놀랍게도 한 대의 마차가 낙수를 거슬러 달려오고 있었다. 두 마리 준마는 물 위를 평지처럼 달렸고 경주용처럼 보이는 무개마차는 수면 위를 미끄러져 왔다.

어자석에는 금빛 광휘를 발하는 사람이 앉아 있었다. 눈부신 광휘에 가려 있어 모습이 분명치 않지만 군왕의 풍모를 지닌 중년인으로 보였다.

현사군은 그가 자신을 구해줄 사람임을 예감했다. 그가 누구인지는 중요치 않았다. 다만 자신이 회생할 수 있다는 것이 중요할 뿐이었다.

긴장이 풀리면서 그가 굳건한 의지로 유지하고 있던 제령 환혼대법이 풀렸다. 동시에 육신을 벗어나려는 혼령의 몸부림에 그의 전신이 와들와들 떨렸다. 극심한 고통과 함께 찾아오는 아득함…….

"흐으윽!"

현사군은 고통스런 신음을 토하며 눈을 번쩍 떴다. 제령환혼대법을 펼쳐 가까스로 목숨을 연명하고 있던 상황이 끔찍한 악몽처럼 생각되었다.

가쁜 숨을 몰아쉰 그는 몇 번 눈을 깜빡여 주변의 어둠에 적응시켰다.

일단 자신이 살아 있는지 확인하고 싶었다. 손을 움직여 자신의 가슴에 얹은 그는 몸통을 두툼하게 감싼 붕대를 만질 수 있었다. 심장 부위의 통증 때문에 숨을 쉬기가 다소 불편했지만 본능적으로 자신의 회생을 확신할 수 있다.

'살아났다! 내가 죽지 않고 살아났어!'

눈물이 나올 만큼 감격스러웠다. 이제 통쾌한 복수를 할 수 있다는 생각에 전율하듯 흥분하였다.

'아버님, 소자가 죽지 않았습니다. 태옥교 그 사악한 계집의 검에 찔리고도 제가 살아났습니다. 이것은 기적이 아니라

제게 주어진 운명입니다. 태백궁을 멸하고 혈사성을 재건하라는 하늘의 뜻입니다.'

그는 마음속으로 통쾌한 웃음을 터뜨렸다.

한 번의 삶은 실패했지만 또다시 주어진 삶에서는 절대 패하지 않을 자신이 있었다. 자신의 모든 패배를 극복할 수 있기에 원수들의 시체를 밟고 서 있을 자신의 빛나는 모습을 상상할 수 있었다.

아직 불편한 몸이지만 더는 누워 있고 싶지 않았다.

현사군은 힘겹게 몸을 일으켜 앉았다. 붕대로 감싼 심장 부위에서 칼로 베는 듯한 통증이 전해졌지만 이를 악물고 참았다.

금실로 짠 휘장을 통해 은은한 불빛이 보였다. 휘장을 걷고 침상 밖으로 나선 현사군은 자신의 눈을 의심했다.

보이는 모든 것이 금이었다.

등잔이며 장식장, 벽과 기둥, 바닥 전체가 황금과 백금으로 이루어져 있었다. 보석으로 수놓아진 꽃병의 꽃도 황금이었다.

혈사성을 창건하면서 엄청난 금은보화와 패물을 거둬들인 그였지만 이렇듯 방 전체를 보석과 금은으로 장식한 황금방은 꿈에도 생각지 못했다.

'대체 여기가 어디기에……?'

그는 가슴의 통증을 억누르며 천천히 걸음을 옮겼다.

그때였다. 방문이 활짝 열리며 강렬한 빛이 흘러들어 왔다. 현사군은 너무도 눈이 부셔 손으로 눈가를 가리며 인상을 찡그렸다.

강렬한 빛을 등진 채 한 사람이 황금 피풍의를 이끌며 안으로 들어섰다. 무릎을 전혀 굽히지 않았기에 마치 유령의 움직임처럼 보였다.

틀어 올린 상투 위에 작은 금관을 쓴 중년인.

신위가 빛나는 군왕의 풍모였다. 눈빛은 금석이라도 꿰뚫을 듯 강렬했고 입가에 맺힌 미소는 세상을 조소하듯 오만함이 느껴졌다.

"회복이 빠르구나. 보름은 지나야 할 줄 알았는데 닷새 만에 의식을 되찾았다."

잔잔한 저음이지만 한마디 한마디가 위엄이 깃든 어조였다.

현사군은 무형의 압박감을 애써 떨쳐 내고는 입을 열었다.

"당신이 날 구했소?"

"본좌가 널 치료해 준 것은 사실이지만 널 구한 건 하늘이다. 이십수 년 전 사라졌던 천랑성(天狼星)의 별빛이 본좌를 네게 인도해 주는 바람에 널 찾아낼 수 있었다."

"그렇다면 하늘이 날 살린 것이니 굳이 고마워하지 않아도 되겠군?"

현사군이 호기를 부리자 중년인은 낭랑한 웃음을 터뜨렸다.

"하하핫, 과연 천랑성의 기운을 받은 기재답게 당당하구나. 그렇지. 세상의 주인이 될 사람이 함부로 고개를 숙여서는 안 되지.”

“내가 누구인지 알고 있소?”

“물론이다. 사중뇌로 불리지만 스스로 오만에 빠져 태옥교에 의해 제거된 혈사성의 소성주 현사군이 아니더냐?”

“그러는 당신은 누구요?”

중년인은 뒷짐을 진 채 천천히 걸음을 옮겼다.

“본좌는 오행제일 황금성의 성주, 율지환이다.”

그러했다. 세상을 압도할 풍모의 중년인은 바로 금강마존 율지환이었다.

현사군은 눈을 부릅뜬 채 율지환을 직시했다.

“당신이… 오행마단의 대마두?”

“본좌에 대해 들어본 적이 있느냐?”

“조금은 들어보았소. 하지만 오행마단 모두가 저마다 오행제일임을 자처하니 황금성이 오행제일임은 인정할 수 없소.”

율지환은 싸늘한 미소를 지었다.

“파천마황님을 모셨던 오대마신 중 으뜸이 바로 본좌의 창건 조사인 황금마신이시다. 오행마단은 마땅히 본 성을 주축으로 통합되어야 하지만 저들은 선대의 약조를 저버리고 허튼 야망에 젖어 있다. 하지만 저들이 아무리 인정하지 않으려 해도 본 성이 오행제일임은 분명하다.”

그는 황금 피풍의를 이끌고 밖으로 향했다.

“나오너라.”

그를 따라 전각을 나선 현사군은 그만 입을 딱 벌리고 말았다.

계곡으로 둘러싸인 계단형 지형 위로 수백 개의 전각이 정연하게 세워져 있었다. 햇살에 비쳐 번쩍번쩍 빛을 발하는 황금 전각들이었다. 다른 것은 몰라도 어마어마한 재력으로 세상을 지배하기에 충분했다.

넓은 연무장에서는 황금 보갑을 걸친 수백 명의 전사들이 대련을 하고 있었다. 수백 자루의 병기가 충돌하는 금속성이 하늘을 찔렀고 쩌렁쩌렁한 기합성이 대지를 진동시켰다.

율지환은 연무장을 내려다보며 기운찬 어조로 말했다.

"현사군, 네가 본좌의 제자가 된다면 오행마단을 통합한 후 오향천을 부활시켜 천하를 지배할 수 있다. 넌 사상 최강의 대마황이 될 것이다."

현사군의 표정이 싸늘하게 굳어졌다.

"그 정도로는 부족하오."

"부족하다니?"

"내 가슴속 원한을 씻기 위해서는 세상을 피로 물들여야 하오. 태백궁을 괴멸시키고 강호백파를 짓밟을 것이오. 거역하는 자들은 모조리 죽일 것이며 특히 태옥교와 백무향, 두 연놈은 산 채로 살을 저밀 것이오. 내게 그런 능력을 주실 수 있겠소?"

"하하핫!"

　호탕한 웃음을 터뜨린 율지환이 현사군의 어깨에 손을 얹었다.

　"과연 천랑성체로다. 천랑성체는 친혈육을 죽이고 나서야 비로소 그 빛을 발한다. 과거의 현사군은 죽었다. 이제 너는 위대한 황금성의 제자로서 거듭나는 것이다."

　현사군은 깊이 숨을 들이키고는 율지환에게 부복배례를 올렸다.

　"제자 현사군이 사부님을 뵈옵니다."

　율지환은 그의 어깨를 감싸 쥐며 일으켜 세웠다.

　"사군아, 너는 본좌의 제자이기에 앞서 파천마황의 계승자이다. 오행마단이 통합되면 네 가슴속에 응어리진 한을 천하에 쏟아내라. 오행천은 해골과 핏물 속에서 진정한 빛을 발할 것이다."

　처절한 한을 품고 마황의 계승자로 거듭난 비운의 기재 현사군!

　그의 회생은 세상을 피로 물들일 악령의 부활이었다.

〈제4권으로 계속〉

다세포 소녀 원작 만화 출간!!

초등학생이 반드시 읽어야 할 좋은 책 49권

각 학년별로 초등학생이 반드시 읽어야할 좋은 책을
선정하여 통합논술의 기본이 되는 '올바른 독서법' 을
일깨워 줍니다.

교과서와 함께하는
초등학교 통합논술

초등1학년 | 값 12,000원 | 초등2학년 | 값 9,500원 | 초등3학년 | 값 11,000원 | 초등4학년 | 값 9,500원 | 초등5학년 | 값 9,500원 | 초등6학년 | 값 11,000원

♣ 혼자 할 수 있어요.

엄마가 책 읽는 방법을 가르쳐 주어도 좋아요.
독서지도하는 선생님이 가르쳐 주어도 좋답니다.
"초등 교과서와 함께하는 **통합논술 시리즈**"는
아이 스스로 독서할 수 있도록 꾸며진 책이에요.
엄마와 선생님은 요령만 가르쳐 주시면 된답니다.

♣ 교과서의 중요한 내용이 총정리되어 있어요.

각 학년별로 중요한 교과 내용이 함께 수록되어 있어요.
초등학생은 교과서 내용을 충실하게 공부해야합니다.
아울러 그와 병행한 독서가 대단히 중요하지요.
"초등 교과서와 함께하는 **통합논술 시리즈**"는
두 가지 방법 모두 알려준답니다.

♣ 이 책은 훌륭하신 선생님들이 함께 쓰신 책이랍니다.

동화작가 선생님들이 쓰셨어요. 소설가 선생님도 쓰셨답니다.
국어 논술독서지도 선생님들도 함께 쓰셨지요.
"초등 교과서와 함께하는 **통합논술 시리즈**"는
엄마의 마음으로 모든 선생님들이 함께 꾸민 책이랍니다.

입소문을 통해 아는 분은 다 알고 계십니다!
올 한해 공인중개사 최고의 화제작!

1~2권 합본 | 이용훈 지음
3~4권 합본 | 이용훈 지음
5~6권 합본 | 이용훈 지음
용 어 해 설 | 이용훈 지음
1~2차 문제풀이집 | 이용훈 지음

수험생 기본 필독서
만화 공인중개사

잘나가고 싶은 사람은 읽어라!

그에게 한눈에 반했다! 그것은 분위기 탓?
애인과 나란히 걸어갈 때 당신은 좌, 우 어느 쪽에 서는가?
이성은 왜 서로 끌리는 걸까? 그 심층 심리를 해명한다!

30초의 심리학

■ 30초의 심리학
아사노 하치로우 지음 / 계일 옮김 | 값 8,500원

처음 본 사람인데 와 닿는 느낌이
너무나도 강렬한 사람이 있다.
흔히 하는 말로 '필이 꽂힌 사람',
그래서 잊혀지지 않는 사람,
한눈에 반했다고 하는 것이 바로 그것이다.
이런 인간의 감정을 논하는 데
남녀의 구분이 있을 수 없다.
사랑하는 그, 혹은 그녀를
생각하는 것만으로도 가슴이 두근거린다.
이상할 것 없다. 당연히 그럴 수 있는 것이다.
그렇기에 인간을 감정의 동물이라 하지 않는가.
그러나 그렇게 좋아하는 그 사람이
어느 날 갑자기 싫어지는 경우는 왜일까?

Psychology